Die Salva-Töchter

Band 3

VERGESSEN

Impressum:

Deutsche Erstausgabe Mai 2025
Alle Rechte am Werk liegen beim Autor
Copyright@ Jaliah J., Berlin

Die Salva-Töchter
Band 3
Vergessen

Lektorat: Günter Bast
Cover/Bildgestaltung:
Acelya Soylu von Buchcover_design
Das Cover wurde mit Bildern von
www.freepik.de erstellt
Bookart Minchen

© 2025
Verlag: BoD · Books on Demand GmbH, Überseering 33,
22297 Hamburg, bod@bod.de
Druck: Libri Plureos GmbH, Friedensallee 273, 22763 Hamburg

ISBN: 978-3-8192-7768-9

www.jaliahj.de
Instagram: jaliahj_official

Die Salva-Töchter

VERGESSEN

Band 3

Jaliah J.

Hinweis

Dieses Buch enthält explizite erotische Szenen und zählt zum Genre des Mafiaromans, in dem kriminelle Machenschaften eine Rolle spielen.

Bitte beachte diese Inhalte, falls du empfindlich auf solche Themen reagierst.

Ich wünsche euch viel Spaß mit den Salva-Töchtern!

Vorgeschichte

In unserer Welt gab und gibt es schon immer die Schatten der kriminellen Unterwelt, die sich über alle Kontinente, Reiche und Kulturen erstreckt.

Mal liegen sie mehr im Verborgenen, manchmal regieren diese Kräfte ganze Länder. Man nennt sie Familia, die Mafia, Clans, Syndikate, Kartelle, es gibt viele Namen für sie, die meist hinter vorgehaltener Hand ehrfürchtig geflüstert werden, doch sie haben alle dieselbe Bedeutung. Sie leben im größten Reichtum oder in den heruntergekommensten Slums. Und doch eint sie alle gewisse Strukturen, Lebensweisen, Geschäfte, die vor allem für die Unterwelt der Menschen gedacht sind.

So skrupellos und brutal sie teilweise auch sind, gibt es auch unter und zwischen ihnen Regeln. Gesetze, die eine gewisse Rangordnung in dieser Parallelwelt halten und die dafür sorgen, dass sie alle in Koexistenz leben können, ohne sich ständig in die Quere zu kommen.

Natürlich halten sich immer mal einige Kartelle nicht daran, testen die Grenzen aus und entfachen ein Feuer. Es herrschen teilweise jahrelange Feindschaften unter ihnen, doch niemals war es so schlimm wie vor einigen Jahren, als sich in Puerto

Rico das dort herrschende Salva-Kartell zum Ziel gemacht hat, das allein herrschende Kartell zu werden.

Ihr Anführer Hector 'El Patron' hat sich mit einer davor nie dagewesenen Brutalität immer mehr Einfluss in Südamerika geschaffen. Unter seinem Befehl wurden ganze Führungen anderer Kartelle niedergemetzelt, ganze Landstriche in Schutt und Asche gelegt, Frauen und Kinder verschleppt und entführt, nur um jedes weitere Land auf ihrem Weg unter seine Macht zu stellen. Obwohl er einige Male ermahnt wurde, sich an die Regeln zu halten, reagierte er nicht. Aus den engsten Kreisen war zu hören, dass der Wahnsinn schon lange an Hectors paranoider Seele gefressen hatte. Niemand hat es gewagt, ihm Einhalt zu gebieten. Seine Brutalität und Unberechenbarkeit stieg von Tag zu Tag, bis Teile Südamerikas immer mehr zu einem grausamen Schlachtfeld wurden.

Die drei mächtigsten Mafiaanführer der Welt erhoben sich, um diesem Treiben ein Ende zu setzen: Vito De Luca aus Italien, der Anführer der berüchtigten 'Sacra Notte Mafia', Aurel Morales, der Kopf des gefürchteten Guerra-Kartells aus Mexiko und Kaito Seinura aus der geheimnisvollen Seinura-Mafia aus Japan. Ihre Reiche sind so unterschiedlich wie die Kulturen, aus denen sie stammen, doch eine tiefe Abscheu gegen Verrat und ihre Pflicht zur Einhaltung der Regeln innerhalb dieser dunklen Welt, in der sie alle sich bewegen, vereinte sie zu der Mission, Hector und all seinen Männern endgültig Einhalt zu gebieten und Ruhe in diese Region zu bringen.

Der Versuch des Salva-Kartells, unter Führung von Hector die Machtbalance zwischen den Syndikaten zu zerstören, wurde innerhalb weniger Tage und mit aller Macht, die diese drei tödlichen Kartelle zusammen aufbringen konnten, dem Erdboden gleichgemacht.

Die drei Anführer, die sonst kaum etwas gemein haben, haben sich zusammengetan und innerhalb weniger Tage alles zerstört, was die Mara Salva aufgebaut hatte. Sie waren gründlich: Alle Geschäfte, alle Reichtümer, jedes Haus, es wurde alles zerstört, ihre Verstecke niedergebrannt, alle Verbündeten und Mitglieder getötet. Die Erde und all der Reichtum wurden unter den Füßen dieser drei Anführer zu einem kargen, verbrannten Schlachtfeld.

Als auch noch das letzte Versteck, der Hauptsitz des Salva-Kartells fiel, gingen sie gemeinsam durch die rauchgeschwängerten Ruinen des einst so glanzvollen Anwesens. Sie haben während der Kämpfe immer wieder mit eigenen Augen den Wahnsinn gesehen, dem Hector verfallen war. Diesem Mann war alles zuzutrauen, deswegen sahen sie selbst sich noch einmal in diesen Ruinen um, um auch ganz sicherzustellen, dass nichts mehr von den Mara Salva übrig war, dass es nicht auch nur eine winzige übersehene Glut gab, die nach ihrer Abreise wieder aufglimmen konnte.

Die Kälte ihres eigenen Erfolges hat jede noch so kleine Glut gelöscht, glaubten sie, bis sie in einer kleinen Nische im Keller etwas fanden, das ihr Vorhaben für einen Moment unterbrach.

Es gab weit über die Grenzen Puerto Ricos hinaus Gerüchte, dass Hector seit geraumer Zeit versucht, einen Erben auf die Welt zu setzen. Ihm war sein Wahnsinn wahrscheinlich bewusst und er war versessen darauf, einen Sohn zu bekommen, der all das fortführen sollte. Soweit man gehört hat, hat er sich jedes Mal eine andere Frau genommen, und sobald sie ihm nur ein Mädchen geboren hat, hat er sie töten und austauschen lassen.

Keiner dieser drei mächtigen Männer hat damit gerechnet, dass eben diese Mädchen, die sich bei ihrem Angriff offenbar hier unten versteckt hatten, noch am Leben sind. Ein Blick auf die Mädchen genügt, um zu erkennen, dass die Gerüchte um die vielen Frauen stimmen. Vor ihnen steht ein Mädchen, das nicht älter als fünf sein kann. Lange dunkle Haare umrahmen ihr Gesicht und sie sieht ihnen aus ängstlichen großen Augen entgegen. Sie hat goldbraune Haut und grüne Augen. Ihre Schwester, die höchstens zwei sein kann und fest ihre Hand umklammert, hat dagegen sehr helle Haut, hellbraune Locken, die sie zu zwei Zöpfen trägt und sie aus dunklen großen Augen eher neugierig ansieht. Von dem Baby, das im Arm der Ältesten mit den grünen Augen in einer rosafarbenen Decke eingehüllt liegt, kann man nur schwarze Haare erkennen.

Die drei Anführer haben mit allem gerechnet, sie waren auf alles vorbereitet, was sie hier hätten treffen können, doch nicht auf diese drei kleinen Mädchen, die einzigen Überlebenden der Salva-Dynastie, noch zu unschuldig, um sie dafür zu bestrafen.

Diese Kinder sind der letzte Atemzug einer zerstörten Ära, unschuldig und doch in das Erbe ihres wahnsinnigen Vaters hineingeboren.

10

Eine Weile herrschte Schweigen unter den drei Anführern, sie schickten alle ihre Männer weg. Es sollte keine Zeugen für ihre Entscheidung geben.

De Luca meldete sich als Erstes zu Wort und schlug vor, die Mädchen als lebende Mahnmale mitzunehmen, damit sie sicherstellen, dass das, was von der Salva-Dynastie noch da ist, unter Kontrolle ist. Aurel Morales' Worte waren sogar noch schärfer. Er wollte die Mädchen als Warnung halten, um zu zeigen, dass Verrat niemals ungestraft bleiben würde und als ständige Erinnerung daran, was für eine Zerstörung einem blüht, wenn man das vergessen sollte.

Kaito Seinura blieb ruhig, auch hier zeigte sich wieder, wie verschieden sie waren, und doch nahm jeder von ihnen ein Mädchen mit in seine Heimat.

Diese Mädchen wuchsen im Schatten des Grauens ihrer Familie auf. Als Erben eines Schicksals, das sie niemals gewählt hatten.

Sie ahnten nicht, dass sie, diese drei kleinen Mädchen, die Welt der Kartelle und Schatten verändern werden – genau wie die Herzen der Männer, die sie mitgenommen hatten, und der Männer, denen sie in ihrem Leben noch begegnen werden.

Zeina

»Sieh dir das an, Zeina.«

Mit dem viel zu schweren Wäschekorb in die Hüfte gestemmt trete ich neben Flora, die am Rand der Felder wartet. Ihr Blick ist auf einen Transporter gerichtet, der gerade angekommen ist.

Oh nein. Das darf nicht wahr sein. Es war so lange ruhig. Ich hatte gehofft, dass es aufhört, oder zumindest weniger wird.

Vor ein paar Wochen, als ich die Zimmer im Haupthaus geputzt habe, hörte ich zufällig ein Gespräch zwischen zwei von Aurels Männern mit. Sie sagten, dass der neugewählte Präsident Mexikos härter durchgreift und ihre Geschäfte dadurch schwieriger geworden sind. Angeblich lässt er ihnen immer noch einiges durchgehen, aber mit dem hier sollten sie aufhören ... Dachte ich zumindest. Bis jetzt.

Ich hätte es besser wissen müssen. Aurel findet immer einen Weg, sich durchzusetzen. Er ist ein Monster. Wenn ich in all den Jahren eines gelernt habe, dann das. Aurel Morales kann man nicht aufhalten.

Verdammt. Ich hatte wirklich gehofft, dass das vorbei ist. Die Transporter, die sonst einmal im Monat kamen, blieben aus. Es muss mindestens ein halbes Jahr her sein.

Zeit einzuschätzen fällt mir schwer. Mein Leben läuft jeden Tag gleich ab. Es macht keinen Unterschied, ob Montag oder Sonntag ist, Ostern oder Weihnachten, Sommer oder Winter. Als ich klein war und gerade erst hierhergebracht wurde, habe ich die Tage gezählt. Obwohl ich mit fünf Jahren noch kaum Zahlen konnte, schaffte ich es bis fünfzig. Fünfzig Tage, in denen ich gehofft habe, dass mich jemand hier rausholt. Danach habe ich nie wieder gezählt. Jetzt bin ich siebenundzwanzig und habe jedes Zeitgefühl verloren.

Drei der Dobermänner – so nennen wir die Männer, die eng für Aurel arbeiten, immer mit Maschinengewehren herumlaufen und von Grund auf grausam sind – steigen aus dem Transporter. Sie schieben die Tür auf. Mein Atem stockt.

Einer nach dem anderen ziehen sie Frauen aus dem Inneren. Die Armen haben die Augen verbunden und stolpern auf dem steinigen Boden. Aurel tritt mit zwei seiner engsten Vertrauten aus dem Haus. Sie mustern die Frauen sofort. Es müssen etwa fünfzehn sein. Ich kenne das nur zu gut. Die Frauen, die ihnen am besten gefallen, werden ins Haupthaus gebracht.

Sie werden noch heute weggebracht. Ein paar bleiben hier, um für einige Monate bei der Kokainernte zu helfen, bis auch sie irgendwann verschwinden.

Die einzigen Frauen, die immer hier sind, sind Flora und ich. Sie war schon da, als ich herkam. Mittlerweile ist sie Mitte vierzig und kümmert sich um alles. Sie weist die Frauen ein, kennt alle Abläufe – und sie hat mich großgezogen. Manchmal sagt sie, ich hätte ihr das Leben gerettet. Alle Frauen, mit denen sie damals kam, wurden fortgebracht. Doch weil ich mich als kleines Kind immer an sie geklammert habe und Aurel seine Ruhe wollte, durfte sie bleiben. Wir beide sind in all das irgendwie hineingewachsen. Wir hatten keine andere Wahl.

Die Neuankömmlinge werden in Gruppen getrennt. Es gibt blonde, dunkelhaarige, auch zwei rothaarige Frauen sind dabei. Manche sprechen Spanisch, die meisten aber kommen aus anderen Ländern und verstehen uns nicht. Mein Blick bleibt an zwei Mädchen hängen, die kaum älter als fünfzehn sein können.

Automatisch balle ich die Hände zur Faust, bis meine Fingernägel sich in meine Handflächen graben.

Aurels Blick fällt auf sie. Neben zwei etwas fülligeren Frauen schickt er die Mädchen zu den alten Ställen, in denen wir untergebracht sind. Ich atme erleichtert aus. Es wird sie nicht retten, nichts wird das, aber sie haben noch ein wenig mehr Zeit, bevor sie weggebracht werden.

Einer der Dobermänner führt sie fort. In diesem Moment streift Aurels Blick uns. Flora und ich drehen uns rasch um und gehen weiter. »Ich gehe auf die Felder und helfe den anderen. Danach versuche ich, in den Stall zu kommen. Versuch, ihnen etwas aus der Küche zu besorgen.« Wie immer. Ich hatte gehofft, dass wir das nie wieder tun müssen. »In Ordnung. Ich hoffe, Grace hat gute Laune.« Flora lacht leise und zieht einen Moment an meinem langen, geflochtenen Haar. »Als würde dich das jemals abhalten.« Da hat sie recht.

Unsere Wege trennen sich. Sie geht zu den Feldern, während ich zu den Häusern am Eingang des Gebiets laufe, dorthin, wo das Essen zubereitet, Wäsche gewaschen und getrocknet wird. Die Waschmaschinen sind kaputt, nachdem ein heftiger Platzregen das Dach zum Einsturz gebracht hat. Deshalb musste ich die Wäsche im Haupthaus waschen und bringe sie jetzt zum Aufhängen rüber.

Weshalb in der Luxusküche von Aurel und seiner Familie überhaupt eine Waschmaschine steht, weiß niemand. Keines der vielen Geräte wurde jemals benutzt, wir tun all das für sie. Niemand von ihnen hat jemals einen Finger gerührt.

Die Männer, die Aurel und dem Morales Cartel treu ergeben sind, nicken mir zu, wenn sie an mir vorbeilaufen oder in ihren Wagen an mir vorbeifahren. Sie dürfen nicht mit mir sprechen. Diese Regel hat Aurel irgendwann aufgestellt.

Als ich klein war, war das anders. Wenn ich mit Flora durch das Gebiet gegangen bin, haben mich alle auf den Arm genommen, mit mir gespielt, mir Süßigkeiten mitgebracht. Es hat nichts daran geändert, dass ich von Anfang an arbeiten musste und wie eine Sklavin gehalten wurde, doch damals hatten sie noch Erbarmen mit mir. Aurel ließ es durchgehen.

16

Flora nannte mich früher kleines Aschenputtel, weil ich die Häuser fegen oder auf den Feldern helfen musste. Bis heute bevorzugen sie für diese Arbeit jüngere Mädchen, ihre Finger sind kleiner und geschickter.

Irgendwann hat sich alles geändert.

Die Art, wie die Männer mich ansahen, wurde anders, als ich älter wurde. Wenn ich in den Spiegel blicke, sehe ich meine Mutter vor mir. Und jedes Mal trifft es mich mit einer solchen Härte, dass ich tagelang keinen Blick mehr in den Spiegel werfe, nur um mich nicht an Puerto Rico und alles, was damit zusammenhängt, erinnern zu müssen.

Es gibt nichts, das mich brechen kann. Ich habe hier alles gesehen. Alles erlebt. Aber die Erinnerung an das, was in Puerto Rico passiert ist, verletzt mich mehr als alles andere.

Je älter ich wurde, desto strenger wurde Aurel. Seine größte Sorge ist, dass einer seiner Männer wegen mir eine Dummheit begeht. Deshalb ist es ihnen verboten, mit mir zu sprechen.

Es stört mich nicht.

Ich spüre ihre Blicke trotzdem. Ich weiß genau, wer von ihnen genauso grausam ist wie die Dobermänner und Aurel und wer noch einen Funken Menschlichkeit besitzt.

Bevor ich das Haus betrete, schweift mein Blick zum Wachhaus und zur Schranke weiter vorne. Monchi, einer der Männer, die ich von Anfang an kenne, hebt die Hand, als er mich sieht.

Manche Mädchen, die hergebracht werden, fragen mich, ob das hier mein Zuhause ist. Aus Prinzip sage ich dann immer, dass ich hier gefangengehalten werde, genau wie sie, nur bereits seit zweiundzwanzig Jahren.

Manchmal frage ich mich, ob es nicht leichter für mich wäre, wenn ich versuchen könnte, es als das zu sehen, was es nun mal für mich ist: eine Art von Zuhause. Niemand wünscht sich das und doch kann ich dem auch nicht entkommen. Seit ich mit fünf hierhergekommen bin, habe ich dieses Gelände nicht verlassen. Ich kenne jedes Haus, jede Ecke, jeden Mann, der für Aurel arbeitet, jede Frau, die seitdem hierher verschleppt wurde. Ich werde hier nie wieder wegkommen, diese Hoffnung habe ich schon lange aufgegeben, und doch weigere ich mich, es als mein Zuhause anzusehen. Ich kann es nicht, nicht wenn ich weiß, dass es da draußen ein anderes Zuhause gab.

»Da bist du ja, Zeina, ich habe hier Handtücher für dich, wasch sie bis morgen.« Mein Blick gleitet beim Vorbeigehen zu Grace und ihren zwei Töchtern, die alle zusammen für das Essen hier zuständig sind. Sie leben hier nicht. Sie kommen jeden Morgen und gehen am Abend wieder. Früher gab es das nicht. Da haben die Frauen gekocht, die hier gefangen gehalten wurden, doch irgendwann hat Aurel Grace eingestellt.

Damals hatte ich die Hoffnung, dass sie mich mitnimmt. Ihre Töchter wollten gerne mit mir spielen, doch sie hat das nie zugelassen. Ich habe schnell gelernt, dass sie mit dem Namen, den sie trägt, nicht viel gemein hat.

»Mach ich.« Es duftet nach Kuchen und gegrilltem Fisch, mein Magen reagiert schon gar nicht mehr auf solche Düfte,

18

da ich weiß, dass dieses Essen eh nicht für uns gedacht ist. Ich habe es mir abgewöhnt, an solche Köstlichkeiten zu denken.

Ohne die drei weiter zu beachten, gehe ich in den Garten. Ich hänge die Handtücher und anderen Sachen ab und falte sie ordentlich. Ich weiß, wie penibel die Frau an Aurels Seite ist. Sie hat mir mehr als einmal gezeigt, was es bedeutet, wenn ich nicht alles zu ihrer vollsten Zufriedenheit mache. Und auch sie reagiert anders auf mich, seit ich kein Kind mehr bin.

Beim Falten fällt mein Blick auf die Narbe auf meinem Handrücken und ich muss lächeln. Ich habe mir lange nicht erlaubt, über damals nachzudenken, wirklich lange, doch das gerade, dass der Frauenhandel weitergeht, lässt wieder dieses Gefühl der Ohnmacht in mir aufkommen, was ich sonst immer gut vertreiben kann.

Automatisch muss ich an meine Schwestern denken, daran, wie es ihnen geht, ob sie leben, wo sie leben, ich weiß es nicht, doch all diese Fragen liegen immer tief in meinem Herzen. Obwohl ich erst fünf war, kann ich mich an fast alles erinnern, was damals passiert ist. Mein Vater war Hector Salva. Ich selbst kannte seinen Namen gar nicht, er war immer nur Papa für mich, doch ich weiß noch, wie sehr ihn alle respektiert und gefürchtet haben. Aurel hat mir hier erzählt, dass mein Vater ein Monster war und sie alles und jeden zerstört haben, der etwas mit ihm zu tun hatte, außer meine beiden Schwestern und mich.

Auch wenn meine Augen die Zerstörung und die vielen toten Männer gesehen haben, als Aurel mich von dort weggebracht hat, so kann ich das trotzdem nicht ganz glauben. Ich will es nicht glauben, egal wie oft Aurel mir gesagt hat, dass er mich direkt aus der Hölle gerettet hat. Für mich ist er das Monster.

Meine Erinnerungen bringen mich in ein großes Zimmer mit rosa Gardinen und Schaukelpferd. Mein Vater hat mir immer gesagt, dass er meine Mutter über alles geliebt hat, ich habe keine genauen Erinnerungen an sie, aber es stand ein Bild von ihr in meinem Zimmer, deswegen weiß ich auch, dass ich ihr so ähnlich sehe. Ich habe ihre grünen Augen, ihre langen dunkelbraunen Haare, ihr feines Gesicht, ihr Grübchen auf der Wange und ihre vollen Lippen.

Genau das macht Aurel Angst. Ich bin kein Kind mehr, ich trage hier nur schwarze Sommerhosen und ein weißes oder ein schwarzes Top und Flipflops, mehr besitze ich nicht und doch macht Flora sich oft einen Spaß daraus, dass ich den Männern mit meinen Kurven den Verstand raube. Meine Haut hat eine goldbraune Farbe, ich glaube, dass ich die eher von meinem Vater habe, vielleicht liegt es aber auch daran, dass ich fast immer den ganzen Tag im Freien arbeiten muss.

Als ich noch klein war, hat Aurel mir versucht einzureden, dass alles, was in Puerto Rico gewesen ist, schlimm war, dass ich dankbar sein kann, hier zu sein, doch egal wie jung ich war, ich habe das nie zugelassen. Meine Erinnerungen gehen in dieses Zimmer, zu meinem Vater, der mich immer in seinen Armen gehalten hat. Ich hatte noch eine ältere Schwester, doch eine Krankheit hat sie uns genommen. Kurz nachdem ich zwei wurde, war meine Mutter wieder schwanger, zumindest denke ich, dass ich so alt war. Sie hat einen Sohn bekommen und beide sind bei der Geburt gestorben.

Das ist das Letzte, was ich von ihr weiß, sie lag im Zimmer und keiner hat mich zu ihr gelassen. Danach wurde mein Vater anders. Er hat mir gesagt, dass ich aussehe wie sie, er hat mich weiter wie seinen größten Schatz behandelt, trotzdem wusste ich, dass er anders geworden war. Ich habe es daran bemerkt, wie die anderen mehr und mehr Angst vor ihm bekommen haben.

Dann waren immer wieder Frauen bei uns. Sie haben gesagt, dass sie meine neue Mama sind und haben mich mit Geschenken überhäuft. Sie alle waren schwanger, doch sobald das Baby da war, waren die Frau und das Baby verschwunden. Ich weiß nicht, was mit ihnen passiert ist. Irgendwann hat mein Vater eines der Babys behalten. Sie hat von da an bei mir gelebt, eine Nanny hat immer auf uns beide aufgepasst und mich ein wenig unterrichtet. Sonst habe ich den ganzen Tag gespielt. Ich war glücklich. Mein Vater hat meine Schwester genauso geliebt wie mich. Sie war heller als wir beide, hatte hellbraune Locken und große dunkle Augen. Er hat sie Ava genannt, was der Atem des Lebens bedeutet. Wir waren von da an unzertrennlich und haben uns nicht um die anderen Frauen gekümmert, die kamen und behauptet haben, sie seien unsere neue Mutter, sie kamen und gingen und dann hat mein Vater wieder ein Baby mitgebracht.

Sie war perfekt. Ava und ich haben sie über alles geliebt. Sie hatte dichte schwarze Haare und dunkle Augen und war sehr zart. Mein Vater hat uns gesagt, dass sie die Geburt fast nicht überlebt hat und eine Kämpferin ist. Er hat sie Bruna genannt und gesagt, sie bleibt bei uns.

Kurz danach ist das passiert, was ich nie wieder vergessen werde.

Wovon ich fast jede Nacht träume.

Alle meine Erinnerungen sind ein wenig verschwommen, doch diesen Tag sehe ich noch ganz klar vor mir. Wir haben gespielt. Ava hat ihrer Barbie die Haare mit Lippenstift vollgeschmiert und Ärger bekommen, als es draußen lauter wurde. Unsere Nanny hat abgewartet und uns gesagt, dass wir leiser sein sollen. Nach einer Weile kamen Männer zu uns und haben ihr etwas gesagt, dann hat sie uns in den Keller gebracht. Es wurde immer lauter und wir haben Panik bekommen. Bruna war in eine Decke gehüllt, wir alle haben geweint, weil es so laut draußen war.

Irgendwann ist Ava erschöpft vom Weinen auf meinem Schoß eingeschlafen. Die Nanny hat mir Bruna in die Arme gedrückt und gesagt, dass ich hierbleiben soll, dann ist sie gegangen und niemals wiedergekommen.

Ich weiß noch, dass ich Schüsse und Schreie, fallende Steine und verstörende Laute gehört habe. Als ich Flora davon erzählt habe, hat sie mich gefragt, woher ich mit fünf Jahren wusste, dass das Schüsse waren. Ich weiß es nicht, ich weiß nur, dass ich es wusste. Der Geruch von Feuer hing schwer in der Luft und dann irgendwann kamen plötzlich drei Männer zu uns.

Sie haben auf uns hinabgesehen und in einer anderen Sprache miteinander gesprochen. Ich habe Bruna an mich gedrückt und Ava hat meine Hand fest umklammert. Dann hat einer der Männer mir Bruna aus dem Arm genommen und

22

ist mit ihr gegangen. Ich habe geschrien, nach ihm getreten und versucht, meine Schwester zu retten, doch ich war erst fünf. Dann hat der andere Mann sich zu Ava gebeugt und wollte sie mitnehmen, Ava hat sich so fest an mir festgehalten, dass ihre kleinen Nägel mir meinen Handrücken aufgekratzt haben. Ich habe sie an mich gepresst, doch auch da konnte ich nicht verhindern, dass man sie mir nimmt.

Bis heute weiß ich noch, wie schlimm das für mich war. Das Gefühl, das zu verlieren, was einem am wichtigsten ist, brennt bis heute tief unter meiner Haut. Ich weiß danach kaum noch etwas, Aurel hat auf mich hinabgesehen und gesagt, ich soll mitkommen. Da hat er auf einmal auf Spanisch mit mir gesprochen. Ich habe mich gewehrt, geschrien, bis er mich über seine Schultern gelegt und rausgetragen hat. Alles was ich danach gesehen habe, war, dass es nichts mehr gab, unser Zuhause war eine Wüste aus Steinen und Sand und während mich Aurel zu einem Auto gebracht hat, habe ich die Männer, die mich alle mit großgezogen haben, tot auf der Straße liegen sehen. Für eine Fünfjährige war all das zu viel, um es ganz zu verstehen und doch wusste ich, dass es schlimm war, dass es mein Zuhause nicht mehr gibt.

Danach weiß ich kaum noch etwas. Ich war irgendwann hier, in meinem Bett im Stall, wo ich bis heute schlafe. Ich habe mich am Anfang viel gewehrt und geweint. Ich habe so viel Schläge bekommen, dass ich irgendwann nicht einmal mehr darauf reagiert habe, und bis heute kann ich mich an die erste Zeit kaum mehr erinnern. Ich weiß, dass irgendwann Flora da war und alles ein wenig besser wurde, auch wenn es nie gut wurde.

Die Wunde von Ava habe ich immer wieder aufgekratzt, weil ich wollte, dass sie nie weggeht. Es ist die einzige Erinnerung an meine beiden Schwestern, bis heute ist diese Narbe das Schönste in meinem Leben, und immer, wenn ich darauf sehe, muss ich lächeln.

Mist, wieder ist es mir passiert, dass ich viel zu lange an diese Zeit zurückgedacht habe, die ich zum Schutz vor diesen lähmenden Gefühlen nicht an mich heranzulassen versuche. Schnell hänge ich die neue Wäsche auf, lege die gefaltete in den Korb, nehme den Sack mit der schmutzigen Wäsche und stelle zufrieden fest, dass die drei Frauen gerade vor dem Haus rauchen.

Leise gehe ich in die Küche, ich schnappe mir eine Flasche Limonade, mehrere Laibe Brot, ein paar Äpfel und zwei Flaschen Wasser, verstecke alles unter der gefalteten Wäsche und verlasse das Haus wieder.

Als ich an Grace und ihren Töchtern vorbeikomme, entdeckt sie die Äpfel im Korb und schüttelt den Kopf. »Hast du wieder geklaut, du Plage? Du machst dem Namen deiner Familie alle Ehre.« Ich gehe einfach weiter. »Und du machst deinen gar keine. Es sind neue Frauen gekommen, hab etwas Mitgefühl.« Grace lacht nur bitter auf. »Das hilft ihnen auch nicht weiter und das weißt du genau.«

Das tue ich und trotzdem kann ich nicht anders.

Mit schnellen Schritten gehe ich zu den ausgebauten Ställen. Es ist Mittag und um diese Zeit kommt kaum einer aus den klimatisierten Häusern heraus. Es ist zurzeit sehr heiß und mich graut es schon vor der schwülen Nacht im Stall. Mit so vielen Frauen in diesen Holzbaracken ist es fast unmöglich, gut zu schlafen, doch daran versuche ich jetzt nicht zu denken. Ich gehe schnell hinein und bemerke Flora, die sich vor die Frauen gehockt hat, die verängstigt in einer Ecke sitzen und versuchen, etwas davon zu verstehen, was Flora ihnen sagt. Sie alle verstehen offenbar kein Wort Spanisch.

Da ich nicht viel Zeit habe, reiche ich ihnen die Äpfel, Wasser und Brot, dabei lächle ich sie an. Ich weiß, wie verängstigt sie sind und versuche, ihnen so zumindest ein wenig Hoffnung zu geben. Sie wissen nicht, dass ihr Schicksal besser ist als das der anderen Frauen.

Wir bekommen hier nur das nötigste Essen, meistens Eintopf und Suppen, Wasser und hin und wieder mal Brot. Deswegen öffne ich schnell die Limonade, trinke die Hälfte und reiche Flora die andere, wir beide genießen solche Kleinigkeiten, wissen aber auch, dass wir uns dabei nicht erwischen lassen dürfen.

Deswegen gehe ich schnell wieder hinaus und ins Haupthaus. Eigentlich bin ich nur ein- oder zweimal die Woche hier, meistens, wenn ich es putzen muss, doch wegen der Wäsche bin ich heute schon zum zweiten Mal hier.

Ich ignoriere die vielen Bilder des Morales Cartels, von Aurels kleiner Familie, von all dem Reichtum und Prunk und gehe direkt in die Küche. Heute traue ich mich mehr. Ich nehme mir eine Mandarine, schäle und esse sie. Die Schalen verstecke ich weit unten im Hausmüll, stecke die neue Wäsche in die Waschmaschine und gehe dann nach oben, um die andere Wäsche einzuordnen.

Auf der Treppe höre ich dann die Geräusche, Weinen und Schreien von Frauen. Sie sind noch nicht weg. Ich fluche leise und atme durch. Ich weiß, dass die Frau von Alvaro gerade bei ihrer Schwester auf dem Land ist. Selbst wenn sie hier ist, stört sie so etwas nicht. Ich weiß nicht, ob sie oder ihr Mann grausamer ist.

Hier oben gibt es mehrere Schlafzimmer, eines steht offen und ich sehe eine Frau blutig auf einem der Betten liegen und zwei der Dobermänner vor dem Bett stehen. Sie ist nackt und zittert, doch sie gibt keinen Ton von sich.

Einen Moment schließe ich die Augen, wäge ab, ob und wie ich ihr helfen könnte, wobei ich die Antwort doch kenne. Einer der Männer entdeckt mich. »Verschwinde!« Er schlägt die Tür zu und ich bleibe davor stehen, balle meine Hände zu Fäusten und würde am liebsten gegen die Tür hämmern, doch ich weiß, dass es nichts bringen würde.

Übelkeit und Wut steigt in mir hoch. Ich gehe ins Schlafzimmer von Aurel und ordne die Handtücher in den Kleiderschrank.

Die Schreie aus den verschiedenen Schlafzimmern werden erst lauter, dann verstummen sie. Sie alle sollen in der Hölle schmoren, und mir reden sie immer ein, mein Vater wäre das Monster.

Gerade als ich rausgehen will, höre ich ein Schluchzen und finde eine der Frauen in der Ecke des Schlafzimmers. Sie scheint noch nichts abbekommen zu haben, doch sie zittert am ganzen Körper und sieht mich flehend an.

»Hilf mir!«

Ich gehe zu ihr. »Das kann ich nicht, ich bin hier selbst gefangen, vielleicht schaffst du es, dich zu verstecken ...« Ich sehe mich panisch um, rate ihr etwas, von dem ich selbst weiß, dass es nichts bringt. Auch das habe ich schon etliche Male versucht.

Sie steht auf und wir sehen zu dem Kleiderschrank. Ich versuche mir krampfhaft etwas zu überlegen, doch in diesem Moment kommt Aurel herein. Seine dunklen Augen fahren wütend über mich, seine Hand liegt an seiner Hose, die er bereits geöffnet hat.

»Zeina. Was tust du hier? Verschwinde!« Er deutet mit seinem Kinn zur Tür und ich gehe aus Gewohnheit schnell an ihm vorbei, doch dann schließe ich die Augen und schüttle den Kopf. »Nein! Lass die Frauen frei, ich kann nicht zulassen, dass du noch mehr von ihnen zerstörst.«

Aurel dreht sich zu mir um, er schmeißt gerade seine Waffe aufs Bett und deutet der Frau aufzustehen.

»Was hast du gesagt, du Miststück? Komm her! Das ist dein Dank, dass ich dich aus der Hölle geholt und ...« Er kommt auf mich zu und ich weiche in den Flur zurück. »Das sagst du immer, doch weißt du was? Du nennst meinen Vater ein Monster, doch das einzige Monster, was ich sehe, bist du und ...« Weiter komme ich nicht. Aurel schlägt mir hart ins Gesicht, so hart, dass ich nach hinten falle.

»Verdammte Salva!«

Mit diesen Worten tritt er nach mir, dreht sich um und schließt die Tür hinter sich.

Ich schmecke Blut in meinem Mund und schließe die Augen, als die Frau in dem Zimmer zu schreien beginnt, ich weiß, dass ich ihre Schreie nie wieder vergessen werde, wie nichts, was ich hier erlebe.

Wie kann er behaupten, ich komme aus der Hölle? Ich stecke mitten in der tiefsten Hölle und ich werde hier nie rauskommen.

Aden

»Das habe ich heute gebraucht.«

Chanti lächelt, während sie ihren Blick hebt und mich aus ihren großen braunen Augen ansieht. Mein Rücken lehnt gegen die weichen Kissen und mit meiner Hand greife ich in ihr blondes Haar und führe sie, sodass sie mich tiefer in ihren Mund aufnehmen kann. Ihre Freundin, die sie heute mit zur Party gebracht hat, kümmert sich in dieser Zeit um meine Eier und ich atme schwer durch.

Es war ein harter Tag, im Grunde waren die gesamten letzten Wochen anstrengend. Ich weiß nicht, wann ich das letzte Mal mehr als vier Stunden hintereinander geschlafen habe, wir waren in fast ganz Lateinamerika unterwegs, was positiv ist, trotzdem zeigt mir mein Körper, dass ich eine Pause brauche. Unsere Geschäfte weiten sich aus. Unsere Ware wird immer gefragter. Wir haben noch vor einem Jahr mehrere Sachen angeboten, mittlerweile sind unsere Waffen so beliebt, dass wir mit allem anderen nicht mehr hinterherkommen und fast ausschließlich das zu unserem Handel gehört. Das und die Abkommen, die wir treffen, in denen wir unseren Schutz anbieten.

Ich kann mich nicht beschweren, doch wir brauchen mehr Männer, mehr Männer, denen wir vertrauen können. Die Führung des Velázquez Cartels liegt in meiner Hand, seit dem Tod meines Vaters. Amar, mein jüngerer Bruder und unsere Cousins Cope und Kian bilden die weitere Führung, mehr lasse ich nicht in die inneren Kreise. Man sollte sich bei unserem Leben nur auf die Familie verlassen. Danach kommen unsere engsten Vertrauten und längsten Wegbegleiter und dann viele weitere Männer.

Da ich selbst jeden Einzelnen, der zu uns kommt, teste und unter meine Fittiche nehme, nachdem sie ausgebildet wurden, vertraue ich im Grunde allen meinen Männern, doch trotzdem müssen wir alles im Blick haben und bei den wichtigsten Geschäften dabei sein, sodass ich kaum zu Hause war in den letzten Monaten.

Wir sind heute Mittag wieder angekommen und haben dafür gesorgt, dass wir zwei Wochen Pause haben. Alle, die in dieser Zeit etwas von uns wollen, müssen herkommen. Unsere Männer freuen sich, wieder in Puerto Rico zu sein und deswegen wird heute Abend gefeiert.

Ich schließe meine Augen, während Chanti mich noch tiefer aufnimmt und ihre Freundin zu ihr hochkommt. Beide heben ihre Köpfe und küssen sich.

Ich liebe mein Leben.

Die letzten Monate war Chanti immer wieder bei unseren Partys gewesen und ich hatte meinen Spaß mit ihr. Sie lässt sich jedes Mal etwas Neues einfallen, doch da ich sie schon kenne, greife ich nach der Hüfte ihrer Freundin und platziere sie so auf mir, dass sie mich tief in sich aufnimmt.

»Oh Gott.« Sie schließt genüsslich die Augen, auch ich lehne mich zurück, während sie beginnt, mich zu reiten. Oh, sie ist gut, meine Hände greifen fester an ihre Hüften, umfassen ihren kleinen prallen Hintern, während Chanti sich zu ihr beugt und ihre Brüste liebkost.

»Ich habe dir versprochen, dass er mächtig ist, er ist der Beste.« Sie kommt zu mir und streicht über meine Brust. Über mein Kreuz, das auf meiner Brust tätowiert ist, genau mittig darüber steht unser Familienname, für den wir alle bereit sind zu sterben.

Velázquez

Wir gehören nun zu den mächtigsten Cartels in Lateinamerika und diese Macht lieben die Frauen. Chanti lächelt mich an, sie streckt mir ihren Hintern hin und als ich darauf schlage, stöhnt sie auf. Mittlerweile wissen wir beide, was der andere mag. Meine Finger gleiten in ihre Mitte und ich schiebe zwei Finger in sie. Sie ist mehr als bereit.

»Das ist … Wahnsinn.« Ihre Freundin beobachtet uns, Chanti streckt sich mir erregt entgegen, reitet meine Finger und ihre Freundin wird schneller. Mit der anderen Hand greife ich fester an ihren Hintern, was sie noch schneller werden lässt, sie sieht mir in die Augen und kommt mit einem lauten Schrei.

Ich gebe ihr nur wenige Sekunden, dann rutscht sie von mir, ich platziere Chanti so über sie, dass ihre Freundin ihre Mitte verwöhnen kann, während ich sie auf die Knie ziehe und von hinten in sie eindringe.

Chanti schreit auf. Ihre Freundin und mich gleichzeitig zu spüren, lässt sie laut aufstöhnen, und das Bild der beiden Frauen unter mir lässt auch mich schneller werden. Immer wieder knallt meine Hand auf Chantis Hintern. Nicht zu heftig, doch genauso, wie sie es mag, und als wir beide dann kommen, zuckt auch ihre Freundin unter uns. Wer weiß, wo Chanti in dieser Zeit mit ihren Fingern war.

Ich lasse die Frauen zu Atem kommen und gehe unter die Dusche. Auch darin kennt mich Chanti gut. Sie weiß, dass ich danach meine Ruhe möchte, deswegen wundert es mich, dass sie noch immer auf meinem Bett sitzt, als ich zurück in mein Schlafzimmer komme. Ihre Freundin ist weg.

»Was ist los, Chanti?« Sie sieht auf, während ich mein Handtuch fallen lasse, mir eine Boxershorts, eine Shorts und ein Shirt überziehe, um zurück zur Party zu gehen.

»Ich wollte mit dir sprechen.« Ohne mich zu ihr umzudrehen, ziehe ich mich an. Ich ahne es. Ich habe es ihr heute schon die ganze Zeit angemerkt und doch hatte ich gehofft, sie würde vernünftig sein. Sie wartet gar nicht erst darauf, dass ich ihr sagen kann, dass wir das ein anderes Mal tun sollten.

»Es geht um uns beide. Ich meine, ich weiß, dass du keine Beziehung willst. Das hast du immer mehr als klargemacht, dass du nur deinen Spaß hast, und ich habe das respektiert, doch ich … liebe dich. Ich kann nicht anders. Ich habe mich verliebt und ich denke, dass auch ich dir nicht egal bin. Jeder sagt, dass der Frauenschwarm Aden Velázquez eine Frau immer nur einmal hat und dann wird ihm langweilig, doch wir beide sehen uns jetzt schon länger und jedes Mal ...«

Verdammt. Der Abend sollte doch entspannt werden.

»Chanti, warum fängst du jetzt so an? Wir haben Spaß, mach es nicht kompliziert.« Ich mag sie, doch ich sehe sie hart an. Sie hätte sich niemals Hoffnung machen sollen. »Das will ich nicht, doch ...« Ich wende mich zu ihr um und sehe ihr in die Augen, damit sie versteht, wie ernst ich es meine.

»Ich will keine Freundin. Ich habe in meinem Leben keinen Platz für so etwas wie eine Beziehung. Meine Priorität gilt meiner Familie und dem Cartel, mehr nicht. Wann immer ich kann, habe ich Spaß mit Frauen, mit verschiedenen Frauen. Verdammt, ich küsse nicht einmal eine von euch, ist dir das nie aufgefallen? Du warst hier und ich hatte jetzt öfter Spaß mit dir, weil du einfallsreich bist. Wenn du damit nicht umgehen kannst, lassen wir es sein. Es tut mir leid, wenn du dir mehr Hoffnung gemacht hast, aber ich war dabei immer sehr klar. Ich weiß nicht einmal, ob ich in der Lage bin, jemals mehr als nur Sex von einer Frau zu wollen, meine Gedanken sind überhaupt nicht darauf ausgelegt, geschweige denn mein

Leben. Ich denke auch nicht, dass sich das in nächster Zeit ändern wird.«

Bei jedem Wort von mir kann ich förmlich sehen, wie ihr die Hoffnung aus den Augen weicht. Sie lacht bitter auf und steht auf. »Dann bin ich einfach nicht die Richtige. Du bist naiv, wenn du glaubst, dass du nicht in der Lage bist zu lieben. Irgendwann tritt eine Frau in dein Leben und du wirst gar nicht anders können, ich hatte gehofft, dass ich es bin, doch dem scheint nicht so.«

Sie wendet sich zum Gehen.

»Ich bezweifle, dass das passieren wird.« Ich folge ihr aus dem Schlafzimmer. Was für eine Wendung, auch das ist ein Grund, dass ich nicht im Traum daran denke, eine Beziehung zu führen. Wir gehen die Treppen nach unten. Unser Gemeinschaftshaus ist für all unsere Männer langsam zu klein. Da ich das größte Haus mit dem größten Grundstück habe, finden solche Partys jetzt bei mir statt.

»Das kannst du nicht entscheiden, Aden. Es mag sein, dass dir ganz Lateinamerika zu Füßen liegt, doch irgendwann wirst du eine Frau finden, die du über alles lieben wirst und ich hoffe für all die Frauen, die ständig an dich denken und denen du keine Beachtung schenkst, dass sie dir dann das Herz brechen wird.«

Sie lächelt, wendet sich um und geht hinaus in den Garten. Eine Hand legt sich auf meine Schulter und mein Bruder hält mir ein Bier vor die Nase. »Na, verdrehst du den Frauen mal wieder die Köpfe? Ich dachte, du wolltest nur etwas Spaß haben.« Ich nehme einen Schluck und gehe ebenso mit ihm zusammen in den Garten. »Wollte ich auch nur, Frauen sind ...« Cope kommt zu uns. Er steckt gerade sein Handy weg. Kian folgt ihm. »Es gibt Ärger bei den Häusern.« Verdammt, kann es nicht einmal ein wenig Ruhe geben? Amar und ich folgen ihm nach draußen auf die Straße. Wir haben damals sehr klein angefangen. Mein Vater und sein Bruder, der Vater von Cope und Kian haben nach und nach ihre Macht und ihre Geschäfte ausgebaut. Wir sind damit groß geworden und mussten auch schon relativ früh mit einsteigen. Je mehr Macht sie bekommen haben, desto härter mussten sie auch durchgreifen, dieses Prinzip hat sich niemals geändert.

Unser Cartel ist gewachsen und gewachsen. Zu dieser Zeit, als mein Vater und mein Onkel begonnen haben, Macht zu bekommen, gab es nur ein anderes Cartel, was in Puerto Rico an der Macht war. Dieses wurde jedoch zerstört, als ich acht oder neun Jahre alt war. Mein Vater und Hector 'el patron' Salva waren gute Freunde. Wir waren nicht da, als das passierte, und als wir am nächsten Tag hingekommen sind, waren nur noch die Toten zu bergen und alles, was sich das Cartel aufgebaut hatte, war dem Erdboden gleichgemacht.

Unser Cartel kontrollierte damals zwei Bezirke San Juans. Ein Jahr nach der Zerschlagung des Salva-Cartels brauchten wir mehr Platz. Das Salva-Cartel hatte damals sein Gebiet außerhalb von San Juan. Die Stadt durfte nach ihrer Vernichtung dieses Gebiet nicht weggeben und wir wollten es auch gar nicht. Es war zu viel Schlimmes dort passiert, doch vor dem Gebiet gab es genug freie, ungenutzte Fläche, die nun unser Gebiet umfasst. Bisher hat das immer ausgereicht, doch wir wachsen. Zum Glück. Gleichzeitig bringt das immer wieder Probleme mit sich.

Unser Gebiet ist bereits groß, wir haben es immer wieder ausgebaut, doch langsam wird es knapp, für all die neuen Männer, neue Lager für unsere Ware. Damit wir der erhöhten Nachfrage nachkommen können, brauchen wir mehr Platz. Cope steuert ein Haus am Anfang des Gebietes an. Davor stehen bereits drei Männer, die sich gegenseitig wütend eine Tasche zuwerfen.

»Vergiss es, entweder du machst Platz oder ich nehme ihn mir.« Die drei scheinen ziemlich aufgebracht zu sein, ich kenne sie alle, Caspar, der gerade die Tasche in der Hand hat, ist unschlagbar schnell mit einer Waffe in der Hand. Da die Männer meistens anders reagieren, wenn ich dabei bin, halte ich mich im Hintergrund, nehme Kian seine Zigarette ab und rauche sie weiter, während Cope und Amar zu den Männern gehen.

»Man könnte meinen, ihr habt hier einen Ehestreit, was stimmt denn bei euch nicht? Wieso ruft ihr uns wegen so einem Scheiß?« Adam nimmt Caspar die Tasche aus dem Arm und schmeißt sie auf den Boden. Der Mann in der Mitte wendet sich an ihn. »Das geht schon eine ganze Weile so und ich habe euch angerufen, bevor es ausartet. Das ist mein Haus. Ich soll es teilen und mir wurden die beiden zugewiesen, ich habe aber nur ein weiteres Schlafzimmer und somit ...« Verdammt, wir müssen echt etwas ändern.

Ich ziehe an der Zigarette und wende mich um, während nun alle lautstark zu diskutieren beginnen. In dem Moment fährt Chanti mit ihrer Freundin in ihrem Auto vorbei und sieht mich aus dem heruntergelassenen Fenster an. »Melde dich, wenn du deine Grundeinstellung geändert hast.« Gerade weiß ich nicht, ob ich lachen oder ausflippen soll. Ich sehe den beiden hinterher, wie sie aus dem Gebiet fahren und rufe vorne im Wachhaus an. »Schreib dir den Namen und das Nummernschild auf, lass die beiden nicht mehr rein.« Dann lege ich auf, wende mich um und reiche Caspar seine Tasche. »Geh ins Gemeinschaftshaus, oben sind zwei Gästezimmer, nimm dir eines davon, bis wir eine andere Lösung gefunden haben.«

Ohne auf seine Antwort zu warten, deute ich meinem Bruder und meinen Cousins, dass sie mir folgen sollen. Ich gehe das Gebiet hinauf zu meinem Haus, hinter dem unser Gebiet endet und das alte Gebiet des Salva-Cartels beginnt. Noch immer ist es nur ein Trümmerfeld. Einzig eine kleine Kapelle, die kurz vor dem Meer, woran das Gebiet endet, aufgebaut ist, steht hier noch. Mein Vater hat damals aus Respekt zu seinem alten Freund alle Überreste der Verstorbenen dort vergraben lassen und ihnen diese Kapelle zum Gedenken gebaut.

Wir alle bleiben vor dem Trümmerfeld stehen und sehen auf das riesige Gebiet.

»Es wird Zeit, dass wir unser Gebiet erweitern. Wie weit bist du gekommen, damit wir das Gebiet hier übernehmen?« Kian, der für Planung, Grundstücke, Lieferungen und sämtliche Logistik zuständig ist, reibt sich den Kopf. »Das Problem ist, dass die Urkunden noch zurückgehalten werden, weil bis heute unklar ist, ob es Erben gibt. Die drei Töchter sind bis heute nicht gefunden worden. Einige der wenigen Überlebenden behaupten, die Männer, die sie überfallen haben, hätten die Töchter mitgenommen. Wir wissen, dass Aurel Morales damit in Verbindung gebracht wird. Wir haben ihn mehrfach gefragt, ob er etwas über die Schwestern weiß. Es würde reichen, wenn er bestätigt, dass sie tot sind oder wo sie leben, dann kommen wir an das Grundstück ran. Doch du weißt, dass weder wir gut auf ihn, noch er gut auf uns zu sprechen ist. Er hat unsere Frage nach den Schwestern nie beantwortet, aber ich bin mir sicher, dass er mehr weiß.«

Cope schiebt ein paar Steine zur Seite. »Wie lange ist das Ganze her? Über zwanzig Jahre? Wären die Töchter am Leben, wären sie sicher aufgetaucht. Wir nehmen uns das Grundstück. Wer will uns aufhalten? Dann müssen wir alles entfernen, wirklich jeden Stein und alles neu aufbauen. Hier ist Platz für neue Lager, ein neues Gemeinschaftshaus, Unterkünfte für die Männer und einiges mehr. Dahinter könnten wir auch wieder neu anbauen, somit können wir auch wieder mehr verkaufen als Waffen. Wir haben das lange genug respektiert, es reicht.«

Amar zündet sich eine Zigarette an. »Ich weiß nicht, keiner kann verhindern, dass wir uns das Land nehmen, doch wie du es gesagt hast, es hat etwas mit Respekt zu tun, solange nicht klar ist, ob es überhaupt noch jemanden gibt, der ein Anrecht darauf hat.

Ich atme tief durch und knacke dann meine Schultern. »Wir fliegen nach Mexiko und fragen Aurel direkt. Er geht mir ohnehin schon eine ganze Weile auf die Nerven, und wenn er all das hier zu verantworten hat, hat er sich uns auch zu erklären. Keiner denkt, dass diese Schwestern noch am Leben sind,

doch Amar hat recht. Aus Respekt vor den toten Seelen sollten wir uns zumindest vergewissern, was da passiert ist. Wenn
uns das nicht weiterbringt, nehmen wir uns das Land. Das
bleibt noch unter uns! Ich werde Aurel überraschen, damit er
auch nicht auf die Idee kommt, sich etwas zu überlegen. Lasst
den Männern ein paar Tage Ruhe und dann kümmern wir uns
darum, dass wir weiterwachsen können. Du kannst schon Pläne anfertigen, Kian. Es ist längst überfällig, dass wir klären,
was damals hier passiert ist.« Meine Cousins und mein Bruder
nicken.

Gemeinsam sehen wir noch einmal auf das Stück Land, auf
dem eine große Ära Puerto Ricos beendet wurde und auf dem
nun unsere Macht noch weiter ausgebaut wird.

Zeina

Obwohl es nun fast eine Woche her ist, dass ich den Schlag ins Gesicht von Aurel bekommen habe und die neuen Frauen zu uns gekommen sind, beschäftigt mich das noch immer. Flora und ich haben sie in den ersten Tagen so gut es ging unterstützt. Bisher war Irena die Jüngste unter uns, doch nun ist eine weitere Frau hinzugekommen, die genauso jung ist.

Mein erster Schock war die Erkenntnis, dass das Ganze wieder von vorne beginnt. Der zweite traf mich, als mir klar wurde, dass die Frauen immer jünger werden. Diejenigen, die sofort weggebracht wurden, waren am nächsten Tag, als ich ins Haus zurückgekehrt bin, nicht mehr da. Und so wie ich es all die Jahre erlebt habe, werden bald auch wieder Frauen aus dem Stall verschwinden. Momentan sind alle Betten belegt, und das bedeutet immer, dass bald jemand gehen muss.

So schwer es mir auch fällt, versuche ich, nicht darüber nachzudenken. Es macht mich wahnsinnig. Es zermürbt mich, all das mitansehen zu müssen und genau zu wissen, dass man nichts daran ändern kann.

Heute war ein harter Tag. Es kam neue Ware, und da viele Männer nicht da waren, mussten wir sie wegräumen – danach ging es direkt aufs Feld zur Ernte. Seit sechs Uhr morgens hatte ich keine Pause, nur eine dünne Suppe und etwas Brot. Jeder Schritt schmerzt, aber ich beiße die Zähne zusammen.

So leise wie möglich öffne ich die schwere Holztür zum Schlafsaal. Da ich nur zu gut weiß, wie erschöpft alle nach dem Tag heute sind und ich am längsten gebraucht habe, bewege ich mich so leise wie möglich barfuß über den morschen Holzboden.

Mein Nachthemd geht bis zum Boden; es muss mal wieder verwechselt worden sein, es gleitet auch an meiner Schulter hinab, was ein untrügliches Zeichen dafür ist, dass es mindestens zwei Nummern zu groß für mich ist und für eine der anderen Frauen bestimmt ist. Doch mir war das schon immer egal. Alles, was zählt, ist, dass ich endlich zu meiner Pritsche komme. Sobald ich liege und meine Knochen sich ein wenig entspannen, treten mir Tränen der Erleichterung in die Augen. Alle Tage hier sind hart, doch heute war wieder einer der schlimmeren, wie meistens, wenn etwas ansteht, Ware kommt oder irgendetwas nicht so funktioniert hat, wie Aurel es möchte.

Meine Hände tun mir weh, und so sehr mich meine Arme auch schmerzen, hebe ich sie an und reibe über die offenen

Wunden. Sie waren lange nicht mehr aufgeplatzt, doch heute ist es wieder passiert.

Deswegen habe ich im Waschraum am längsten gebraucht. Ich musste allen Dreck aus den Wunden bekommen, damit ich nicht wieder krank werde. Es gibt nichts und niemanden, der mir dann helfen kann. Ich habe das schon zweimal alleine durchgestanden, und ich bezweifle, dass mein Körper das ein drittes Mal erträgt. Also habe ich meine Wunden so lange gewaschen, bis nichts mehr da war, was sie entzünden könnte.

»Da bist du ja, geht es deinen Händen besser?« Irena kommt zu mir, und ich rutsche ein Stück zur Seite. Sie ist viel zu jung, um hier zu sein. Es kommen immer mal wieder junge Mädchen hierher, doch noch nie war eine so jung wie Irena. Sie ist vor wenigen Tagen sechzehn geworden, fast noch ein halbes Kind. Ihre Familie und sie sind von Aurel und seinen Männern auf einem Handelsschiff entdeckt worden. Sie wollten aus ihrem Land fliehen und haben sich unter Deck versteckt. Seitdem ist Irena hier. Sie weiß nicht, was mit ihrer restlichen Familie passiert ist, ich kann es mir denken, doch ich sage es ihr nicht.

»Es ist alles gut. Kannst du nicht schlafen?« Sie legt sich zu mir und schüttelt den Kopf. »Nein, ich kann nicht. Mir tut alles weh, aber ich kann meine Gedanken nicht abschalten.« Wir flüstern, die meisten anderen Frauen werden schlafen, einige wenige sind aber sicher auch noch wach, weil die Dämonen des Tages sie nicht zur Ruhe kommen lassen. Man lernt erst mit der Zeit, sie zu ignorieren. Wir alle haben das irgendwann gelernt.

Wie so oft beginne ich, das Lied zu singen, das ich früher immer für meine Schwestern gesungen habe, wenn ich sie beruhigen musste. »Arroro mi niño …« Auch mich beruhigt das Lied jedes Mal. Irena wird lernen müssen, die wenige Zeit, die wir hier haben, zu schlafen. Egal was am Tag passiert ist. Wir alle haben das gelernt, wir haben keine Wahl. Doch solange sie das hier braucht, um zur Ruhe zu kommen, singe ich für sie. Ich weiß, dass einige Frauen hier meinem leisen Lied lauschen und mein Herz wird ein wenig wärmer. Ich kann nicht viel tun, um ihnen zu helfen, doch zumindest das kann ich machen.

Ich spüre, wie sich Irenas Körper neben mir entspannt, und auch meine Augen fallen zu, da hören wir schwere Schritte. Panik steigt in meiner Brust auf. »Geh schnell in dein Bett und tu so, als ob du schläfst.« Ich schubse Irena von meiner Pritsche, und sie rennt schnell zu ihrer. Sie schafft es gerade, sich die Decke über den Kopf zu ziehen, da geht die Tür auf.

Ich atme tief ein, würde mich am liebsten verstecken, doch wie jedes Mal fällt der Blick des Mannes direkt zu mir, sobald er den Raum betritt.

»Komm!«

Es ist dunkel im Stall. Nur durch die hohen Fenster dringt fahles Mondlicht zu uns herein. Doch ich muss nicht einmal aufsehen, um zu wissen, dass er mich meint.

Obwohl ich keine Kraft mehr habe, stehe ich auf. Ich habe keine Wahl.

Als das Ganze begann, habe ich mich geweigert. Ich hatte Angst. Doch er hat schnell Wege gefunden, mir klarzumachen, dass es kein Entkommen gibt. Das kann er besonders gut. Er weiß genau, wo er ansetzen muss, um einen Menschen zu brechen. Er hat viel von seinem Vater geerbt.

Jedes Mal wenn ich mich weigerte oder auch nur zu lange zögerte, zog er sich eine andere Frau von einer Pritsche und ließ mich ihre Schreie hören. Seitdem folge ich ihm, sobald er kommt.

Ich habe ihn im Griff, wenn man das so nennen kann. Ich habe mich an das gewöhnt, was er mit mir tut. Es ist nicht normal, und doch ist es für mich zur Normalität geworden. Ich kenne nichts anderes.

Ascan ist Aurels Sohn. Früher habe ich ihn hier nie gesehen. Ich glaube, er war auf einem Internat oder wurde einfach von uns ferngehalten. Doch seit er mit sechzehn oder siebzehn in die Geschäfte seines Vaters eingestiegen ist, kommt er regelmäßig.

Er ist ein Monster, genau wie sein Vater. Brutal und gnadenlos. Auch wenn er eher nach seiner Mutter kommt und nicht dieselben harten Züge wie Aurel hat.

Am Anfang hat er mich nur beobachtet. Irgendwann begann er, mich immer wieder zu berühren – eher zufällig, zumindest sollte es so wirken. Sein Vater hat schnell bemerkt, dass ich seinem Sohn gefalle und ihm klare Regeln auferlegt.

Aurel ist es egal, was mit mir geschieht. Doch um jeden Preis will er verhindern, dass mein Geheimnis, wer ich wirklich bin, ans Licht kommt. Das Schlimmste für ihn wäre, wenn ich von Ascan schwanger werden würde. Wenn sich unsere DNA vermischen und der Fluch meiner Familie auf seine übergehen könnte.

Ich weiß nicht, wie oft er das seinem Sohn eingebläut hat. Doch Ascan hält sich daran. Immer wieder holt er mich aus dem Stall, probiert Dinge mit mir aus, flüstert mir zu, dass er verrückt nach mir ist. Doch er kennt seine Grenzen. Selbst wenn er es nicht schafft, von mir abzulassen.

Das geht nun schon seit Jahren so. Er glaubt, mich in der Hand zu haben. Doch in Wahrheit bin ich es, die mit ihm spielt.

Ascan ist verheiratet, das zeigt der Ring an seinem Finger. Und doch holt er mich jedes Mal zu sich, wenn er hier ist.

Als ich an ihm vorbeigehe, schließt er die Tür zum Schlafbereich. Ich durchquere den Waschraum und gehe zum abgeschlossenen Medizinraum. Ascan beugt sich über mich, sein Atem streift mein Gesicht, als er die Tür aufschließt und mich hineinschiebt.

Wie jedes Mal verriegelt er die Tür hinter uns, schaltet die kleine Schreibtischlampe ein und tritt dann hinter mich.

»Du weißt gar nicht, wie oft ich an dich denken musste.«

Seine Hand streicht meine Haare zur Seite. Seine Lippen gleiten über meine Schulter, während er mit den Fingern über mein Nachthemd fährt.

Das sagt er jedes Mal, irgendwie glaube ich ihm das sogar ein wenig, so aufgeregt wie er immer ist, wenn er hier ist. »Dreh dich um, quäl mich nicht!«

Er dreht mich an der Hüfte um, seine dunklen Augen gleiten über mein Gesicht, mein Schlüsselbein, meine Brüste, und er deutet mir, mich auf die Liege zu setzen, die hier im Raum steht.

Er bleibt dicht bei mir, wie fast immer trägt er eine Anzughose und ein weißes Hemd, seine Haare sind nach hinten gegelt und er trägt einen gestutzten Schnurrbart. Er ist kein hässlicher Mann, doch ich kann das, was hier passiert, nicht als normal sehen, nichts von dem, wie ich hier lebe und dazu gehört auch er.

Seine Hand gleitet über mein Gesicht. »Mein Vater hat erwähnt, dass du mal wieder nicht weißt, wo dein Platz hier ist. Wieso machst du es uns allen so schwer? Du könntest es so einfach haben.« Er schiebt mich so auf die Liege, dass meine Beine auf beiden Seiten herunterhängen, sein Blick liegt weiter auf meinem Gesicht, während seine Hand mein Nachthemd hochschiebt.

»Es gibt Regeln hier, und wenn du dich an sie hältst, haben wir alle unseren Spaß.« Ich schnaufe leise auf, doch sage nichts dazu. Mit einem schnellen Ruck hat er mir das Nachthemd vom Kopf gezogen und ich sitze nun ganz nackt vor ihm.

Er zieht den fahrbaren Hocker zu sich und setzt sich darauf, dabei gleitet sein Blick gierig über mich. »Sieh dich an, ich träume jede Nacht von diesem Anblick, meine Königin.« Er setzt sich genau zwischen meine Beine und spreizt sie so, dass er auch wirklich alles von mir sehen kann.

»Du bist ein Traum, du bist mein Traum, und du bist so rein, so verdammt rein.« Er steht auf und beugt sich über mich, ohne zu zögern gleiten seine Lippen zu meinen Brüsten und er zieht die Brustwarzen hart ein.

Ich keuche auf. Eine ganze Weile habe ich mich dagegen gewehrt, etwas dabei zu empfinden. Ich wollte es nicht, doch ich konnte auch nichts dagegen tun und als ich begonnen habe, es zuzulassen, haben sich diese Gefühle in mir entwickelt, die ich nicht mehr abstellen kann, so sehr ich es manchmal auch möchte.

»Ja, zeig mir, wie sehr du das willst. Hat es dir gefehlt, Königin? Hat es? Und das hier?« Er streicht mit der Zunge über die Brustwarze und dann zieht er die andere in seinen Mund und ich schließe die Augen. »Du weißt gar nicht, was du mit mir machst, sieh dir das doch an. Das ist alles deine Schuld.« Wieder schlängelt sich seine Zunge um meine Brustwarze, dabei öffnet er seine Hose, nimmt meine Hand und führt sie grob an seinen Penis. Er hält meine Hand fest, weil er weiß, dass ich sie sonst vielleicht wegziehen würde und reibt mit meiner Hand über seinen prallen Schaft.

Dabei verdreht er die Augen. »Du musst dich an die Regeln halten, hörst du, Zeina? Du gehörst mir.« Er reibt meine Hand und stößt sich gleichzeitig immer wieder hinein, seine andere Hand knetet meine Brüste, wobei er Schwierigkeiten hat, sie mit einer Hand zu umfassen, sie sind zu groß.

Ich spüre, wie er immer mehr anschwillt und als ich schon eine leichte Feuchtigkeit spüre, zieht er sich weg und geht wieder nach vorne, genau zwischen meine Beine. »Ich gehöre niemandem.« Er lacht und sieht mir in die Augen. »Du weißt, dass du das nur darfst, wenn wir alleine sind, Königin, ich bin dir verfallen, das ist dein Glück. Er hebt ein Bein hoch und küsst meinen Fuß entlang, seine Zunge gleitet meine Zehen entlang und er stöhnt erneut auf. Ich spüre seine Erregung an meinem Bein und wie Ascan sich an mir reibt, während seine Zunge über meine Oberschenkel gleitet, bis er sich auf den Hocker niederlässt und sein Gesicht genau vor meiner Mitte stehenbleibt.

Seine Finger streifen meine Mitte und ich beiße mir auf die Lippen. Ich versuche stark zu sein und dieses Gefühl nicht zuzulassen und doch sind diese Momente auch für mich eine willkommene Chance, mal für wenige Minuten loszulassen und alles zu vergessen.

»So rein, so verdammt rein.« Eine ganze Zeit hat es Ascan verrückt gemacht, dass er nicht mit mir schlafen durfte, aus Angst, dass irgendetwas passiert. Mittlerweile gehört das zu den meisten Dinge, das ihn erregen, dass ich noch unberührt bin, in dieser Hinsicht.

»Ich bin dir verflucht nochmal vollkommen verfallen!« Ascan spreizt meine Beine bis zum Äußersten und fällt dann wütend mit seinem Mund über mich her.

Mein Kopf gleitet nach hinten, ich will dagegen ankämpfen, doch diese Zunge, diese Gier, ich atme heftig und statt mich ihm zu entziehen, kreise ich meine Hüften und strecke mich ihm entgegen. Ganz wunderbare Selbstbeherrschung, Zeina.

Ascan liebt es, er bekommt nicht genug von mir, von meinem Geschmack, und er lässt sich ausgiebig Zeit, sodass ich zweimal an seinem Mund so heftig komme, dass ich mir selbst die Hand vor den Mund halten muss.

»Streichle dich und spiele mit ihnen.« Wie in einem Rausch steht Ascan plötzlich auf, stellt sich neben mich, reibt hart über seine Erregung und führt meine eine Hand an meine Mitte und die andere zu seinen Eiern, wo ich zudrücke, genau wie er es mag.

Ascan stößt einige Male hart in seine Hand und dann sieht er mir in die Augen und kommt.

Das ist … krank, all das. Ich weiß es und doch habe ich keine Chance, mich dem zu entziehen, ich weiß, dass er sonst anderen Frauen etwas anderes antun würde und ich habe es mit den Jahren zumindest geschafft, für mich selbst ein wenig Befriedigung zu finden.

Ascan stützt sich an der Liege ab, während ich aufstehe, zum Waschbecken gehe und mir die Hände wasche. Dann ziehe ich mir mein Nachthemd über und setze mich wieder auf die Liege.

Sein Blick wandert zu meinen Händen. Ohne ein Wort geht er zum Schrank, nimmt eine Salbe heraus und hält sie mir hin. »Creme deine Hände ein.«

Ich greife nach der Tube, doch er spricht weiter. »Wie oft soll ich dir noch sagen, dass du meinen Vater nicht reizen sollst? Er wird immer ungeduldiger. Und ich würde das hier sehr vermissen, wenn er irgendwann die Geduld mit dir verliert.«

Ich lache leise. »Wie reizend.«

Ascan geht zum Waschbecken, wäscht sich die Hände und greift dann nach seinem Jackett, das er irgendwann unbemerkt auf den Tisch gelegt haben muss. Er zieht ein kleines Paket heraus und reicht es mir. Pralinen. Meine liebsten.

Ich öffne die Schachtel und nehme mir zwei Stück, die ich schnell hintereinander in den Mund schiebe. Während ich kaue, lehnt sich Ascan entspannt zurück, zündet sich eine Zigarette an und mustert mich mit einem nachdenklichen Blick.

«Ihr Puerto-Ricaner …« Er lässt den Rauch langsam aus seiner Lunge entweichen. »Ich musste in letzter Zeit oft an dich denken. Wir dachten, nach euch hätten wir mit Puerto Rico endlich Ruhe. Doch seit ein paar Jahren gibt es wieder eine Familia, die uns das Leben schwer macht. Ihr seid unglaublich stur, ihr Puerto-Ricaner.«

Er sieht mich liebevoll an, doch ich höre den Hass in seinen Worten. Diese Familia muss ihn wirklich beschäftigen. Allein der Gedanke an meine Heimat lässt mein Herz schneller schlagen. Ich sehe ihn bittend an.

»Erzähl mir von ihnen.«

Ascan lacht heiser auf und deutet mir aufzustehen. »Niemals. Man muss euch Puerto-Ricaner gut im Auge behalten und unter Kontrolle halten. Ich bringe dich jetzt zurück und sorge dafür, dass sich keiner deiner Landsleute je wieder gegen uns erhebt.«

Meine Gedanken kehren zurück zu all den Toten, das Grauen und zur Zerstörung, die Aurel über unser Leben gebracht hat. Ich schließe die Augen, während Ascan mich zurück in den Schlafsaal führt, als wäre ich nicht eben noch seine Königin gewesen. Dann fällt die Tür hinter mir ins Schloss.

Ich kann nur hoffen, dass die Familia dort unten nicht das gleiche Schicksal ereilt wie uns. Und dass sie stark genug sind, um Aurel und Ascan aufzuhalten.

Aden

»Alter, willst du mich verarschen?«

Amar schlägt lachend nach einem unserer Männer, und die Karten, mit denen sie gespielt haben, fliegen in seine Richtung. Langsam setze ich mich auf. Ich muss eingeschlafen sein. Das gleichmäßige Brummen der Triebwerke erfüllt den Innenraum des Privatjets, während ich müde aus dem Fenster blicke. Unter uns erstreckt sich ein endloses Meer aus Wolken, die von der untergehenden Sonne in warme Orangetöne getaucht werden.

Es wird wieder lauter und ich mustere die anderen im Jet, meine Männer. Männer, die bereit sind, mit mir durch die Hölle zu gehen. Für jeden von ihnen würde ich sofort mein Leben geben und doch spürt man in solchen Momenten wie jetzt, dass wir alle vor allem eins sind: Familie. Uns allen ist bewusst, dass wir hier nicht sind, um uns Freunde zu machen. Mir ist das egal, ich hatte und werde niemals Respekt vor Aurel Morales haben, doch ich will auch nicht, dass meine Männer in Gefahr geraten für etwas, von dem wir nicht einmal wissen, ob wir dazu endgültig eine Antwort bekommen werden.

»Wie lange noch?«, fragt Cope, der neben mir sitzt, während er seine Pistole überprüft. Ich sehe zum Bildschirm. »Noch etwa zwanzig Minuten bis zur Landung in einem Vorort von Ensenada. Von dort aus nehmen wir die Wagen zum Hafen«, antworte ich knapp. »Unser Informant hat uns gesagt, dass heute einige Lieferungen für das Cartel ankommen, die direkt zu ihnen nach Tijuana gebracht werden. Dort liegt das Haupthaus des Morales Cartels.«

Cope lacht leise auf. »Denkst du nicht, sie merken, dass wir im Land sind? Bei uns würde niemals eine Familie landen, ohne dass wir das mitbekommen.« Auch darum habe ich mich gekümmert. »Deswegen liebe ich Puerto Rico so sehr. Es ist eine kleine mächtige Insel. Wir haben sie voll im Griff. Man wird es niemals schaffen, ganz Mexiko im Griff zu haben. Wir landen auf einem privaten Landeplatz. Die Besitzer bekommen eine Menge Geld für ihr Schweigen, also nein, wir werden sie überraschen.« Cope steht auf und steckt sich die Waffe weg. »Na dann lüften wir auch noch das letzte Geheimnis Puerto Ricos, was genau mit den Salva-Schwestern passiert ist.« Er geht zu den anderen und nimmt sich ein Sandwich von Amars Teller.

Auch ich mache mich bereit, denn sobald wir gelandet sind, muss es schnell gehen. Wir sind vierzig Männer, doch trotzdem haben wir nur eine Chance, wenn wir den Überraschungseffekt nutzen wollen.

Deswegen stehe ich auf und erkläre allen, was genau geplant ist. Kian, der im anderen Flugzeug sitzt, wird genau das Gleiche tun.

Als die Jets schließlich aufsetzen, sind wir bereit. Eine Reihe schwarzer SUVs wartet bereits auf dem Rollfeld, bereit, uns zum Hafen zu bringen. Ab jetzt sprechen wir kaum mehr ein Wort. Es dauert zwanzig Minuten, bis wir kurz vor dem Hafen halten, unsere Wagen so abstellen, dass sie nicht sofort auffallen und uns dann in Gruppen verteilen.

Der Hafen riecht nach Salz und Motoröl, das Wasser plätschert leise gegen die Kaimauern, während Kräne Container verladen. Es ist bereits spät, doch die Ware ist vor gut einer Stunde angekommen, sie müsste genau jetzt verladen werden. Wir bewegen uns lautlos durch die dunklen Gassen zwischen den Lagerhäusern, bis wir die ersten Männer der Morales ausmachen. Wir finden zwei große Lieferwagen und drei schwarze Hummer-Autos davor. Mit Maschinengewehren bewaffnet stehen sechs Männer herum und zeigen den Hafenarbeitern alle Kisten, die sie in die Transporter laden sollen.

Wir haben gefunden, was wir gesucht haben. Ich drehe mich um und grinse Cope an. Wir beide sind die Waghalsigsten, wir stürzen uns in jede Gefahr und haben Spaß dabei, während Amar und Kian dafür sorgen, dass wir auch hin und wieder ein paar Schritte zurückgehen.

Mit einem schnellen Signal gebe ich den Befehl. Zwei unserer Männer schleichen sich an den Wachen vorbei, während Cope und ich direkt auf sie zugehen.

»Was wollt ihr hier? Verschwindet!« Einer der Männer entdeckt uns und will uns verscheuchen, doch ich grinse nur und lege den Kopf schief. »Hey, hey, begrüßt man so alte Freunde, wir sind hier, um Aurel einen Besuch abzustatten.«

Der Mann blinzelt, dann sieht man die Erkenntnis in seinen Augen. »Ruf an, sag, die verdammten Puerto-Ricaner sind da. Aurel wird euch nicht empfan...« Weiter kommt er nicht. Unsere Männer kommen von hinten und halten ihnen ihre Waffe an die Schläfe, während Cope und ich mit schnellen Bewegungen, Waffen, Handys und alles andere aus den Händen der Morales-Männer entfernen.

»Das ist niedlich, dachtest du wirklich, wir fragen nach eurer Erlaubnis?« Nun haben alle Männer der Morales eine Waffe an der Schläfe. Wir achten genau darauf, dass sie keine Chance haben, jemandem Bescheid zu geben. »Steigt ein!« Wir bringen sie zu ihren Autos, ich drehe mich zu den erschrockenen Hafenarbeitern um.

»Ihr könnt die Ware behalten, das geht auf unsere Kappe, dafür schweigt ihr aber, comprende?« Sie nicken eifrig und ich setze mich neben einen der Männer in den Hummer und halte ihm wieder die Waffe an die Schläfe. »Dann bring uns mal in eure heiligen Hallen, ich bin mehr als gespannt.« Kian, der sich nach hinten gesetzt hat, lacht.

»Ihr ... ihr habt keine Ahnung, mit wem ihr euch anlegt ...«, stammelt er, aber er gibt Gas, als ich ihm deute loszufahren.

»Schon wieder irrt ihr euch. Wir wissen genau, wer ihr seid, ihr habt den Fehler gemacht, uns zu unterschätzen. Also los, bring mich zu Aurel.«

Die Wagen setzen sich in Bewegung. Wir müssen ein beeindruckendes Bild abgeben mit den Hummer-Geländewagen und den vielen SUVs, die uns folgen.

Ich weiß ungefähr, wo das Haupthaus liegt, vom Hafen ist es knapp dreißig Minuten entfernt. Im Auto ist es still, ich spüre, wie die Männer der Morales bei jedem Kilometer unruhiger werden und meine Konzentration steigt. Kurz vorher rufe ich die anderen Männer in den Autos an. »Jetzt!« Im Rückspiegel kann ich beobachten, wie sich alle SUVs hinter uns lösen und in verschiedene Richtungen fahren, nur wir mit den drei Hummers fahren weiter.

Nach fünf Minuten kommen wir an eine Schranke. Die Männer reagieren kaum auf die Autos, da sie sie ja kennen, erst als wir genau vor dem Wachhaus sind, sieht einer von ihnen ins geöffnete Fenster und hebt blass seine Waffe. Ich lächle und entsichere die Waffe am Kopf des Mannes neben mir. »Fahr die Schranke hoch und sag Aurel, dass wir da sind.«

Er zögert, Cope hinter mir will aussteigen, doch da öffnet einer der anderen die Schranke und hat schon sein Handy am Ohr. »Das war ein großer Fehler.« Der Mann spuckt auf den Boden vor uns, ich brauche nicht nach hinten zu sehen, als ich einen Schuss höre und der Mann auf den Boden fällt. »Nein, das war ein Fehler.«

»Verfluchte ...« Die anderen Wachen kommen angerannt, aber die Schranke ist schon oben. »Fahr oder du landest genau neben deinem Kumpel.« Der Mann gibt Gas und wir setzen uns in Bewegung. Von überall kommen Männer aus den Häusern, das Gebiet ist ähnlich groß wie unseres, der Mann fährt vor das größte Haus, in dem Moment geht schon die Tür auf und Aurel und weitere Männer von ihnen kommen auf uns zu, mit gezogenen Waffen.

»Der Spaß beginnt.« Ich steige aus, wir sind umzingelt von den Männern der Morales, doch meine Männer halten immer noch den Männern vom Hafen ihre Waffen an den Kopf. Ich sehe in Aurels wütendes Gesicht und muss grinsen, es ist eine Weile her, dass ich ihn gesehen habe.

»Was soll das, Aden? Bist du lebensmüde?« Ich sehe mich genauer um und nicke ihm dann zu. »Aurel, wie schön, dich wiederzusehen. Wir haben immer wieder versucht, dich zu kontaktieren, doch es kam keine Reaktion. Man könnte meinen, du machst das mit Absicht. Ich hoffe doch, du hast keine Vorurteile gegen uns?«

Man sieht bei jedem Wort, wie Aurel wütender wird. »Du kommst hier mit deinen paar Männern hin und willst mir ...« Ich hebe die Hand und einer seiner Männer fällt vom Schuss in die Schulter getroffen zu Boden. »Ein paar ist nicht ganz zutreffend, die anderen sind nur damit beschäftigt, euer Gebiet zu umstellen und auch alle in der Schusslinie zu halten. Kommen wir zum Grund unseres Besuches ...« Verwirrt sehen sich Aurel und seine Männer um, von überall von den Seiten fallen rote Laserpunkte auf ihre Stirn. Unsere Männer haben sich verteilt und das Gebiet umzingelt. Der Überraschungsmoment, ich liebe ihn.

Eine Frau kommt aus dem Haus und schreit auf. »Was ist hier los?«

Ich beachte sie nicht. »Es ist nie genau bekannt gewesen, wer den Sturz des Salva Cartels zu verantworten hat, man spricht von drei Anführern. Ich weiß, dass du einer von ihnen warst. Das ist Geschichte, euer Fehler ist, dass ihr denkt, dass wir deswegen schwach sind, dass Puerto Rico schwach ist, aber ich schätze, das ist hiermit widerlegt, doch ich frage dich jetzt nur einmal, Aurel, und ich sage dir, dass du dir gut überlegen solltest, wie du antwortest. Was ist damals mit den drei Salva-Töchtern passiert?«

Die Frau sieht blass zwischen uns hin und her, während ein anderer Mann versucht, sie zu überreden, ins Haus zurückzukehren. »Das alles hier ist wegen Zeina? Ich habe dir gesagt, dieses Mädchen trägt einen Fluch ...« Ich sehe den Blick der Frau zu einem Stall im hinteren Bereich des Anwesens gehen. »Zeina also? Das ist doch schon mal ein Anfang, ich bin gleich zurück, dann reden wir weiter.«

Alle Männer halten ihre Position, nur Cope und ich gehen zu dem Stall. Er ist dunkel, ein Schlüssel hängt von außen im Schloss. Mein ungutes Bauchgefühl nimmt zu, es ist abgeschlossen und sobald wir die Tür geöffnet haben und eintreten, hängt ein Geruch von Schweiß und Angst in der Luft. Wir gehen durch einen kleinen Flur, vorbei an einem abgeschlossenen Raum, einem großen Waschraum, und dann öffnen wir die Tür und stocken, als wir leises Wimmern und verängstigtes Schluchzen hören.

Cope hinter mir schaltet das Licht ein. Es ist ein alter Stall, alles ist morsch und feucht, trotzdem ist er ein wenig modernisiert worden. Sobald das grelle Licht in den großen Raum fällt, flucht Cope auf. Hier liegen Frauen zusammengekauert auf Pritschen, es müssen um die ... dreißig sein. Eher mehr.

»Was zur Hölle ist das hier?« Ich sehe mir die Frauen an und hebe die Hand, als ich merke, dass sie Angst haben. »Das ist die Hölle. Keine Angst, wir sind nicht hier, um euch etwas zu tun, wir suchen jemanden. Zeina. Zeina Salva.«

Alle Frauen sehen zu der hintersten Pritsche, eine Frau steht auf, sie trägt ein weißes dünnes Nachthemd, was ihre goldbraune Haut noch stärker zur Geltung bringt. Lange dunkelbraune Wellen fallen an ihr herab bis zu ihren Hüften, ihr Gesicht ist fein, sie ist sehr hübsch, hat herzförmige Lippen, eine kleine Nase, doch erst als diese wunderschönen mandelförmigen, großen, grünen Augen mit den langen dichten dunklen Wimpern mich unsicher ansehen, muss ich schlucken.

Sie ist die schönste Frau, die ich jemals gesehen habe.

Einen Moment bin ich so perplex, dass Cope neben mir einspringt. »Bist du Zeina Salva aus Puerto Rico, die Tochter von Hector Salva?« Selbst von hier sehe ich, wie ihr Tränen in die Augen steigen und ich gehe ihr ein paar Schritte entgegen. Sie überlegt, vielleicht weiß sie nicht, ob sie uns das sagen kann, doch dann nickt sie, als hätte sie eh nichts mehr zu verlieren.

»Ja, die bin ich, wer seid ihr und was wollt ihr?«

Wir wussten nicht, ob wir eine der Schwestern noch finden oder uns nur ihren Tod bestätigen lassen, doch als sie jetzt auch ein paar Schritte auf uns zukommt, durchströmt mich Erleichterung und gleichzeitig Wut über das, wie sie hier lebt, wie all die Frauen hier gehalten werden.

Ich halte ihr meine Hand hin, damit sie es schafft, zwischen all den Pritschen herauszukommen, sie sieht mich unsicher aus diesen schönen Augen an und ich versuche zu lächeln, um sie zu beruhigen.

»Unsere Väter waren Freunde, wir sind die neue Macht Puerto Ricos ...« Sie nimmt meine Hand und als sie bei mir ist, stocke ich noch einen Moment. Diese Frau ist unfassbar schön, ich kann es nicht fassen, doch dann räuspere ich mich und deute ihr nach draußen.

»Wir sind hier, um dich nach Hause zu bringen.«

Zeina

»Ist alles in Ordnung mit dir?«

Flora läuft neben mir her, während wir zu unseren Schlaf-sälen gehen. Meine Hände brennen vom langen Tag auf den Feldern. Die Erntezeit bedeutet für uns stundenlange, anstren-gende Arbeit. Da die Felder mit speziellen Planen geschützt sind, müssen wir alle zwei bis drei Monate ernten. Wenn wir nicht gerade Kokain verarbeiten, kümmern wir uns um Schlaf-mohn und Cannabis auf weiteren Feldern. Es gibt immer etwas zu tun. Normalerweise erhalten Flora und ich andere Aufgaben, da uns mehr zugetraut wird als den ständig wech-selnden neuen Frauen. Doch heute war die Ernte so wichtig, dass wir fast zehn Stunden durchgearbeitet haben, mit nur kurzen Pausen, um Wasser zu trinken oder auf die Toilette zu gehen.

»Ja, es geht, aber meine Hände tun weh.« Flora wirft mir einen besorgten Blick zu. »Was ist mit Ascan? Ich hatte gehofft, dass er irgendwann das Interesse an dir verliert, aber es sieht nicht danach aus. Hast du gesehen, wie er dich heute angeschaut hat, als er zu den Feldern kam? Ich bin mir sicher, dass er heute Abend wiederkommt. Sollen wir uns etwas überlegen? Vielleicht etwas, damit er denkt, du schläfst oder …?«

Ich zucke die Schultern. »Ascan ist mein kleinstes Problem hier. Hast du bemerkt, dass Aurel sich heute wieder zwei Frauen mitgenommen hat? Ich bin mir sicher, sie sind schon verschwunden.«

Flora nickt und ihr Blick wandert zu meiner Wange, die immer noch bläulich schimmert. Ich hatte gehofft, die Flecken würden schneller verblassen, doch wie immer bleiben sie viel zu lange sichtbar. Eine Frau, die früher einmal hier war, hatte begonnen, in ihrer Heimat Medizin zu studieren, ich habe nie verstanden, wie sie letztlich hier gelandet ist. Sie erklärte uns, dass unsere Wunden wegen der schlechten Ernährung langsamer heilen.

Als hätten sie meine Gedanken gelesen, erscheinen in diesem Moment zwei Wachen mit einem Essenswagen und rollen ihn auf uns zu.

»Zeina, Flora, nehmt euer Essen mit rein!« Sie schieben den Wagen zu Flora, die näher an ihnen steht.

»Natürlich, unsere Arme fallen fast ab, aber kein Problem.« Flora verzieht das Gesicht, und ich muss lachen. Mein Magen knurrt. Ich habe Angst nachzusehen und wieder nur eine dünne Suppe zu entdecken, doch als ich die Deckel der großen

Töpfe anhebe, staune ich. Es gibt Reis mit heller Soße, in der sich Hähnchen und etwas Gemüse befinden. Fleisch gibt es hier nur selten, sehr selten. Vielleicht hat Ascan dafür gesorgt, dass wir zur Abwechslung mal etwas Vernünftiges bekommen. Auch Flora strahlt, denn es gibt sogar geschnittenes Brot dazu. Sie schiebt den Wagen, während ich darauf achte, dass die Schüsseln nicht umkippen.

Alle anderen Frauen warten bereits im Saal. Hier essen und schlafen wir, den Rest der Zeit verbringen wir mit Arbeit. Heute weht ein wenig frischer Wind, also öffnen wir die oberen Luken, um die Abendluft hereinzulassen. Flora und ich verteilen den Reis und die Soße in die Schüsseln, dazu erhält jede Frau eine Flasche Wasser und eine Scheibe Brot.

Das Essen hier ist immer fade und ungewürzt, aber ich bin dankbar für das Fleisch und das Gemüse. Wir sind alle so hungrig, dass es beim Essen still bleibt. Doch im Waschraum ist die Stimmung danach umso ausgelassener.

Es gibt zehn Duschen, und wir müssen uns beeilen, weil wir nur wenige Minuten Zeit haben. Ich warte, bis ich eine der Letzten bin. Manchmal habe ich Glück und kann mich länger abduschen, manchmal nicht. Doch egal wie lange die Duschen laufen, diese Momente der Ruhe hier sind Gold wert.

Ich ziehe mich aus und nehme etwas von dem Shampoo, das meine Haut jucken lässt, mir aber zumindest ein Gefühl von Sauberkeit gibt. Sobald das lauwarme Wasser über mich prasselt, schließe ich die Augen und genieße es für einen kurzen Moment. Dann seife ich mich hastig ein, spüle alles ab und will mich gerade um die wunden Stellen an meinen Händen kümmern, als bereits das Wasser ausgeht. Mist.

Ich greife nach einem der dünnen Handtücher und einem Nachthemd, das mir diesmal besser passt. Natürlich habe ich es nicht geschafft, meine Haare zu waschen. Wenn ich das tun will, muss ich als Erste unter die Dusche. Aber die paar Minuten Ruhe waren es wert.

Sobald ich den Schlafraum betrete, nehme ich sofort eine unruhige Stimmung wahr.

»Irgendetwas stimmt nicht. Man hat Schüsse gehört.« Draußen hört man rennende Männer und laute Rufe. Alle Frauen blicken besorgt zu den offenen Fenstern. Wir können nicht hinaussehen, aber ich weiß auch so bereits nach wenigen Sekunden, dass etwas nicht stimmt.

»Ist die Tür abgeschlossen?« Flora nickt. Unsere Tür wird am Abend immer abgeschlossen. Weitere Männer rennen vorbei, und ich deute den Frauen, auf ihre Betten zu gehen.

»Schaltet das Licht aus und seid leise. Wer weiß, was da draußen passiert.«

Sie tun, was ich sage. Es wird ruhiger. Gerade als ich vorschlagen will, das Licht wieder anzumachen, wird die Tür aufgeschlossen. Verdammt. Mein Herz rast. Vielleicht ist es nur Ascan? Es wäre früh, aber …

Die Tür geht auf. Zwei Männer treten ein, die Waffen im Anschlag, und schalten das Licht an.

»Was zur Hölle ist das hier?« Der hintere der beiden, ein Mann mit braunen Haaren, dunklen Augen und einer Cap, mustert uns der Reihe nach. Sie gehören nicht zu den Morales. Ich habe sie noch nie gesehen. Beide tragen Shorts und Shirts, sind sportlich gekleidet und etwa in meinem Alter, vielleicht ein wenig älter. Der vordere Mann hat dunklere Haare und ebenso dunkle Augen. Sein Gesicht ist markant und auffallend attraktiv. Ich weiß instinktiv, dass er das Sagen hat. Er senkt seine Waffe.

»Das ist die Hölle. Keine Angst, wir sind nicht hier, um euch etwas zu tun. Wir suchen jemanden. Zeina. Zeina Salva.«

Seine raue Stimme dringt bis nach hinten zu mir durch und lässt mich zusammenzucken. Kaum jemand hier kennt meinen Nachnamen. Doch es gibt nur eine Zeina, und alle Frauen sehen mich an. Mein Herz schlägt schneller. Wer sind diese Männer? Was wollen sie von mir?

Auch der Blick des Mannes folgt dem der Frauen und er sieht zu mir. Er mustert mich einmal von oben bis unten, bevor sich unsere Blicke treffen. In seinem Gesicht sehe ich so etwas wie Verblüffung, der andere Mann tritt neben ihn.

»Bist du Zeina Salva aus Puerto Rico, die Tochter von Hector Salva?«

Bei seinen Worten steigen mir die Tränen in die Augen. Ich habe diesen Namen ewig nicht gehört, und wenn jemand ihn ausspricht, dann niemals im Guten. Niemals. Ich zögere. Ich habe keine Ahnung, wer diese beiden Männer sind, aber sie wissen etwas über meinen Vater und vielleicht auch über meine Schwestern. Und bei Gott, ich muss mich doch nur umsehen … Was habe ich noch zu verlieren?

»Ja, die bin ich. Wer seid ihr, und was wollt ihr?«

Der Mann mit den dunkleren Haaren und dem schönen Gesicht kommt mir entgegen und streckt mir seine Hand hin, damit ich über die Pritschen steigen kann. Er lächelt und erneut bemerke ich, wie attraktiv er ist.

»Unsere Väter waren Freunde. Wir sind die neue Macht in Puerto Rico …«

Seine Worte lassen meinen Atem stocken. Er räuspert sich, während ich nach seiner Hand greife. Als ich vor ihm stehe, lächelt er noch mehr. »Wir sind hier, um dich nach Hause zu bringen.« Das kann nicht sein.

Das darf nicht wahr sein. Ich habe unzählige Male von diesen Worten geträumt. Mein ganzer Körper beginnt zu zittern. Der Mann will meine Hand loslassen, doch als er es spürt, hält er sie nur noch fester.

»Es wird jetzt alles gut, versprochen. Aber du musst mit uns kommen. Unsere Männer warten draußen.«

Ich sehe zu den anderen Frauen, die uns mit großen Augen anstarren. Der Mann mit den helleren Haaren und der Cap deutet auch ihnen an, aufzustehen.

»Was tust du, Cope?« Der Mann dreht sich zu ihm. »Ich werde sie nicht hierlassen. Sie sollen gehen. Du weißt genau, was sie hier erwartet. Los, steht schnell auf!«

Mein Herz schlägt schneller. Träume ich? Ich bete, dass ich nicht gleich aufwache, aber dann bringen sie uns tatsächlich hinaus. Ich will mit den Frauen nach draußen gehen, aber der Mann mit den dunkleren Haaren greift erneut nach mir. Dieses Mal hält seine große Hand meinen Arm fest. »Du musst bei uns bleiben. Sie werden ihren eigenen Weg gehen.«

Mein Blick verschwimmt, während ich dabei zusehe, wie Cope die Frauen zum hinteren Ausgang des Gebietes führt, seine Waffe hebt und die Wachen zwingt, sie durchzulassen.

»Zeina, kommst du?« Als Letzte tritt Flora mit den Jüngsten aus dem Stall. Ich will ihr antworten, doch stattdessen tut es der Mann neben mir. »Sie bleibt bei uns. Wir bringen sie nach Hause.« Bisher habe ich kaum etwas gesagt, vielleicht aus Angst, dass ich aufwache, wenn ich das hier wirklich zu glauben beginne.

»Ich bin, seit ich fünf bin, mit Flora zusammen. Wir kümmern uns um die Frauen, das …« Flora lächelt mich an und sieht den Mann neben mir fest an. »Geh mit ihnen, meine Süße. Fahr nach Hause. Ich kümmere mich um die anderen, und dann finde ich dich.« Der Mann neben mir greift nach dem Essenswagen, den wir zurück vor die Stalltür geschoben hatten. Darauf liegt ein schwarzer Stift, mit dem immer die Anzahl der Portionen notiert werden. Er nimmt ihn, greift nach Floras Arm und schreibt eine Nummer darauf.

»Du kannst dich bei dieser Nummer melden. Dann wirst du immer wissen, wo sie ist. Sie ist bei uns sicher.« Flora umarmt mich, viel zu kurz, weil der Mann drängt, dass wir uns beeilen müssen. In diesem Moment kann ich meine Tränen nicht mehr zurückhalten. Während ich zuschaue, wie die Frauen das Grundstück verlassen, laufen sie mir über das Gesicht.

Der Mann sieht mich von der Seite an. Als er meine Tränen bemerkt, senkt er kurz den Blick. Doch ich trete vor ihn und sehe ihn fest an. Ich muss ihn fragen, was hier los ist.

»Wer bist du?«

Er hebt den Kopf wieder, seine dunklen Augen treffen meine. »Ich bin Aden Velázquez, der Anführer des Velázquez-Cartels. Wir herrschen über Puerto Rico. Mein Vater kannte deinen Vater. Sie waren Freunde, und ich bin hier, um dich nach Hause zu holen.« Ich wische mir die Tränen aus dem Gesicht, um ihn richtig sehen zu können.

»Jetzt? Ich bin hier, seit ich fünf bin. Wo sind meine Schwestern? Lebt noch jemand aus meiner Familie?« Aden zieht die Augenbrauen zusammen. »Keiner wusste, ob ihr noch lebt. Wir haben einige Hinweise verfolgt, doch selbst wenn es Gerüchte gab, glaubten alle, dass auch ihr getötet wurdet. Es gab kaum Überlebende. Keinen aus deiner direkten Familie. Was mit deinen Schwestern ist, weiß ich nicht, aber wenn du noch lebst, besteht eine Chance, dass auch sie überlebt haben. Wir werden es herausfinden. Aber jetzt müssen wir dich erst einmal hier rausholen.«

Ein panisches Lachen entfährt mir. Ich versuche, normal zu atmen, doch mein Körper fühlt sich an, als würde er gleich nachgeben. »Ich habe dieses Gelände nicht einmal verlassen, seit ich hierhergekommen bin. Das ist unmöglich.«

Cope kommt zurück. Als die beiden Männer nun neben mir stehen, bemerke ich, wie groß sie sind. Beide überragen mich um mindestens einen Kopf. Sie sind genauso durchtrainiert wie die meisten Männer hier, wenn nicht sogar mehr.

»Mach dir mal keine Sorgen. Es ist nicht das erste Mal, dass wir den Mexikanern in den Arsch treten.« Cope zwinkert mir zu, und zum ersten Mal fällt mir auf, dass die beiden eine gewisse Ähnlichkeit haben.

Sie laufen mit mir in Richtung von Aurels Haus. Doch sobald ich bemerke, dass Aurels wichtigste Männer davor stehen, zusammen mit Aurel und seiner Frau, bleibe ich abrupt stehen und will zurückweichen. Doch dazu habe ich keine Chance mehr. Aden legt eine Hand auf meinen Rücken und drängt mich sanft zum Weitergehen.

»Weiche nicht vor ihnen zurück. Wir sind jetzt hier. Das musst du nie wieder tun.« Seine Worte sollen mir Mut machen, aber ich kann ihnen nicht glauben. Doch in diesem Moment gleiten alle Blicke auf uns, und ich habe keine andere Wahl, als mich in diesen Kreis zu stellen. Aden und Cope bleiben dicht an meiner Seite.

Ein fremder Mann, der Aden auch ähnlich sieht, noch mehr als Cope, hebt die Augenbrauen und kommt auf mich zu. »Ihr verdammten …«

Sein Blick gleitet über mich, bleibt an meiner blauen Wange hängen. Sanft umfasst er mein Kinn und betrachtet sie genauer.

»Wie kannst du es wagen, eine unserer Frauen anzufassen?« Wütend wendet er sich an Aurel. »Eure Frauen? Wir haben sie hier aufgezogen, wenn dann …« Aurel setzt zu einer wütenden Erwiderung an, doch seine Frau hält ihn am Arm zurück. Erst jetzt sehe ich, dass auf ihrer Stirn und auf denen der anderen Männer der Morales rote Punkte tanzen.

Aden spricht mit fester Stimme, wieder spüre ich, dass alle hier auf ihn hören. »Das werden wir später klären, Aurel. Habt ihr Informationen über die Schwestern?« Ein weiterer Mann tritt vor und wendet sich an Aden. »Er weiß nicht, was aus ihnen geworden ist. Aber wir wissen jetzt, wen wir kontaktieren müssen.«

Aden nickt und sieht zu Aurel. »Ihr habt Glück, dass ich sie so schnell wie möglich hier rausholen will. Aber das letzte Wort ist hier noch nicht gesprochen.«

Aurel nickt ebenfalls. »Das sehe ich auch so. Ihr Puerto-Ricaner habt schon immer nur Probleme gemacht.« Aden lacht auf. »Ist das dein Ernst? Du denkst, du hast irgendein Recht, deinen Mund aufzumachen? Ich habe gerade um die dreißig Frauen aus einem verfluchten Stall geholt. Du denkst, du kannst etwas gegen das, was Hector damals getan hat, sagen? Man hört bereits von den Dächern piepsen, dass du noch viel verrückter geworden bist, also sei froh, dass ich ...«

Auf einmal geht die Tür des Hauses auf und Ascan kommt herausgerannt. »Nur über meine Leiche nehmt ihr sie mit!« Er hält schlitternd vor uns und hat, noch bevor ich auch nur blinzeln kann, bereits die Waffe von Aden an der Schläfe. Gleichzeitig hat Aden mich hinter sich geschoben. Wie schnell ist dieser Mann? »Kein Problem!«

Seine Mutter schreit auf, und Aurel wird blass. »Nein!« Ascan sieht zu mir, doch in dem Moment stellt sich Aden so vor mich, dass ich völlig hinter ihm verborgen bin. Ich kenne ihn nicht, aber trotzdem bin ich ihm dankbar für diese Geste. Der Mann, der mein Gesicht zuvor betrachtet hat, ist plötzlich bei mir. Er bringt mich zwei Schritte zu einem Auto, öffnet die hintere Tür und fordert mich auf einzusteigen. Dann fällt die Tür ins Schloss, und ich atme tief aus.

Was passiert hier gerade? Ich sehe mich im Auto um, versuche draußen etwas zu erkennen, doch die Scheiben sind so stark getönt, dass ich kaum etwas sehe. Mein Blick wandert an mir herunter, ich trage nur das dünne Nachthemd und bin barfuß. Doch das ist gerade mein kleinstes Problem. Meine Gedanken rasen. Kann ich diesen fremden Männern vertrauen? Nicht, dass ich eine Wahl hätte. Was ist mit den anderen Frauen? Niemals wird Aurel mich …

Die vordere Autotür öffnet sich. Aden und der Mann, der mich ins Auto gesetzt hat, steigen ein und geben sofort Gas. Ich will mich umdrehen, um zu sehen, ob Aurel und die anderen wirklich zurückbleiben, doch es ist zu dunkel. Ich erkenne nichts. Plötzlich halten wir. Der Mann neben Aden lässt das Fenster herunter, und ich sehe die Schranke, die ich tausend Mal betrachtet und mir gewünscht habe, sie einfach passieren zu können. Zwei von Aurels Männern tragen gerade einen Mann weg. Die Schranken stehen offen. Mein Herz hämmert. Bei Gott, ich war noch nie so nah daran, hier rauszukommen.

»Ihr seid einfach auf der falschen Seite.« Der Mann neben Aden lacht und schnipst seine Zigarette auf die Männer. Ich habe nicht einmal bemerkt, dass er geraucht hat. Ich bin … ich träume. Das muss es sein, all das kann nicht real sein.

Als wir weiterfahren und das Gebiet hinter uns lassen, schließe ich die Augen, und heiße Tränen laufen mir über die Wangen. Ich muss träumen. Sobald ich meine Augen wieder öffne, fange ich den Blick von Aden im Rückspiegel ein. Seine dunklen Augen ruhen auf mir.

»Ist alles in Ordnung? Wir treffen unsere Männer und fliegen direkt zurück. Hast du Hunger? Brauchst du etwas?« Am liebsten würde ich laut auflachen, doch ich zittere. Ich kann meine Tränen nicht zurückhalten und bringe kein Wort über die Lippen. »Gib ihr Zeit, sie muss das alles verarbeiten. Niso sagt, sie warten zwei Straßen weiter.«

Ich versuche, mich zu beruhigen, doch es gelingt mir nicht. Wir fahren noch ein Stück, dann halten wir erneut. Mir wird die Tür geöffnet. Ein fremder Mann lächelt mich an und hilft mir in einen anderen schwarzen Wagen. Wieder setzen sich Aden und der andere Mann nach vorne. Nach zwei Minuten steigt Cope neben mir ein. In seiner Hand hält er eine Tüte mit Teigtaschen und ein paar Getränkedosen. »Hier, bedien dich. Es dauert einen Moment, bis wir bei den Jets sind.«

Der Duft steigt mir in die Nase. Ich habe das Gefühl, seit einer Ewigkeit nichts so Köstliches mehr gerochen zu haben. Auch wenn ich dem Ganzen noch nicht traue, greife ich nach einer Teigtasche und bedanke mich leise. Sie ist noch warm. Ich beiße hinein und schließe die Augen. Der salzige Geschmack, das frittierte Äußere, das saftige Fleisch, das Gemüse, die Gewürze …

»Schmeckt's?«

Als ich die Augen wieder öffne, sieht mich Cope an und grinst. »Es ist traumhaft. Das ist …« Er hat selbst in eine gebissen, aber seine Tüte ist noch gut gefüllt. »Es geht. Ich habe schon bessere gegessen.«

Ich muss leise lachen. Er hat ja keine Ahnung. »Ich glaube, seit ich fünf war, habe ich nur ungewürzte Suppen oder Eintöpfe gegessen, und niemals so viel, dass wir wirklich satt wurden.« Ich nehme noch einen Bissen. Mein Hunger ist riesig, und doch sperrt sich mein bereits Magen dagegen. Wieder fange ich den Blick von Aden auf, während Cope nur den Kopf schüttelt.

»Wir hätten sie alle töten sollen. Du bist zu gütig, Aden.« Aden weicht meinem Blick nicht aus. »Niemand sagt, dass wir das nicht tun werden. Aber sie soll erst in Sicherheit sein. Dein Magen wird Zeit brauchen, um sich daran zu gewöhnen.« Auch wenn es gut schmeckt, spüre ich, dass Aden recht hat. Nach nur drei Bissen kann ich nicht mehr, und mein Magen rumort. Cope reicht mir eine Limonade und lächelt. »Unsere puerto-ricanischen Schönheiten ... Hast du diesen Trottel Ascan gesehen? Der muss ganz verrückt nach ihr sein.«

Ich lehne mich zurück, höre nicht mehr genau hin. Ich spüre weiterhin den Blick von Aden auf mir, aber ich sehe hinaus in die Dunkelheit. Und zum ersten Mal wage ich es, den Gedanken zuzulassen, dass ich wirklich frei bin.

Beim nächsten Mal, als ich die Augen öffne, halten wir. Ich muss eingeschlafen sein. Unsicher setze ich mich auf. Wieder wird mir die Tür aufgehalten, und ich blicke auf zwei Jets mit startenden Motoren. Cope führt mich nach oben. Ich höre Stimmen, Männer, Lachen, doch Cope bringt mich direkt durch einen luxuriösen Sitzbereich zu einer Tür. Dahinter befindet sich ein kleines Schlafzimmer mit einem Bett und einem angrenzenden Bad mit Dusche, in einem Jet. Ich traue meinen Augen kaum.

»Hier hast du deine Ruhe. Wir besorgen dir noch etwas Leichtes zu essen. Du kannst duschen und dich ausruhen.« Ich bedanke mich erneut, dann bin ich allein.

Was passiert hier? Ich kann es noch nicht begreifen. Mein Blick wandert über den Luxus, das weiche Bett, die moderne Ausstattung. Draußen höre ich Stimmen, dann setzt sich plötzlich der Jet in Bewegung. Ich richte mich panisch auf.

Ich weiß, dass ich schon einmal geflogen bin, aber damals war ich noch klein. Panik steigt in mir auf. Ich sehe aus dem Fenster, beobachte, wie die Häuser kleiner werden, und flüstere ein leises Gebet, als mir bewusst wird:

Ich habe es tatsächlich geschafft. Ich verlasse Mexiko.

Aden

»Sie ist wunderschön.«

Capo neben mir beißt von einer weiteren Teigtasche ab. Das ist sie, jedes Mal, wenn ich sie wieder ansehe, habe ich meinen Augen nicht trauen können.

»Es ist krank, was Aurel mit ihr getan hat und wir wissen noch nicht einmal alles. Er hat sie mit fünf Jahren einfach mitgenommen, ich kann nur erahnen, was sie damals alles gesehen hat. Seitdem wurde sie dort eingesperrt, wer weiß, was sie alles erlebt hat. Lassen wir sie zur Ruhe kommen. Was genau habt ihr über die Schwestern erfahren?«

Amar ist bei Aurel geblieben, während wir Zeina aus dem Stall geholt haben und hat ihn ausgefragt. »Erst einmal wollte er gar nichts sagen, er hat nicht aufgehört, über uns schlimme Puerto-Ricaner herzuziehen. Dann habe ich ihm deutlich gemacht, dass die roten Punkte auf seiner Stirn nicht nur zur

Verzierung sind. Er hat gesagt, dass damals, wie es auch vermutet wurde, die Sacra Notte und das Seinura Cartel ihre Hände mit im Spiel hatten. Er sagte, sie wollten die Mädchen nicht töten, aber dafür sorgen, dass die Ära der Salvas zu Ende geht und niemand von ihnen erfährt. Da drinnen duscht gerade der Beweis, dass ihnen das nicht gelungen ist.«

Kurz nachdem wir auf Flughöhe waren, ist Zeina duschen gegangen. Man kann hier hören, dass das Wasser läuft und ich verstehe, dass sie all diesen Dreck und diese Zeit von sich waschen will, ich fürchte nur, dass ihr das nicht so einfach gelingen wird.

Einen Moment atme ich durch und lehne mich zurück. Ich hatte wirklich nicht damit gerechnet, dass wir eine von Hectors Töchtern finden, doch jetzt bin ich froh, dass wir sie gefunden haben. Ihre Frage, wieso erst jetzt, ist völlig berechtigt. Damals, als all das passiert ist, waren auch wir noch Kinder, ich weiß aber, dass alle davon ausgegangen sind, dass die Töchter tot sind. Keiner hat mehr danach gefragt, auch wenn es immer mal wieder Gerüchte gab.

Erst als wir die Bestätigung brauchten und Aurel kontaktiert haben, wurde es auffällig. Er war uns schon immer ein Dorn im Auge, aber dass er so gar nicht auf unsere Anfragen reagiert hat, hätte mich schon vorher mehr alarmieren sollen, als es das getan hat.

Jetzt ist es auch nicht mehr zu ändern. Wir können nur versuchen gutzumachen, dass sie vergessen wurde und ihr helfen, darüber hinwegzukommen. Das Wasser wird abgestellt. Ich hatte ihr ein großes, weißes T-Shirt und eine Shorts in das

Schlafzimmer gelegt, die einigermaßen passen sollte. Sie hat nichts bei sich außer einem Nachthemd, was direkt im Müll landen wird.

Wie soll das alles gehen? Es war nicht geplant, sie zu finden, und keiner von uns weiß, was jetzt zu tun ist.

»Wie sehen die nächsten Schritte aus?« Kian, unser Planer, scheint genau dasselbe zu denken wie ich. Er sieht mich an, da ich die Befehle gebe und Antworten habe, doch hier habe ich keine Ahnung. Also sehe ich mich um. Ich habe dafür gesorgt, dass nur die engsten Kreise in unserem Jet sind. Alle Männer wissen, wer sie ist, doch sie sollen nicht alles mitbekommen, wir müssen vorsichtig sein.

»Das ist nicht so leicht. Ich denke, als Erstes kümmern wir uns darum, ihre Schwestern zu finden. Kian, kontaktiere Japan und Italien. Sag ihnen noch nicht genau, worum es geht, doch sag ihnen, dass ich sie sprechen muss. Wir bringen sie erst einmal nach Hause, lassen sie … das sehen, was von den Salvas noch da ist, lassen sie von einem Arzt durchchecken, kleiden sie ein und gucken dann, wie es weitergeht. Sie hat dieses Grundstück nicht verlassen, seit sie fünf ist. Sie kennt das normale Leben nicht, also müssen wir vorsichtig sein.«

Alle nicken und ich sehe zu dem Obst und dem Salat, das ich rausgesucht habe. Die Piloten sind in der Zeit, in der wir nicht an Bord sind, zuständig, die Vorräte aufzufüllen und die Jets zu betanken. Deswegen gibt es immer genug zu essen an Bord.

»Wir sollten auch vorsichtig wegen Aurel sein. Ich kann mir nicht vorstellen, dass er das auf sich beruhen lässt.« Das wird er nicht, das ist garantiert. »Sie wird die erste Zeit immer mit einem von uns sein. Amar, sorg dafür, dass ab jetzt der Luftraum und auch die Schiffe noch besser überwacht werden. Niemand, der nicht gefragt hat, wird momentan nach Puerto Rico kommen.« Wir haben immer eine gute Kontrolle über unsere Insel, doch in solchen Zeiten können wir den Schutz auch ohne Probleme verstärken.

»Ruht euch aus. Wenn wir zurück sind, haben wir genug zu tun.« Ich blicke in die Runde, stehe auf, nehme das Obst, ein paar Säfte, den Salat und auch eines der fertigen Sandwiches und klopfe an der Tür zum Schlafzimmer, bevor ich eintrete.

Wieder stocke ich einen Moment.

Zeina steht im Raum. Sie trägt das weite Shirt und auch die Shorts, die trotzdem noch genug von ihren schlanken goldbraunen Beinen zeigen. Man sieht kaum mehr von ihren Kurven, doch diese Frau lässt mich trotzdem immer zweimal hinschauen. Dieses Gesicht, diese Augen. Sie trocknet gerade ihre nassen dunklen Haare und die grünen Augen sehen mich unsicher an.

Sie ist komplett ungeschminkt. Es ist selten, dass ich Frauen so zu Gesicht bekomme und doch ist sie die Schönste, die ich jemals gesehen habe.

Mit meinem Fuß schließe ich die Tür wieder und lege ihr die Sachen auf den Tisch. »Hier, falls du noch Hunger bekommst, du solltest dich ausruhen. Wir fliegen noch ungefähr sechs Stunden, ich kann mir vorstellen, dass du Ruhe brauchst ...« Oh Mann, ich muss echt aufpassen, was ich sage, ich habe keine Ahnung, wie ich mit ihr umgehen soll, ohne ihr zu nah zu treten. »Vielleicht hilft es ja, hier schlafen zu können, ich meine, ich habe ja gesehen ...« Ich sollte einfach meine Klappe halten und sie machen lassen.

Sie atmet durch und lächelt. Es ist das erste Mal, dass ich sie lächeln sehe, verständlicherweise, und es macht sie nur noch bezaubernder. Sie hat ein schönes Lächeln.

»Danke, das wird es. Ich bin müde und ich konnte endlich mal duschen, ohne dass das Wasser ausgeht. Danke für eure Mühe, ich bin bisher noch nicht dazu gekommen, mich bei euch zu bedanken. Ich hatte nie damit gerechnet, jemals da rauszukommen.«

Sie hängt das Handtuch zurück in das Bad. »Ich wünschte, wir hätten das früher gewusst, Zeina. Es tut mir leid, dass wir nicht geahnt haben, was los ist, dafür sind wir jetzt da. Wir werden dir helfen, nach Hause zu kommen.«

Sie lächelt, es ist mitten in der Nacht und sie hat nur ein leichtes Licht neben dem Bett an, trotzdem sehe ich jedes Detail in ihrem Gesicht.

»Was ist mit meinen Schwestern? Alles, woran ich mich erinnere, ist, dass es auf einmal laut wurde und wir in den Keller mussten, plötzlich war unsere Nanny weg und drei Männer standen vor uns, und dann haben sie uns mitgenommen.« Ich lehne mich gegen den kleinen Schreibtisch, auf dem ich ihr Essen und ihre Getränke hingestellt habe.

»Kannst du dich daran erinnern, wie diese Männer aussahen?« Sie schüttelt den Kopf. »Nein, ich weiß nur noch, dass ich Angst hatte und dass man mir erst meine kleine

Babyschwester aus dem Arm genommen hat und dann Ava. Ava hat sich fest an mich geklammert, doch sie haben uns getrennt, egal wie sehr wir uns dagegen gewehrt haben.«

Sie hält mir ihre Hand hin und deutet auf eine kleine Narbe auf ihrem Handrücken. Ich weiß noch, dass ich viel geweint und geschrien habe und irgendwann vor Erschöpfung eingeschlafen bin. Ich habe keine Ahnung, was mit Bruna und Ava passiert ist.«

Sie sieht mich müde an. »Wir werden alles versuchen, um sie zu finden. Aber du musst auch damit rechnen, dass sie … wir wissen nicht, was mit ihnen ist, stell dich auf alles ein. Aber ich verspreche, dass wir uns bemühen, auch sie nach Hause zu holen.«

Zeina nickt und wieder bildet sich dieses zaghafte Lächeln auf ihren Lippen.

»Und dann? Was passiert, wenn ich … zu Hause bin?« Das ist eine gute Frage. Ich habe keine Ahnung.

»Das werden wir dann sehen. Ich weiß, dass du das bisher noch nie getan hast, aber all das wirst du selbst entscheiden können, ab jetzt bist du für dein Leben selbst verantwortlich und triffst deine eigenen Entscheidungen.« Ich versuche sie anzulächeln. Ich sehe in ihren Augen tausend weitere Fragen und ich verstehe es, doch sie kann ihre Augen kaum mehr aufhalten, also stehe ich wieder auf und deute zum Essen und dann zum Bett.

»Aber um das zu können, brauchst du erst einmal wieder Kraft und Ruhe. Wenn wir landen, bist du wieder zu Hause.«

Zeina nickt und bedankt sich noch einmal, am liebsten würde ich sie weiter im Auge behalten, doch ich weiß, dass sie hier sicher ist, also lasse ich sie alleine und schließe die Tür und sehe direkt in die neugierigen Gesichter der anderen, worin genau dieselbe Frage steht, die wir alle in uns tragen.

Was zur Hölle machen wir jetzt mit ihr?

Zeina

Meine Gefühle schwanken noch immer zwischen Ungläubig-keit, absoluter Erleichterung und auch Angst, was nun wirk-lich auf mich zukommt, als ich hinter Amar und Cope aus der Jet-Tür steige.

Sobald Aden mich allein gelassen hat, habe ich etwas geges-sen und mich dann auf dieses riesige, weiche Bett gelegt. Ich schaffe es kaum, mehr als ein paar Bissen zu nehmen und doch liebe ich alles, was ich hier zu mir nehmen kann. Eigent-lich wollte ich mir die Zeit nehmen, endlich meine Gedanken zu ordnen, doch das Nächste, was ich weiß, ist, dass jemand geklopft hat, um mir zu sagen, dass wir landen.

Die Zeit hat nur gereicht, mich frisch zu machen und dann zu den anderen zu gehen. Aden hat mir alle noch einmal vor-gestellt, Cope kann ich schon einordnen. Der Mann, der mein

Gesicht genauer betrachtet hat und am meisten Ähnlichkeiten mit Aden hat, ist Amar, sein Bruder, und dann gibt es noch Kian. Cope und er sind die Cousins der beiden. Ich habe noch ein paar weitere Männer vorgestellt bekommen, doch es ist einfach zu viel. Ich schaffe es kaum, einen klaren Gedanken zu fassen, ich bin so viele neue Eindrücke nicht gewohnt.

Am liebsten würde ich mich wieder ins Bett legen und mir die Decke über den Kopf ziehen, gleichzeitig kann ich es nicht erwarten, Puerto Rico wiederzusehen, deswegen habe ich mich direkt hinter Cope und Amar gestellt und bleibe jetzt stehen, nachdem ich hinausgetreten bin.

Die feuchtwarme Brise Puerto Ricos schlägt mir entgegen, vermischt mit dem salzigen Duft des nahen Meeres. Mein Herz rast. Ich bin zu Hause. Nach all der Zeit, nach all dem Leid. Wenn ich einen Wunsch hatte, war es neben dem, meine Familie wiederzufinden, immer dieser. Und doch schnürt sich auch meine Kehle zu. Eben weil ich genau weiß, dass mich hier nicht das erwartet, was ich immer gehofft hatte.

Aden tritt neben mich, sein Blick liegt ruhig und aufmerksam auf mir. Die ganze Zeit kümmert er sich um mich und ich weiß nicht, wie oft ich mich schon dafür bei ihm bedankt habe. Er sagt nichts, wartet nur. Ein Lächeln schleicht sich auf meine Lippen und ich atme tief durch, setze vorsichtig einen Fuß auf die Gangway. Der Boden unter mir ist fest, real. Ich träume nicht. Aber in meinem Inneren schwankt alles. Die Schatten der Vergangenheit greifen wieder nach mir. In meinen Träumen haben sie mich immer verfolgt, doch auch jetzt flüstern sie mir Bilder zu, die ich lieber vergessen würde.

»Bist du bereit?« Mein Blick gleitet zu Aden und Kian, die beide geduldig warten, während die anderen Männer an uns vorbeigehen und sich auf mehrere Autos verteilen, die hier für uns bereitstehen. Es warten auch einige andere Männer auf dem Flugfeld, was für mich nicht ungewöhnlich ist. Das kenne ich, daran kann ich mich bei meinem Vater erinnern und habe es auch bei Aurel täglich erlebt, das ist für mich ganz normal, trotzdem merke ich, dass die Männer hier alle sehr familiär miteinander umgehen. Anders als es bei Aurel der Fall war. Sie hier umarmen sich, lachen, haben Spaß, es wirkt bei ihnen nicht wie eine Verpflichtung, sondern, als wollen sie alle genau hier sein.

Auch diese Männer begrüßen mich respektvoll und geben mir die Hand. Dieses Mal sitze ich bei Cope und Amar im Auto. Cope besteht darauf, dass ich vorne bei ihm sitze und mir so alles ansehen kann. Er ist sehr lieb, er zeigt mir einiges, an dem wir vorbeifahren. Wir sind in der Nähe von San Juan und er erklärt mir, dass sie nun genau dort leben, wo früher meine Familie gelebt hat.

Es ist schwer zu sagen, ob es stimmt oder nicht, ob es vielleicht eher ein Gefühl oder Einbildung ist, aber mir kommen die Straßen und Geschäfte, die wir passieren, vertraut vor. Es geht wahrscheinlich gar nicht, ich war viel zu jung, und doch lässt mich dieses Gefühl nicht los, bis wir in das geschützte Gebiet des Cartels einfahren.

Gerade habe ich das erste Mal ganz entspannt alles ansehen können, jetzt beginnt mein Herz schneller zu schlagen, als ich die Schranke sehe, genau wie bei uns, die hohen Mauern, bewaffnete Männer. Cope lässt seine Scheibe herunterfahren, begrüßt lachend einen der Männer und will dann weiterfahren, sieht aber zu mir und muss meine Angst spüren.

»Ist alles okay, Prinzessin?« Cope hat mir vorhin im Jet erklärt, dass damals alle von den drei verlorenen Prinzessinnen gesprochen haben, einfach weil mein Vater sich selbst wohl gern als König Puerto Ricos bezeichnet hat. Deswegen scheint er mich Prinzessin zu nennen, was mich nicht stört. »Werde ich hier wieder … eingesperrt?« Ich sehe zu den Schranken, die sich hinter uns schließen, und zu den Männern.

Cope sieht zu mir und mir in die Augen. »Niemals. Das wird dir nie wieder passieren, hörst du, darauf hast du mein Wort. Das hier ist dein Zuhause, du wirst nie wieder irgendwo festgehalten werden.« Auch wenn ich seinen Worten glaube, habe ich ein ungutes Gefühl, als ich bemerke, dass auch dieses Gebiet ähnlich aufgebaut ist. Hier stehen viele Häuser, gepflegte Straßen, alles wirkt ein wenig teurer als in Mexiko. Ich versuche etwas zu erkennen, was mich an meine Kindheit erinnert, doch da ist nichts. Es ist alles sehr modern und neu hier.

Nach und nach verteilen sich die Autos in verschiedene Straßen. Cope folgt einem Wagen bis ganz zum hintersten Teil des Gebietes, wo die Häuser teurer und prunkvoller wirken und hält vor dem größten. Aden steigt mit zwei Männern aus dem anderen Auto, kommt zu unserem und hält mir die Tür auf.

Auch hier kann man das Meer riechen, sogar noch näher, und ich atme tief ein. Aden deutet mir, ihm zu folgen, aus den

Augenwinkeln sehe ich, dass die anderen sich auf die Häuser verteilen.

»Ich weiß nicht, ob du bereit dazu bist, aber ich wollte dir zeigen, was … also nachdem hier alles zerstört wurde, haben wir unser Gebiet hier gebaut. Wir haben aber den Teil, der damals dem Salva Cartel gehört hat, nicht genutzt. Es liegt seitdem wie ein Mahnmal genauso da, wie es verlassen wurde. Mein Vater hat sich darum gekümmert, dass die Leichen vergraben und eine Kapelle darüber gebaut wurde, es sind einige schwere Steine entfernt, doch sonst ist alles so wie an dem Tag, als du entführt wurdest. Unser Cartel wächst, deshalb brauchen wir mehr Platz. Deswegen musste geklärt werden, ob es noch jemanden gibt, der Anspruch darauf hat oder nicht. Deswegen sind wir nach Mexiko gekommen, um endlich zu erfahren, was wirklich passiert ist. So haben wir dich gefunden. Bist du bereit?«

Er führt mich an dem größten Haus vorbei und ich nicke nur. Was mich dann erwartet, lässt mich trotzdem stocken. Das prunkvolle, lebhafte Gebiet endet hier, es geht noch eine ganze Weile weiter, doch alles, was hier ist, ist … es liegen nur noch Trümmer herum.

Meine Beine zittern, als ich mir neben Aden durch den Trümmerhaufen einen Weg suche. Hier entlang zu der Kapelle ist ein kleiner Weg freigeräumt, aber nicht genug, um problemlos zu laufen.

»Das ist …« Mir fehlen die Worte. Dort, wo einst mein Zuhause gestanden hat, liegen nur noch Trümmer. Hin und wieder stehen einzelne Mauern, hier und da steht ein Sofa oder ein Schrank liegt herum, als würde noch jemand hier in diesen Trümmern wohnen.

Es ist viel zu schwer zu ertragen. Ich wende meinen Blick ab und sehe zu einer kleinen Kapelle, die als Einzige wie ein Mahnmal hier inmitten des Chaos steht. Dahinter kommt man direkt auf den Strand.

»Gab es nichts mehr, was noch zu retten war?« Aden bleibt die gesamte Zeit bei mir. Als ich jetzt zu ihm hochsehe, erkenne ich eine gewisse Sorge in seinem dunklen Blick. Die Sonne strahlt in sein Gesicht und ich bemerke wieder, wie hübsch dieser Mann ist. Obwohl die Sonne ihn anstrahlt, liegt sein Blick noch genauso dunkel auf mir. Er hat faszinierende Augen.

»Nicht viel, natürlich sind, nachdem es sich rumgesprochen hat, einige Menschen gekommen und haben alles mitgenommen, was Geld eingebracht hat und nicht zerstört war. Mein Vater hat nur ein Bild bergen können, das hängt in der Kapelle. Ich schätze aber, dass generell alles andere verbrannt und zerstört wurde, sehr viel wird auch nicht zu holen gewesen sein.«

Wir gehen zu der Kapelle, er hält mir die Tür auf und ich muss lächeln. Wie wunderschön. Hier drinnen gibt es eine einfache Bank, ein weißes Steinkreuz und ein Fenster, was geöffnet ist und was einen direkt auf das Meer blicken lässt, wunderschön und bedacht. »Dein Vater hat ihnen einen wundervollen Ruheplatz gegeben, ich wünschte, ich könnte ihm dafür danken.« Mir kommen die Tränen. Das Letzte, was ich gesehen habe und was ich, auch wenn ich noch so klein war, nie

92

aus meinen Gedanken bekomme, ist die Verwüstung und die toten Männer, die überall lagen. Jetzt diesen Ort zu sehen und zu wissen, dass sie alle hier ihre letzte Ruhe gefunden haben, nimmt mir einen Stein von meinem Herzen, von dem ich gar nicht realisiert habe, dass er so schwer auf mir lag.

Aden sagt nichts, er bleibt am Eingang stehen und lässt mir meine Zeit. Ich sehe zu dem Bild, was als Einziges von alldem übrig geblieben ist. Mein Herz rast und ich muss mir ein Schluchzen verkneifen, als ich vor dem Bild stehe und darauf meinen Vater entdecke. Ich erkenne ihn sofort. Er strahlt in die Kamera, viele Männer sind um ihn versammelt und sie alle sehen in die Kamera. Herrgott, sie wirken wirklich gefährlich und doch muss ich leise lachen, als ich sie sehe. Ich wusste gar nicht, wie sehr ich meinen Vater vermisst habe, seinen Anblick. Ich habe fast immer an meine Schwestern gedacht, doch jetzt streiche ich mit meinen Fingern über sein Gesicht und lächle.

Neben ihm steht ein Mann, der mir auch unglaublich bekannt vorkommt wie auch einige Männer auf dem Bild. »Ich weiß nicht mehr, wer sie alle sind, aber ich kenne sie.« Aden tritt hinter mich, und ich nehme seinen Duft nach teurem Aftershave und noch etwas Tieferem, Würzigerem wahr, als er über meine Schulter hinweg auf das Bild zeigt.

»Das hier ist dein Onkel gewesen, an ihn kann ich mich noch erinnern, ich denke, die anderen waren alle im Salva Cartel, es war sehr mächtig damals.« Ich nicke, sehe zum Kreuz und bekreuzige mich. Dann fällt mein Blick aus dem Fenster auf den Strand und ich muss trotz all meiner Tränen wieder lächeln. »Das erkenne ich wieder.« Ich verlasse die Kapelle und gehe zum Strand. Es ist traumhaft, ich habe noch immer keine Schuhe an und der feine Sand umspült meine Füße. Es ist wie im Paradies, türkisfarbenes Wasser, weißer Sand und überall stehen Palmen, bis auf die Palme, die fast bis zum Boden hängt.

Nun rast mein Herz endgültig und ich wende mich schnell zu Aden um, der hinter mir herkommt. »Diese Palme, wir waren als Kinder immer am Strand. Ich konnte schon ein wenig schwimmen und durfte ins Meer, aber nur unter Aufsicht. Ava natürlich noch nicht, doch sie ist die ganze Zeit in ihrem Bikinihöschen am Strand umhergerannt. Oh mein Gott, ich … erinnere mich. Obwohl wir eine Nanny hatten, mussten auch einige Männer uns immer begleiten, und wenn die Nanny müde von uns war, hat einer der Männer, ich kann mich sogar noch an ihn erinnern, uns immer nach und nach an die Palme gehängt.«

Aden lächelt, als ich ihn an meinen Gedanken teilhaben lasse. »Das war das Größte, ich habe es geliebt, er hat uns Klammeräffchen genannt und wir haben uns hin und her geschaukelt, bis er uns wieder runtergeholt hat. Das ist …« Ich sehe mich um und wieder treten mir Tränen in die Augen. Das ist so ewig her, meine Güte, das alles, ich könnte zerspringen vor Glück und gleichzeitig zusammenbrechen vor Trauer.

Eine Weile sehe ich einfach aufs Meer, ich gehe nach vorne und lasse das kalte Nass meine Füße umspielen, bis Aden zu mir kommt.

»Geht's? Das muss ein unwirkliches Gefühl sein, wieder hier zu sein?« Ich spüre seinen Blick auf meinem Gesicht, doch sehe weiter aufs Meer hinaus. »Das ist es, all das. Weißt du, der Gedanke, dass mein Vater hier solch ein schreckliches Ende gefunden hat, schnürt mir die Kehle ab, auch wenn ich weiß, dass alle sagen, er war ein Monster und was er alles Schlimmes getan hat, doch er war mein Vater. Ich kann mich daran erinnern, wie er mich stundenlang getragen hat, wenn ich nicht schlafen konnte, wie er mich angestrahlt hat und mir gesagt hat, dass er mich liebt, wie er mir immer diese … erinnerst du dich an diese Bonbons, in dem grellen bunten Papier, die rotweiß waren? Ich habe sie geliebt und mein Vater hat mir immer eine Packung mitgebracht, diese Packung mit den roten Schleifen …«

Nun sehe ich zu Aden, der meinen Blick sofort erwidert. »Die gibt es sogar noch.« Ich lächle und sehe zum Meer hinaus. »Ich trauere um ihn, auch wenn es sonst kein Mensch auf der Welt tut.« Auch wenn es vielleicht keiner versteht, ist es so.

»Ich weiß, dass viele nicht besonders gut von Hector sprechen, doch mein Vater hat das anders gesehen. Als ich damals älter wurde und nach alldem gefragt habe, hat er mir gesagt, dass dein Vater ein guter Mann war. Er war gerecht und hat sich aus eigener Kraft das Meiste hier aufgebaut. Sie waren Freunde. Sie haben sich bei allem unterstützt, damit sie beide immer mächtiger wurden. Er hat mir erzählt, dass eines Tages seine Schwester entführt wurde …«

Verwundert wende ich mich zu ihm um. »Seine Schwester?« Aden nickt, seine dunklen Augen sehen in meine und ich habe das Gefühl, dass sein Blick milder wird. »Ja, deine Tante. Mein Vater hat mir nicht alles gesagt, aber sie wurde wohl aus Rache gegenüber Hector über mehrere Monate gefangen gehalten und gefoltert. Dein Vater hat in dieser Zeit einiges getan, einige schlimme Dinge, um die Verantwortlichen zu finden und sie zu befreien, doch wer hätte das nicht? Sie haben sie irgendwann gefunden, tot und schrecklich zugerichtet. Das war ein Punkt, wo dein Vater die Kontrolle verloren hat. Er hatte aber noch deine Mutter, die es geschafft hat, ihn wieder zu beruhigen. Mein Vater hat gesagt, dass er sie über alles geliebt hat. Sie haben ein Kind verloren, was ihn noch einmal die Kontrolle verlieren lassen hat, dann kamst du und alles wurde besser, bis deine Mutter und sein Sohn bei der Geburt gestorben sind. Danach wurde es schlimm, ich bezweifle, dass dein Vater ein schlechter Mensch war, das Leben und das, was passiert ist, hat ihn sich verlieren lassen, doch ich würde niemals meine Hand dafür ins Feuer legen, dass das nicht jedem passieren kann. Du solltest deinen Vater so in Erinnerung behalten, wie du ihn gesehen hast, so ist es richtig.«

Ich lächle. »Danke, Aden, danke für all das, für ...« Er hebt die Hand. »Das mache ich ... wir alle gerne, du bist wieder zu Hause, das ist alles, was zählt.«

Mein Blick gleitet an ihm vorbei nach hinten zu all den Trümmern, das ist nicht richtig, hier sollte wieder Leben herrschen, solch ein schreckliches Mahnmal hätte mein Vater nie gewollt.

»Nehmt das Grundstück. So sollte es nicht bleiben. Hier gibt es nichts mehr, mein Vater hätte gewollt, dass ihr weitermacht, alles ist besser als das, was hier unter all den Trümmern verborgen ist.«

Er nickt. »Das machen wir. Wir werden den Bereich um die Kapelle freilassen und für dich und hoffentlich auch deine Schwestern Häuser bauen, damit ihr hier immer ein Zuhause habt. Das ist euer Zuhause.«

Mir treten wieder Tränen in die Augen und ich stimme ihm zu. »Ich hatte die Hoffnung aufgegeben, dass ich wieder hier sein werde.« Wieder schnürt sich meine Kehle zu, wenn ich daran denke, dass ich keine Ahnung habe, was ich jetzt tun soll.

Freiheit bedeutet nicht sofortige Leichtigkeit.

Mein Blick gleitet zurück zu Aden und in seinen dunklen Augen liegt ein Versprechen, was Hoffnung in mir aufkeimen lässt.

»Wir werden deine Schwestern finden oder herausfinden, was mit ihnen passiert es. Ich verspreche es dir!«

Zeina

»Hier seid ihr. Die Männer haben etwas im Gemeinschaftshaus vorbereitet, um dich willkommen zu heißen. Bist du
bereit?«

Wir waren so aufeinander fixiert, dass keiner von uns
bemerkt hat, dass Amar auf uns zugekommen ist. Unsicher
sehe ich zwischen den beiden hin und her. Auch wenn ich
geschlafen habe, bin ich völlig fix und fertig, all diese neuen
Eindrücke machen mich müde. »Du musst auch nicht, wenn
dir das noch zu viel ist. Die Männer kennen die Geschichten
um das Salva Cartel, sie haben jeden Tag auf dieses Bild hier
geblickt und sie freuen sich einfach, dass wir dich gefunden
haben.« Aden sieht mich weiter an, vielleicht bemerkt er meine
Erschöpfung.

»Nein, das ist in Ordnung, ich kann mitkommen.« Wir gehen zu Amar und dann mit ihm zusammen zurück. Mein Blick fällt erneut auf die Kapelle, am liebsten würde ich hierbleiben, doch ich weiß ja jetzt, dass ich immer wieder herkommen kann.

Wir laufen an dem großen Haus vorbei und Aden sagt, ich soll warten. Zum Glück gibt es hier Gras, so langsam beginnen meine Füße zu schmerzen, ich bin noch immer barfuß und es ist mittags, sodass die Sonne unnachgiebig auf uns hinab scheint. Er verschwindet kurz im Haus und kommt dann mit ein paar Sportlatschen zurück. »Ich weiß, das ist nicht optimal, wir gehen dir morgen alles kaufen, was du brauchst, doch alles ist besser, als wenn du dir die Füße verbrennst.«

Er stellt mir die Latschen so vor die Füße, dass ich direkt reinschlüpfen kann. Sie sind mir sicher fünf Nummern zu groß, aber er hat recht, immerhin habe ich somit wieder Schuhe an.

Da wir nun etwas langsamer laufen müssen, damit ich nicht ständig aus den Latschen rutsche, nehmen sie sich die Zeit und zeigen und erklären mir alles. Hier oben wohnt der engere Kreis, Aden, sein Bruder Amar und seine Cousins, danach kommen noch einige weitere Männer, die zu ihren engsten Vertrauten gehören, und dann weiter unten leben die restlichen Mitglieder des Velázquez Cartels. Das Gebiet ist gepflegt und sieht ähnlich aus wie bei den Morales. Ich erzähle ihnen ein wenig davon, von unseren Aufgaben, von den Frauen, die immer wieder kamen und gingen und dass nur Flora und ich immer da waren.

Amar fragt mich, was mir dort alles angetan wurde. Er sagt nicht, was er vermutet, doch ich kann es mir denken. Er erwähnt auch, dass ich morgen zu einem Arzt gebracht werde, der mich einmal komplett untersuchen soll. Sie haben einen, der sich um das Cartel kümmert, doch heute soll ich erst einmal hier an- und zur Ruhe kommen.

Meine Gedanken kehren zurück nach Mexiko, ich muss an die vielen Situationen denken, in denen ich Schläge bekommen habe, wo jemand seine Wut an mir ausgelassen hat und ich erwähne es. Ich umschreibe nicht, wie oft oder wie schlimm es war. Sie fragen mich nach den Frauen und ob auch ich wie sie behandelt wurde. Ich weiß, was sie denken, ich will nicht darüber sprechen, doch den Gedanken, dass sie davon ausgehen, dass mir diese Dinge angetan wurden, kann ich nicht ertragen. Nur deshalb erzähle ich ihnen, dass eine der wichtigsten Regeln war, dass keiner der Männer mich anfassen durfte, damit meine Gene sich nicht mit ihren vermischen. So krank sich das anhört, war ich immer froh darum.

Während ich den beiden alles erzähle, sehe ich sie nicht an. »Was war mit Ascan? Er schien ziemlich aufgebracht, dass wir dich mitnehmen. Mehr als die anderen.« Aden räuspert sich und ich atme tief aus. Es fällt mir schwer, über all das zu sprechen, doch vielleicht ist es besser, das jetzt einmal zu klären und dann nie wieder daran zurückdenken zu müssen. »Auch er musste sich an diese Regel halten. Es hat ihm nicht gepasst, er hat versucht, sie … zu umgehen, aber auch er hat sich immer seinem Vater gebeugt.«

Amar schüttelt den Kopf. »Diese kranken Morales. Aurel zeigt jeden Tag mehr sein wahres Gesicht. Damals dachten die drei Anführer, sie handeln richtig, als sie hier eingefallen sind. Mittlerweile ist Aurel einer der allerschlimmsten. Frauenhandel ist seit Langem nicht mehr geduldet, auch nicht in unserer Welt. Er sollte aufpassen, dass sich nicht bald welche finden, die den Morales ein Ende setzen, so wie er es damals getan hat. Wir wären sofort mit dabei.«

Aden lacht bitter auf. »Dafür brauchen wir keine anderen, ich warte nur darauf, dass sie sich melden, um sich zu rächen.« Er hält mir die Tür zu einem weiteren relativ großen Haus auf, es ist nicht ganz so groß wie das von ihm, doch größer als die meisten Häuser hier.

Sobald er diese Worte sagt, bleibe ich stehen und sehe zu den beiden Brüdern. »Kann das passieren? Was ist, wenn ihr deswegen Probleme bekommt? Was ist, wenn sie herkommen und …?« So gut es mir tut, hier zu sein, so sehr spüre ich sofort, dass diese Panik noch anhält. Allein der Gedanke, wieder zurückzumüssen, lässt mich am ganzen Körper zittern.

»Deswegen musst du dir keine Gedanken machen. Wir merken es, wenn jemand nach Puerto Rico kommt, du kannst dich hier auf unserem Gebiet frei bewegen, fürs Erste begleitet dich immer einer von uns, wenn du das Gebiet verlässt, aber ich denke, das wird nicht lange halten. Wir hatten schon immer Probleme mit Mexiko, auch ohne dich …« Aden sieht mir in die Augen. Auch wenn ich ihn kaum kenne, beruhigt es mich, ihm in die Augen zu sehen, ich bilde mir ein, darin das Versprechen zu erkennen, dass alles gut wird, doch ich wende meinen Blick ab. Da ich außer Flora bisher niemals anderen Menschen vertraut habe, weigere ich mich, mich auf dieses Gefühl zu verlassen, doch ich könnte es zumindest versuchen.

»Da ist sie ja!« Wir drei werden unterbrochen. Wir stehen noch im Eingangsbereich eines wunderschön eingerichteten Hauses und blicken durch einen in schwarz-weiß gehaltenen Wohnbereich in einen Garten, in dem eine Menge Männer stehen und zu uns sehen.

Aden legt einen Moment seine Hand an meinen Rücken und deutet mir zu kommen. »Ich sage ja, sie alle sind neugierig auf dich.« Überrascht sehe ich auf die vielen Männer, den großen Garten, den Pool in der Mitte und all die Liegen und Tische, die hier im Garten verteilt sind. Es stehen Tischtennisplatten herum, es sind einige Grills aufgestellt, auf denen Fleisch und Fisch gegrillt wird, und auf einem Tisch steht ein großer Korb und ein Strauß Blumen.

»Da ist eine der Salva-Prinzessinnen. Darf ich euch Zeina vorstellen, Jungs, sie hat überlebt.« Cope kommt zu mir und legt den Arm um mich. Die Männer klatschen und pfeifen und ich muss leise lachen. Es ist ein merkwürdiges Gefühl, immer gesagt zu bekommen, dass man vom reinen Bösen abstammt, um dann auf Menschen zu treffen, die das ganz anders sehen.

»Das war immer ein Teil, der uns allen auf der Seele lag. Es sind einfach andere hergekommen und haben um die dreihundert Menschen getötet, sie alle, weil ihnen ein Mann nicht gepasst hat. Wir wissen, was die Leute da draußen erzählen, aber wir kennen die Wahrheit, wir denken an all die Namen und Geschichten und wir sehen täglich auf den Schutt, der übriggeblieben ist und es ist uns eine Ehre, dich wieder zu Hause begrüßen zu dürfen. Es freut uns alle von Herzen, dass jemand diese Nacht überlebt hat.«

Cope gibt mir ein Glas in die Hand und alle heben ihre Gläser und trinken.

Auch wenn ich ein wenig überfordert von all den Eindrücken bin, lächle ich. Es tut gut. Mir ist bewusst, dass viele nicht so denken, ich weiß, dass sicherlich einiges stimmt, was man über meinen Vater sagt und doch tut es unfassbar gut, mal nicht mit dieser Abscheu in den Augen angesehen zu werden. Der Drink prickelt in meinem Hals, ich habe diesen Geschmack noch niemals vorher erlebt. Aden tritt zu mir und reicht mir ein Glas Orangensaft, ein sanftes Schmunzeln liegt um seine Lippen, als er mir das andere Glas aus der Hand nimmt. »Sei vorsichtig damit, wer weiß, wie du darauf reagierst, dein Körper sollte sich langsam an alles gewöhnen.«

Da wird er recht haben, ich nehme einen Schluck Orangensaft, da legt Cope wieder den Arm um mich und bringt mich zu dem Tisch. Auch wenn ich sie alle nicht kenne, merkt man sehr schnell, dass Aden und Amar die Ruhigeren, Besonneneren sind und Cope das genaue Gegenteil. Er zwinkert mir zu.

»Hier ist eine Kleinigkeit, wir wissen, dass ihr morgen zum Arzt und alles besorgen geht, was du brauchst, aber als die Nachricht kam, dass du kommst, sind die Männer losgefahren und haben ein paar Dinge besorgt ...«, er deutet zu dem eingepackten Korb, »oder haben das die Verkäuferinnen machen lassen.«

Cope deutet auf den Korb. Alle anderen unterhalten sich weiter und widmen sich wieder anderen Dingen. Auch wenn ich dankbar für die Worte bin, bin ich froh, dass nicht mehr alle Blicke auf mir liegen. Im Korb liegt ein weißes Kleid mit rosafarbenen Blumen, ein kurzer Pyjama in rosa, Flipflops, eine Haarbürste, Haargummis, Shampoos, ein wenig Schminke, Cremes. Ich muss lächeln, das ist wirklich lieb. »Das ist mehr, als ich jemals besessen habe. Danke.« Ich wende mich zu Cope um und umarme ihn. Er erwidert meine Umarmung und lächelt. »Du bist ab jetzt unsere Prinzessin, warte ab, was dich noch alles erwartet.«

»Lass sie atmen, Cope, sie ist gerade mal ein paar Stunden hier.« Kian steht plötzlich neben uns und führt uns zu einem Tisch. Er hat einen Teller mit Steak, Salat und gebratenen Maiskolben für mich und auch eine Limonade. »Lass sie erst einmal ankommen.«

Mein Herz zerspringt fast vor Glück. Vor 24 Stunden wusste ich noch nicht, dass ich jetzt hier sitzen werde. Ich spüre, wie erschöpft ich bin, wie überwältigt ich von all den neuen Eindrücken bin, wie sehr mein Körper mit all dem neuen Essen und den neuen Dingen beschäftigt ist. Ich komme nicht dazu, irgendetwas zu verarbeiten oder ganz zu mir durchzulassen, noch fühle ich mich wie in Watte gepackt. Es wird dauern, bis ich all das begreife und doch bin ich dankbar, da raus zu sein und dieses Gefühl hilft mir, etwas zu essen, mit den Männern zu sprechen, die sich immer wieder zu uns setzen und diese Zeit zu genießen. Mir fällt auf, dass diese Männer hier noch viel gefährlicher wirken, unberechenbarer als die Männer von Aurel, doch in ihren Augen liegt echte Freude, während sie sich mit mir unterhalten.

Sie alle hier werden nicht verstehen, wie ich die letzten Jahre gelebt habe, selbst wenn sie es gesehen haben. Sie wissen nicht, dass es seit über zwanzig Jahren der erste Tag ist, an dem ich nicht arbeiten musste, an dem mir meine Knochen nicht wehgetan haben, an dem ich nicht unter seelischem Stress stand. Diese Dankbarkeit für all das lässt mich lächeln, doch ich werde mit jeder Minute erschöpfter.

Nachdem ich die Hälfte von alldem gegessen und einige Gläser getrunken habe, fällt es mir schwer, diese Musik und all die vielen Leute zu ertragen, und genau in diesem Moment kommt Aden und deutet mir mitzukommen. »Ich denke, das reicht für heute, lasst sie sich etwas ausruhen. Ich bringe sie ins Haus und komme dann, wir fahren in zehn Minuten los.«

Dankbar, dass er gemerkt hat, dass es mir zu viel wird, gehe ich mit ihm nach draußen. Er trägt den Korb, ich die Blumen. »Es ist nett, dass du dir die Zeit genommen hast, jeder hätte es auch verstanden, wenn du gesagt hättest, du brauchst erst einmal Ruhe, aber den Männern bedeutet es viel, dass wir dich gefunden haben.« Er ist sehr aufmerksam. Ich kann ein Gähnen nicht unterdrücken, als nun langsam auch diese Anspannung von mir fällt. Ich bin ungewöhnlich satt. So eine Sättigung habe ich noch niemals gefühlt. Zumindest nicht, dass ich mich erinnern kann. »Das habe ich gerne getan, du ahnst nicht, wie gut es tut, mal nicht als das schreckliche Erbe, was versteckt werden muss, angesehen zu werden.«

Aden führt mich zu dem Haus, hinter dem unser altes Gebiet und die Zerstörung beginnt. Zu dem größten und prunkvollsten Haus. »Das kann ich mir vorstellen. Wir haben leider kein freies Haus, aber ich habe einige Gästezimmer, ich hoffe, das reicht dir fürs Erste.«

Er öffnet die Tür und wieder sehe ich mich erstaunt um. Hier liegt sein Duft in der Luft, der mir schon die ganze Zeit über in der Nase liegt. Auch in diesem Haus herrscht der reine Luxus, ich kenne das schon aus Aurels Haus und doch ist es immer noch etwas mehr. Ich streife die viel zu großen Latschen ab und gehe über den kühlen Marmorboden im Eingangsbereich.

Es ist verrückt, wie viel Geld diese Männer haben. Das Velázquez Cartel scheint sogar noch mehr als die Morales zu besitzen. Unwillkürlich frage ich mich, ob wir auch damals so gelebt haben, ob diese Trümmer hinter dem Haus auch mal solch eine Schönheit ausgestrahlt haben. Ich kann mich an ein paar Bilder erinnern, aber zu wenig, als dass ich daraus ein Haus bilden könnte.

Von hier sieht man auf einen Wohnraum mit hellen Sofas, vielen Kissen, einem riesigen Fernseher und einer verglasten Tür, von der man in einen Garten mit Pool blicken kann. »Du kannst dich hier frei bewegen, dort ist die Küche, du kannst den Pool benutzen, fühl dich wie zu Hause.« Vom Eingangsbereich geht eine Treppe hoch, die ich ihm nach oben folge.

Hier oben liegt dunkler, glänzender Holzboden aus, edle weiße Läufer schmücken den langen Flur. Aden öffnet mir die zweite Tür und wieder sehe ich staunend auf all den Luxus. Hier gibt es ein riesiges Bett. Wenn ich dachte, das Bett im Flieger war groß, dann weiß ich nicht, wie ich das beschreiben soll. In das Bett passe ich mindestens fünfmal rein. Unzählige Kissen und Decken laden direkt dazu ein, sich hineinzulegen. Ich muss aufpassen, dass mir kein verzückter Seufzer entgleitet.

Ich sehe auf einen dunklen Schreibtisch, einen kleinen Tisch, von hier geht ein leerer Kleiderschrank ab, den man begehen kann und auch ein Bad. Ich trete langsam ein und sehe mir alles an, während Aden den Korb auf den Schreibtisch stellt. »Ich hoffe, das reicht für dich.« Ich lache leise auf. »Du hast doch gesehen, wie ich geschlafen habe.« Ich höre auch in seiner rauen Stimme ein Lachen. »Ich weiß, aber hey, du wirst hier überall Prinzessin genannt, dem muss ich ja irgendwie gerecht werden. Sieh dich um, ich gehe schnell duschen, ich muss dringend los.«

Mein Blick gleitet zu ihm und da bemerke ich, dass er dunkle Schatten unter den Augen hat. Er war die gesamte Zeit an meiner Seite, seit er mich da rausgeholt hat. Ich weiß nicht, ob er in der Zwischenzeit überhaupt geschlafen hat. »Natürlich, ich komme zurecht. Danke.« Er nickt und verlässt mein Zimmer, zumindest scheint es das für die nächsten Tage zu sein.

Noch immer kann ich es nicht fassen und doch setze ich mich aufs Bett und schließe die Augen, traumhaft weich. Ich gehe ins Bad und entdecke eine Dusche und eine freistehende Badewanne, ich wollte schon immer baden, vielleicht sollte ich es jetzt einmal tun. Wie oft habe ich die Badewannen im Haus von Aurel geputzt und mir gewünscht, ich könnte für eine Weile darin entspannen. Gegenüber höre ich, wie das Wasser angeht und mache mich daran, diesen süßen Korb auszupacken.

Die Blumen lasse ich auf dem Tisch, die Schminke, die Bürste, die Shampoos und die Cremes bringe ich ins Bad. Ich finde noch feine rosafarbene Unterwäsche darin, Socken und

Süßigkeiten. Die Unterwäsche könnte etwas zu groß sein, doch jedes einzelne Teil lässt mich lächeln.

Der Schlafanzug kommt auf das Bett, das Sommerkleid und die Flipflops lege ich in den leeren Kleiderschrank und als ich da rauskomme, steht Aden bereits wieder in meiner Tür. Er trägt eine hellblaue Jeans und ein weißes Shirt und steckt sich gerade eine Waffe in den hinteren Hosenbund.

Auch wenn ich tausend andere Gedanken und widersprüchliche Gefühle in mir trage, komme ich erneut nicht umhin, zu bemerken, wie hübsch dieser Mann ist. Ich sehe auf seine durchtrainierten Arme, das Kreuz, das sich seinen gesamten rechten Unterarm entlang erstreckt, wie breitgebaut er ist und dann diese dunklen Augen, die mich ansehen. Seine dunklen Haare schimmern noch leicht feucht.

»Ich muss los, wenn irgendetwas ist, kannst du jederzeit zu einem der anderen Häuser gehen. Unten steht ein Telefon, da musst du nur die eins drücken und du bist mit dem Gemeinschaftshaus verbunden, wir müssen dir dringend ein Handy besorgen … und so einiges mehr, aber ruhe dich erst einmal aus. In der Küche ist alles, was du brauchst, wie gesagt, fühl dich wie zu Hause.«

Mehr als ein Nicken bekomme ich nicht zustande. Sollte ich ihm sagen, dass ich in meinem Leben noch niemals ein Telefon oder ein Handy benutzt habe? Wie auch, ich war fünf und danach hatte ich keine Chance dazu. Ich schiebe es beiseite, es reicht, dass er weiß, wie ich gelebt habe, er muss nicht jedes Detail dazu kennen.

Ich bin überfordert, doch ich werde das alles hinbekommen. Wie angewurzelt bleibe ich stehen, bis ich seine Schritte die Treppe hinabgehen höre, die Tür und dann ein Auto. Dann atme ich durch. Ich bin alleine, ich bin das erste Mal in meinem Leben alleine in einem Haus. Ich weiß nicht, ob ich weinen, schreien oder lachen soll, doch alles, was ich tun kann ist es, zur Badewanne zu sehen.

Eine halbe Stunde später liege ich im warmen Wasser und schließe die Augen. Ich habe noch eine Banane aus der Küche gegessen, obwohl ich satt bin, doch ich wollte mir den Rest des Hauses ansehen. Zumindest alle Zimmer, die offen stehen und davon gibt es nicht viele. Hier oben sind fast alle Zimmer geschlossen, ich traue mich nicht, sie zu öffnen und reinzugehen, obwohl ich mir vorstellen kann, dass ich das dürfte.

Deswegen bin ich nach unten gegangen, habe mir eine Weile den schönen Garten angesehen, die Bilder von Aden und seinen Leuten betrachtet, die Küche erforscht, anders kann man es nicht nennen, sie ist riesig, darin könnte man drei Familien gleichzeitig bekochen und außerdem habe ich noch zwei weitere Bäder entdeckt.

Dann bin ich nach oben und nun liege ich in der Badewanne und will nie wieder aufstehen. Obwohl ich immer davon geträumt habe, das zu tun, habe ich es mir niemals so großartig vorgestellt und würde am liebsten die ganze Zeit hier bleiben, doch als ich spüre, dass meine Haut zu schrumpeln beginnt, lasse ich das Wasser raus und wasche mir unter der Dusche noch einmal die Haare.

Noch niemals hatte ich für solche Dinge genug Zeit.

Ich creme mich ein, kämme meine Haare, flechte sie zur Seite und ziehe den Schlafanzug an. Er besteht aus einem rosafarbenen Top und einer kurzen Shorts. Noch nie habe ich so viel Haut gezeigt, doch was ich im Spiegel sehe, gefällt mir. Ich lächle mich selbst an, bevor ich nach unten gehe. Die Ruhe, die ich am Anfang genossen habe, lässt mich langsam nervös werden. Ich versuche mich davon abzuhalten, zu viel nachzudenken. Was ist, wenn sie doch kommen? Was ist, wenn sie mit Aden und seinen Männern etwas vorhaben wie mit dem Cartel meines Vaters aus Rache? Was soll ich jetzt tun? Diese Frage schleicht sich immer wieder in meine Gedanken, ich weiß nicht mal, was ich die nächsten Minuten tun soll, geschweige denn die nächsten Tage oder Wochen. Bisher wurde mir immer gesagt, was ich zu tun habe, gerade fühlt es sich an, als stehe ich vor dem Nichts.

Um einfach etwas zu hören und nicht mehr nachdenken zu müssen, setze ich mich auf die weiche Couch, hier liegt eine Fernbedienung. Es dauert einige Minuten, bis ich den Fernseher eingeschaltet habe und darauf starre. Es werden Bilder von Menschen gezeigt, die fliehen, von zerbombten Häusern, es geht um einen Krieg. Ich lehne mich zurück und sehe zu, was da passiert, höre der Sprecherin zu und begreife, dass ich nicht nur mein ganzes Leben verpasst habe, sondern auch alles, was in dieser Welt passiert ist.

Das Nächste, was ich bewusst wahrnehme, ist wieder diese Stille. Die Stille, die ich mir immer herbeigesehnt habe und die mir nun Angst macht.

Ich liege zusammengerollt auf der Couch. Eine Decke ist sorgsam über mich gelegt. Müde setze ich mich auf. Neben der Couch, auf dem Sessel erkennt man, dass jemand hier gesessen haben muss. Aden. Er muss mich hier schlafend vorgefunden haben.

Mein Blick gleitet zum Tisch und mein Herz schlägt schneller, als ich zwei Packungen der Bonbons entdecke, von denen ich ihm gestern erzählt habe. Es gibt sie noch. Am liebsten würde ich laut auflachen, doch ich bin mir sicher, dass Aden oben schläft.

Sorgfältig falte ich die Decke zusammen und gehe in das Gästebad, mache mich frisch und schleiche dann so leise ich kann in die Küche, wo ich sehe, dass es schon nach zehn Uhr am Morgen ist.

Hier liegt eine Tüte mit Croissants, doch ich will erst einmal nur etwas trinken. Ich liebe Kaffee. Manchmal, wenn wir Glück hatten, gab es welchen, für jede Frau einen Schluck. Als ich mich jetzt vor die Kaffeemaschine stelle, bin ich froh, dass ich so eine schon einmal bedienen musste, als eine der Töchter von der Köchin krank war und ich ihr in der Küche helfen musste. Ich suche mir ein großes Glas, fülle Milch in den Behälter und drücke auf den Knopf. Dieser Duft, das Glas füllt sich mit Schaum und Kaffee, ich nehme einen Schluck, sobald er fertig ist und seufze entzückt auf.

Selbst wenn ich all das träume, darf ich niemals aufwachen.

Leise, um niemanden zu wecken, schlüpfe ich wieder in die zu großen Latschen, die noch an der Eingangstür stehen und verlasse das Haus. Automatisch gehe ich zu den Trümmern. Während ich den kleinen Weg entlanggehe, hoffe ich, dass Aden schnell mit den Bauarbeiten beginnt, dieser Anblick ist unerträglich, ich kann nicht fassen, dass sie ihn all die Jahre ertragen haben.

Zuerst gehe ich in die Kapelle, ich bekreuzige mich, bete und sehe eine Weile auf das Bild meines Vaters und seiner Männer, bevor ich mich an den Strand und ans Meer setze und meinen Kaffee zu Ende trinke.

Ich bin frei, ich habe keine Ahnung, was nun passiert, aber ich bin frei.

Ich schließe die Augen, atme den Duft des salzigen Meeres ein und genieße die warmen Strahlen der Sonne auf meiner Haut. Eine Weile beobachte ich zwei Strandschildkröten, für viele wäre das hier zu langweilig, doch ich genieße es, einfach mal nichts zu tun und mich treiben zu lassen.

Mein Gefühl kann mir nicht mal ansatzweise verraten, ob ich hier schon Stunden oder Minuten sitze, als sich plötzlich hinter mir etwas bewegt und sich dann Aden zu mir in den Sand setzt.

»Guten Morgen.«

Ich wende mich zu ihm, sein Duft vertreibt den salzigen Geruch des Meeres, doch ich würde mich nicht darüber beschweren. Ich lächle über seine zerzausten Haare und seinen verschlafenen Gesichtsausdruck. Er ist atemberaubend. Mein Blick gleitet über sein weißes Shirt, die Boxershorts und die muskulösen Beine, die man so sieht. Ein Oberschenkel von ihm sind drei von meinem. Auch er trägt nur Latschen.

»Guten Morgen. Ich hoffe, ich habe dich nicht geweckt?«

Er lehnt sich zurück und lächelt. »Nein, hast du nicht, ich habe mir nur Sorgen gemacht, als ich dich nicht gefunden habe, aber ich habe geahnt, wo du bist. Hast du keinen Hunger? Wir haben heute einiges vor.«

So langsam habe ich den tatsächlich. »Das hatte ich ganz vergessen.« Ich will aufstehen, doch Aden greift nach meinem Arm und hindert mich daran. Er sieht mir in die Augen und legt den Kopf schief.

»Aber erst einmal muss ich dir etwas sagen.«

Sein Gesichtsausdruck wird ernst und ich spüre, wie wieder diese Panik in mir hochkommt. Bitte nimm mir nicht dieses Glücksgefühl, was ich seit dem Aufwachen in mir trage. Das erste Mal seit so unendlich vielen Jahren, dass ich mit einem wirklichen Gefühl von Glück aufgewacht bin, auch Angst vor dem was kommt, doch das Glück überwiegt und das bedeutet mir alles.

»Kian hat gestern noch versucht, deine Schwestern zu kontaktieren. Zumindest die Leute, die etwas damit zu tun haben müssten.«

Nun rast mein Herz, ich sage kein Wort und mein Mund fühlt sich staubtrocken an.

»Es ist ihm gelungen und nicht nur das. Sie hatten vor, in zwei Wochen herzukommen, um dich zu suchen, Zeina. Die beiden haben sich selbst gerade erst gefunden und haben sich jetzt auf die Suche nach dir gemacht.«

Er macht eine kurze Pause und ich versuche, seine Worte zu begreifen.

»Deine Schwestern leben. Beide. Und sie suchen dich. Sie machen sich sofort auf den Weg und werden am Samstag ankommen.«

Ein weiterer Stein, der noch mehr als jeder andere auf meinem Herzen gelastet hat, fällt ab.

»Meine Schwestern … sie leben?«

Er nickt.

»Sie leben und sie suchen dich.«

Aden

»Und, gibt es etwas Neues?«

Während ich mich zu Cope setze, sehe ich mich im Wartebereich um. Eigentlich kommt der Arzt zu uns ins Gebiet, wenn es etwas gibt, doch da die meisten Geräte hier in seiner Privatklinik sind, sind wir heute mit Zeina hergekommen. Das war vor mehreren Stunden.

Sie haben sie gleich mitgenommen und gesagt, dass es dauern kann. Erst habe ich gewartet, dann kam Amar und nun hat Cope ihn abgelöst. Niemand hat damit gerechnet, dass wir Zeina finden, unsere Geschäfte laufen trotzdem weiter. Eigentlich hätte ich heute Nacht nach Guatemala fliegen sollen, doch nun fliegt Amar mit einigen Leuten, weil ich hier sein muss, wenn am Wochenende die Schwestern und ihre Begleiter kommen. Taro Akuma kenne ich, wir haben zwar noch niemals Geschäfte zusammen gemacht, aber ich habe ihn schon auf einigen Festen getroffen, von Leuten, mit denen wir beide Geschäfte gemacht haben. Er wird die jüngste Schwester begleiten und Leano DeLuca wird Avalyn begleiten. Beide haben noch zwei Männer angekündigt, die sie mitnehmen.

Für die Schwestern wird es ein Wiedersehen sein. Sie sind hier zu Hause, Taro hat mit der Seinura-Familie nicht viel zu tun, die damals hier mit Aurel eingefallen ist. Leano ist der Neffe von Vito de Luca. Wir haben ihnen klargemacht, dass wir das nur dulden wegen der Schwestern, aber trotzdem werden wir sehr vorsichtig sein und sie wissen lassen, dass wir das, was sie getan haben, niemals vergessen haben und niemals vergessen werden. Und bei Gott, niemals wieder werden wir zulassen, dass sie auch nur einen Handschlag in Puerto Rico machen können, den wir nicht abgesegnet haben.

Deswegen muss ich hier sein, sie bleiben einige Tage und ich werde keinen von ihnen aus den Augen lassen.

Cope hält mir einen Artikel in der Zeitung hin und sieht mich erschrocken an. Er ist blass um die Nase. »Noch nicht. Wusstest du, was während einer Geburt alles passiert? Ich meine, ich wusste … aber das … die sagen hier, die Frauen schaffen es, ihre …« Ich nehme ihm die Zeitung aus der Hand und sehe ihn streng an. »Ist das dein Ernst, Cope?«

Genau in dem Moment kommt eine der Arzthelferinnen. Sie lächelt uns schüchtern an. »Die Untersuchungen sind abgeschlossen, der Arzt erwartet Sie.« Endlich, wir stehen beide auf, doch ich deute Cope, zu warten und weiter darauf zu achten, dass niemand außer uns die Praxis betritt. Wer weiß, was der Arzt herausgefunden hat, es reicht, wenn ich das alles weiß.

Die Arzthelferin deutet mir ihr zu folgen. Sie bringt mich in der großen Praxis zum letzten Raum, in dem der Arzt wartet, der sich seit Jahren um unser Cartel kümmert. »Aden, wie schön, ich hatte gar nicht gesehen, dass du auch da bist. Tut mir leid, dass es länger gedauert hat, aber wir haben ein MRT gemacht, Blutuntersuchungen, Ultraschall und einiges mehr. Die hübsche junge Frau, die ihr hergebracht hat, hat einiges mitgemacht und ich wollte ganz sicher gehen, dass wir nichts übersehen.«

Er deutet mir, mich ihm gegenüberzusetzen. »Sie zieht sich gerade noch um. So lange kann ich dir schon einmal sagen, dass wir einige alte Knochenbrüche entdeckt haben. Sie scheinen ihr nicht allzu schwere Probleme zu machen, sie hat hin und wieder Schmerzen an den Stellen, aber auch wenn diese nicht gut verheilt sind, hält sich der Schaden in Grenzen. Dazu hat sie natürlich sehr schlechte Blutwerte. Sie hat mir ein wenig umschrieben, wie sie ernährt wurde. Es wird dauern, bis das alles aufgeholt ist. Ich habe euch eine Liste zusammengestellt mit Nahrungsergänzungsmitteln, die helfen, außerdem soll sie jetzt einmal die Woche eine Infusion bekommen, ich kann sie ihr bei euch geben, wenn sie dort bleiben wird. Zudem haben wir hier eine gute Therapeutin, die ich dreimal die Woche zu euch schicke. Zeina sagt, sie kann ein wenig schwimmen und das werden wir ausbauen, für ihre Knochen, ihre Muskeln und alles andere ist schwimmen die beste Therapie, um all das in Ordnung zu bekommen. Es wird dauern, doch bei allem, was sie durchgemacht hat, hat sie tatsächlich noch Glück, dass keine schwereren dauerhaften Schäden vorhanden sind.«

Er sieht zu der Tür, hinter der Zeina sich gerade aufhält.

»Dabei reden wir allerdings nicht von dem Psychischen. Ich weiß nicht genau, was alles passiert war, doch solche Traumata lassen sich vermutlich nicht ganz so schnell beheben. Sie wirkt ziemlich stabil, doch das kann täuschen. Es kann sein, dass sie anfängt, sich zurückzuziehen, dass ihr Körper ihr Grenzen aufzeigt und sie das die ersten Tage herunterspielen kann, doch die Psyche holt einen meistens ein. Sie hat mir gesagt, wie froh sie ist, frei zu sein und das wird sie auch, doch das bedeutet nicht, dass der Rest nicht auch noch kommen wird, nur damit ihr euch darauf einstellen könnt. Wenn die Therapeutin mit ihr arbeitet und wenn ich ihr die Infusionen gebe, werden wir uns auch darum weiter kümmern und gucken, ob sie das alleine verarbeiten kann oder ob man auch da mehr machen muss. Da ist jeder Mensch sehr unterschiedlich.

Meine Frau ist Frauenärztin und hat sie auch ausführlich behandelt und beraten. Sie hat mir keine Details erzählt und das sollte sie auch nicht, doch so weit geht es ihr gut und alles ist in Ordnung. Auch sie hat eine ganze Weile mit ihr gesprochen.«

Okay, das … vielleicht sollte ich gar nicht so viel wissen, das fühlt sich nicht richtig an. Ich kenne Zeina kaum, doch wir sind da und werden dafür sorgen, dass sie wieder in Ordnung kommt. Genau in dem Moment geht die Tür auf und Zeina kommt in den Raum. Wie eigentlich jedes Mal, wenn ich sie sehe, beschleunigt sich mein Herzschlag bei ihrem Anblick. Sie trägt das weiße Kleid mit den Blumen drauf und die einfachen Schuhe, die die Männer ihr besorgt haben. Ihre langen dunklen Haare hat sie zur Seite geflochten. Zwei Strähnen sind dem Zopf entwischt und fallen in ihr hübsches Gesicht.

Ihre grünen Augen stechen – wie eigentlich immer – besonders hervor, ein lebhafter Kontrast zu ihrem goldbraunen Haar und diesem zarten Gesicht. Ihre herzförmigen Lippen formen ein Lächeln, als sie mich entdeckt. Schon heute Morgen fiel es mir schwer, nicht auf ihre traumhafte Figur zu achten. Diese Hüften … Ich schäme mich, hier zu sitzen und mir ihre Geschichte anzuhören, während ich sie dennoch immer wieder bewundere. Also reiße ich mich zusammen und richte meinen Blick auf den Arzt, als sie sich neben mich setzt.

»Ich habe Aden alles gesagt … was wir gefunden haben und wie wir die Therapie angehen wollen.« Zeina nickt und sieht zu mir. »Gibt es noch etwas, das Sie wissen möchten oder brauchen?« Der Arzt schaut sie freundlich an. Sie hat die Hände ineinander verschränkt, reibt sie aneinander, sie ist nervös. Ich kann mir gut vorstellen, dass ihr das alles langsam zu viel wird. Sie hat genug gehört. Das alles hier, die Menschen, die neue Umgebung, alles muss viel zu viel für sie gewesen sein. Als sie den Kopf schüttelt, übernehme ich.

»Dann belassen wir es dabei. Wir machen es wie besprochen. Wir besorgen jetzt ohnehin alles Nötige und kümmern uns darum, dass Sie die Vitamine bekommt. Bitte sprechen Sie mit Kain über die Termine für die Infusionen und die Therapeutin. Vielen Dank für Ihre Hilfe.« Beim Aufstehen reiche ich dem Arzt die Hand. Ich vertraue nicht vielen Menschen, aber er hat mein Vertrauen. Mehr als einmal hat er mir, und wahrscheinlich der Hälfte unserer Männer, den Arsch gerettet.

Auch Zeina erhebt sich und reicht ihm die Hand. Draußen wartet die Arzthelferin und bringt uns zu Cope, der mal wieder in eine Zeitung vertieft ist. Etwas darin lässt ihn die Augenbrauen heben. »Lass den Scheiß und komm«, ermahne ich ihn. Cope steht auf, zwinkert der Arzthelferin zu und legt im nächsten Moment schon seinen Arm um Zeina. Er geht viel ungezwungener mit ihr um als ich. »Und, Princesa? Alles gut überstanden?« Sie gehen bereits zusammen aus der Praxis, während ich noch auf die ausgedruckten Unterlagen warte. Die Arzthelferin reicht sie mir mit einem Lächeln. Unter anderen Umständen wäre ich vielleicht einem kleinen Flirt nicht abgeneigt, aber dafür habe ich momentan keinen Kopf. Also nehme ich die Papiere, bedanke mich und folge den beiden nach draußen.

Zeina sitzt bereits auf dem Beifahrersitz, Cope lehnt an ihrem Fenster und unterhält sich mit ihr. Sie lacht über seine Worte, vielleicht ist das besser als jede Therapie, sie einfach so normal wie möglich zu behandeln. Man muss nur verdrängen, wo wir sie gefunden haben und den Gedanken daran beiseiteschieben, wie viele Jahre sie dort verbracht hat. Er schafft das offensichtlich besser als ich, obwohl wir beide sie da rausgeholt haben.

Mein Cousin muss zurück, um ein paar neue Männer zu überprüfen. Sie wollen aufgenommen werden, und das hätte längst passieren sollen. Doch einer von uns muss immer noch einmal alles genau prüfen. Heute übernimmt er das. Ich hoffe nur, er nimmt diese Aufgabe auch ernst genug.

Als ich mich setze, gebe ich Zeina die Papiere, damit wir gleich alles abholen können. Dann wende ich mich an Cope. »Achte besonders auf diesen einen Mann, der Amar und mir noch nicht ganz sauber vorkommt«, erinnere ich ihn. Da hebt Zeina plötzlich einen weißen Zettel hoch. »Hier steht die Nummer von Irina mit einem Smiley. Ich nehme an, der ist für dich.« Sie legt den Kopf schief und hält mir den Zettel hin.

Cope lacht leise. »Die Frauen liegen ihm zu Füßen, das war schon immer so. Er hat sicher nicht mal bemerkt, wie die Arzthelferin ihn mit ihren Blicken ausgezogen hat. Pass gut auf ihn auf, Princesa. Er sollte sich nicht ablenken lassen.« Ich zerknülle den Zettel und werfe ihn aus dem offenen Fenster. »Dasselbe gilt für dich! Konzentriere dich lieber auf deine Aufgabe. Wir sind bald zurück, und dann sehe ich mir an, wie weit du gekommen bist.«

Ich sehe meinem Cousin in die Augen. Es ist kein Geheimnis, wer von uns beiden sich ständig ablenken lässt. Cope hebt den Finger. »Du wirst schon sehen. Jetzt hast du mich herausgefordert. Bis du wiederkommst, habe ich längst alles erledigt, liege in der Hängematte und warte auf dich.«

Dieser Chaot. Er zwinkert Zeina zu und geht dann zu seinem Auto. Sobald ich den Motor starte und auf die Schnellstraße in Richtung der größten Mall der Umgebung abbiege, werfe ich einen kurzen Blick zu ihr. Sie sieht mich gerade an, doch kaum bemerkt sie meinen Blick, wendet sie ihn hastig ab. Ich kann mir ein Schmunzeln nicht verkneifen. Ich mag sie. »Wie sieht's aus, hast du Hunger?« Eigentlich habe ich viel zu viel zu tun, doch das schiebe ich jetzt erst einmal beiseite. »Und wie«, sagt sie und lächelt, »wobei ich immer noch nicht so viel essen kann, wie ich gerne würde.«

Mal sehen, ob das ein Besuch bei meinem Lieblingsitaliener ändern kann. »Dann lass uns zuerst in Ruhe etwas essen. Ich will dir deine neue Heimat zeigen, so, wie man sie nur an einem einzigen Ort sehen kann.« Bei der nächsten Gelegenheit nehme ich die Ausfahrt. Dieser Ort ist einer meiner Lieblingsplätze in San Juan. Es gibt hier die beste Pizza, und ich habe sie bereits auf der halben Welt probiert, aber das ist nicht der wahre Grund, warum ich Zeina hierherbringe.

Während der gesamten Fahrt schaut sie neugierig aus dem Fenster, inhaliert all die neuen Eindrücke. Natürlich. Wie könnte sie es nicht? Ich erkläre ihr, wo wir sind, zeige ihr immer wieder etwas und muss dabei immer wieder daran denken, dass sie zweiundzwanzig Jahre lang nur an einem einzigen Ort war. So verdammt viele Jahre ohne all das hier. Ich kann es mir nicht vorstellen. Ich kann mir nicht vorstellen, wie man das überlebt. Aber je mehr sie von Puerto Rico entdeckt, desto mehr beginnt sie zu strahlen.

Wir rollen auf den steinigen Parkplatz des Restaurants, und bereits hier bemerke ich, dass es viel zu voll ist. Auf den ersten Blick wirkt es eher unscheinbar, fast unspektakulär. Sobald wir eintreten, weicht Zeina einen Schritt zurück. Ich lege eine Hand an ihren Rücken. »Ich bin da. Dir passiert hier nichts.« Ich beuge mich zu ihr, damit sie mich trotz des Lärms verstehen kann. Der Kellner, der mich kennt, erscheint und führt uns an den wartenden Gästen und anderen bereits besetzten

Tischen vorbei, eine Treppe hinauf, nach draußen auf das Dach. Mit jeder Stufe verklingen die Stimmen von unten.

Oben angekommen bleibt Zeina erneut stehen. Doch dieses Mal weiß ich, warum.

Von hier aus kann man über die halbe Meeresküste Puerto Ricos blicken, bis hin zu den wilden Felsen und der Festung El Morro. »Das ist unglaublich«, flüstert sie.

Das ist es. Einen Moment lang lasse auch ich den Ausblick auf mich wirken. Es ist einige Zeit her, dass ich hier war.

Der Kellner kommt, um unsere Bestellung aufzunehmen. Sofort wird Zeina nervös. Sie beugt sich zu mir und flüstert leise: »Ich weiß nicht, was ich nehmen soll ... ich hatte nie die Wahl.«

Natürlich nicht.

Deshalb sage ich dem Kellner, dass er etwas Besonderes zubereiten soll. Dazu ordere ich die besten Vorspeisen, bevor wir uns an den einzigen Tisch setzen, der hier oben steht.

Dieser Ort ist eigentlich nicht für Gäste gedacht. Hier isst das Personal und verbringt die Pausen. Vor ein paar Jahren habe ich diesen Platz zufällig entdeckt, damals führte ich ein wichtiges Telefonat und suchte nach Ruhe. Seitdem bestehe ich darauf, hier zu essen. Inzwischen haben sie sogar einen ihrer besseren Tische hier oben für mich und meine Männer platziert. Zeina betrachtet begeistert die Aussicht. Als sie schließlich wieder zu mir schaut, legt sie den Kopf leicht schräg und lächelt. Sie macht das mit dem Kopf öfter, als würde sie mich versuchen einzuschätzen.

»Ich beneide dich darum, dass du hier aufwachsen konntest.

Ich erwidere ihr Lächeln. »Das glaube ich dir.«

Für einen Moment schweige ich, überlege, ob ich es ihr sagen soll, doch dann beschließe ich, genauso offen zu ihr zu sein, wie sie es zu mir ist. »Ich habe gestern noch einmal an das Gespräch mit meinem Vater gedacht. Ich wollte alles wissen, was damals passiert ist. Dieses Thema lag so lange wie ein dunkler Schatten über Puerto Rico, kaum jemand wollte mehr darüber sprechen. Als ich meinen Vater damals fragte, ob ich Hector kannte, meinte er, dass er mich ein paarmal mitgenommen hat. Ich bin zwei Jahre älter als du. Es kann also gut sein, dass wir uns damals gesehen haben.«

Ihr Lächeln wird weicher. »Das könnte gut sein … Vielleicht hast du mit mir und meinen Puppen gespielt. Ich weiß noch, dass ich sie immer überallhin mitgenommen habe.«

Die meiste Zeit spüre ich eine gewisse Anspannung in ihr, doch in solchen Momenten scheint sie zu vergessen, was war. Für einen kurzen Augenblick kehrt sie zurück in eine Zeit, in der alles noch einfach war.

Ich lache amüsiert auf. »Ich bezweifle, dass ich mit Puppen gespielt habe. Aber wir haben uns bestimmt gesehen. Und jetzt sieh uns an. Wir sitzen wieder hier. Ich weiß, dass viel passiert ist. Aber ich denke, dass mein und dein Vater gerade sehr zufrieden wären, falls sie uns von oben zusehen.«

Tränen schimmern in ihren Augen. Sie nickt. »Das sind sie sicher, ich …« Mist. Das Letzte, was ich wollte, war, sie traurig zu machen. Bisher hat sie immer gestrahlt, wenn man sie an ihre Vergangenheit erinnert hat, ich wollte nicht … Zum Glück kommt in diesem Moment der Kellner mit den Vorspeisen und Getränken. Ich habe einfach mehrere bestellt und Zeina bemerkt es. Sie schaut mich an, fast so, als wäre es ihr unangenehm. »Wenn du nicht weißt, was du magst, wird es Zeit, es herauszufinden.«

Endlich schleicht sich ein Lächeln auf ihre Lippen. »Danke«, sagt sie leise. »du machst es mir wirklich leicht, mich zurechtzufinden.« Sie probiert alles von der Antipastiplatte, dann Bruschetta, und als danach die Pizza kommt und sie merkt, dass ich ihr vier verschiedene Abschnitte auf der Pizza habe zukommen lassen, strahlt sie wieder ganz.

Ich versuche, mehr über sie zu erfahren, was sie alles bei den Morales getan hat, doch sie sagt mir nur, dass sie dafür zuständig war, die Drogen zu ernten, die Frauen, die neu angekommen sind, einzuweisen, die Häuser zu putzen und was sonst so angefallen ist. Viel mehr bekomme ich nicht aus ihr heraus, ich weiß nicht, ob es tatsächlich nicht viel mehr zu erfahren gibt, oder ob sie mir noch nicht genug traut. Doch dann bittet sie mich, ihr mehr von mir zu erzählen.

Während wir die Pizzen essen und diesen unvergesslichen Ausblick haben, erzähle ich ihr ein wenig von unserer Geschichte. Von der Geschichte meines Vaters und seines Bruders, wie das Velázquez Cartel entstanden ist. Wann ich es übernommen habe und was wir gerade so tun. »Und ihr habt all die Jahre das alte Anwesen des Salva Cartels nicht berührt? Das hätten sicher nicht alle getan.«

Nach der Pizza bekommen wir beide noch Käsekuchen, den Zeina probiert, aber nicht zu Ende isst, was ich zur Kenntnis nehme.

»Nein, wir haben immer wieder drüber nachgedacht, doch die Rechte liegen bei euch. Es wäre natürlich kein Problem gewesen, es uns einfach zu nehmen, doch das hätte sich falsch angefühlt. Wir dachten, dass wenn es noch einen Erben gibt, der irgendwann auftauchen wird, und jetzt, wo wir wirklich mehr Platz brauchen, wollten wir einfach herausfinden, ob es überhaupt noch Erben gibt und den Beweis für die Stadt oder eher für uns selbst haben, dass es keinen mehr gibt. Um ehrlich zu sein, haben wir damit gerechnet und haben dann dich gefunden und nun auch deine anderen beiden Schwestern. Ich werde nichts so sehr bereuen, wie dass wir euch nicht schon früher gesucht haben.«

Wir beide haben aufgegessen und bleiben trotzdem noch eine Weile sitzen. Im Grunde habe ich gar keine Zeit dafür, ich war noch niemals mit einer Frau alleine essen. Das ist doch, wenn man es genau nimmt, unglaublich. Ich weiß nicht, wie viele Frauen ich schon im Bett hatte, und doch habe ich mich noch niemals mit einer Frau einfach so getroffen, um zu essen oder sie kennenzulernen. Das sollte mich mehr schockieren, doch ich kenne mein Leben, auch jetzt habe ich im Grunde nicht die Zeit dafür, nur nehme ich sie mir dieses Mal und das macht den Unterschied, der mich selbst ein wenig überrascht.

»Das brauchst du nicht. Ich verstehe das. Wenn ich täglich auf diese Trümmer geblickt hätte, die Geschichten gehört hätte, hätte auch ich nicht damit gerechnet, dass jemand das überlebt hat. Ich bin froh, dass ich jetzt hier sein kann und dass ich anfangen kann ...«

Sie bricht ab und sieht auf den Tisch. Wieder habe ich Tränen in ihren Augen erkannt und beuge mich mehr zu ihr. »... anfangen kannst, dein Leben zu leben und mehr über dich herauszufinden«, vervollständige ich ihren Satz und deute auf ihre Teller. »Zeina, die keinen Käsekuchen, keinen Mais und keine Champions mag, die aber bei jedem Scampi, den sie gegessen hat, die Augen geschlossen hat.«

Zeina beginnt zu strahlen.

Jedes Mal, wenn sie das tut, wird das Grün in ihren Augen heller. Sie greift nach meiner rechten Hand, die den Ton an meinem Handy, was auf dem Tisch liegt, wieder anstellt. Überrascht sehe ich auf ihre zarte Hand, die sich auf meine legt. »Aden, ich weiß, dass du das nicht gerne hörst, und ich muss mich zurückhalten, um dir nicht alle paar Minuten zu danken, aber neben allem, was du getan hast, bedeutet mir das, dass du mir hilfst, mich selbst zu finden, am meisten.«

Sie drückt meine Hand leicht, was bei ihrer zarten Hand kaum spürbar ist und doch muss ich schmunzeln und umfasse mit meiner Hand ihre. »Dafür musst du dich nicht bedanken, ich möchte selbst sehen, wer du bist.« Einen Moment sieht sie mir nur in die Augen, sie lässt ihre Hand in meiner, aber bevor einer von uns beiden etwas sagen kann, klingelt mein Handy wieder laut und erinnert mich daran, dass ich so langsam wirklich losmuss.

Aden

Deshalb lasse ich ihre Hand los, bezahle und wir fahren zur Mall. Ich fahre extra einen anderen Weg, damit sich Zeina ein wenig den Strand und das Meer ansehen kann. Bisher habe ich mich nie darum gekümmert, in welchen Geschäften Frauen einkaufen, ich weiß aber, dass es hier in der Mall ein sehr beliebtes Geschäft für Frauen gibt. Deswegen gehen wir direkt in das Geschäft. Zwei Verkäuferinnen kommen sofort auf uns zu. Sie wissen, wer ich bin und ich bin mir absolut sicher, dass sie ahnen, dass ihnen hier ein gutes Geschäft winkt.

Der Laden ist voll und ich spüre, dass sich Zeina mit so viel Menschen um sich herum sofort anspannt, auch daran muss sie sich gewöhnen.

»Willkommen. Können wir Ihnen behilflich sein?« Ich sehe zu einem abgetrennten Bereich die Treppe hinauf. »Das hoffe ich. Es geht um sie.« Ich lege meine Hand auf Zeinas Rücken, die unsicher die beiden Verkäuferinnen anlächelt. »Sie braucht einmal alles, neue Schuhe, neue Anziehsachen, Taschen, Schlafsachen, Kosmetik … Haben Sie hier einen etwas privateren Bereich, wo Sie ihr die Sachen vorführen können und vielleicht auch schon eine Vorauswahl treffen können?«

Oh ja, jetzt sieht man die Begeisterung der beiden, sie wissen, dass das hier ihr Tagesgeschäft wird. Wahrscheinlich eher das Wochengeschäft. Sie strahlen Zeina an und führen sie nach oben. »Natürlich, dafür haben wir einen extra Bereich, zu uns kommen auch regelmäßig Filmstars oder welche aus der Musikbranche. Wir finden für Sie die besten Teile aus der aktuellen Kollektion. Ich würde vorschlagen, wir starten mit unseren Basics, die man immer braucht und dann gehen wir in die neue Kollektion. Wir nehmen einmal Ihre Maße und besorgen dann aus den umliegenden Geschäften Kosmetik und alles weitere. Sie haben einen wunderschön edlen Hautton und diese Augen, ich bin mir sicher, dass zarte Pastelltöne … und schon ist die eine Frau mit Zeina in die Umkleidekabine verschwunden, der anderen gebe ich den Zettel mit den Nahrungsergänzungsmitteln, die wir auch besorgen müssen, sie geht los, stellt uns Getränke und Obst hin und macht sich dann auf, um alles Weitere zu besorgen.

Hier ist es angenehm ruhig, hin und wieder kommen lediglich andere Verkäuferinnen und bringen eine Stange Kleidung hoch. Ich sitze auf einer gemütlichen Couch vor den großen Umkleidekabinen. Ich höre und sehe Zeina immer mal wieder. Als ich merke, dass ihr zwar vieles gefällt, sie aber sagt, sie braucht nicht so viel, rufe ich, dass die Verkäuferin alles einpacken soll, was ihr gefällt. Sie soll sich nicht zurückhalten. Sie hat gar nichts, sie braucht im Grunde alles, auch wenn sie bescheiden sein möchte.

Ich erledige einige Telefonate, dann kommen zwei Verkäuferinnen mit Bikinis und Unterwäscheständern. In dem Moment schieben sie den Vorhang der Umkleidekabine auf und bringen Zeina etwas zu trinken hinein.

Mein Mund wird trocken und wieder beschleunigt sich mein Herzschlag, als ich zu Zeina blicke. Sie trägt ein hellgrünes Sommerkleid, das sich um ihre Kurven schmiegt, und ihre Hautfarbe hervorhebt und in der gleichen Farbe wie ihre Augen schimmert, es … Ihre Haare sind seitlich nach hinten gesteckt und fallen ihr bis tief in den Rücken und ich kann meine Augen nicht von ihr nehmen. Diese Frau ist zum Niederknien. Ich kenne schöne Frauen, doch diese Frau raubt mir wortwörtlich den Atem. Unsere Blicke treffen sich und sie lächelt, dann hebt sie die Hand und winkt und erst da bemerke ich, dass Amar gerade hereinkommt und sich zu mir setzt.

Trotzdem bleibt mein Blick auf ihr liegen. »Also das nennst du beschäftigt sein?« Mein Bruder reicht mir den Umschlag mit Unterlagen, die ich gleich brauche und folgt meinem Blick zu Zeina.

Er ist hier, um mich abzulösen, und doch fällt es mir schwer aufzustehen, auch wenn ich weiß, dass sie in den besten Händen ist. »Pass gut auf, ich versuche mich zu beeilen.« Erst jetzt sehe ich zu meinem Bruder, der die Augenbrauen hebt und zwischen Zeina und mir hin und her sieht, bis der

Vorhang wieder zugeht und sie die Stange mit Bikinis reinholen.

»Ist das dein Ernst?« Mit den Papieren in der Hand stehe ich auf und stecke mein Handy weg. »Was?« Amar sieht mir in die Augen und deutet in die Richtung von Zeina. »Dieser Blick, ich habe dich noch niemals so eine Frau ansehen sehen.« Auch wenn ich mich ertappt fühle, versuche ich, das nicht zu zeigen. »Sie ist nicht wie die anderen Frauen.« Amar nickt. »Nein, das ist sie nicht, genau deswegen solltest du dich zurückhalten, Aden. Ich kenne dich, so siehst du keine Frauen an. Wir wissen, was sie hinter sich hat, das Letzte, was sie jetzt braucht, ist ein gebrochenes Herz.«

Seine Worte treffen mich, auch wenn ich weiß, dass er recht hat. Ich habe nicht daran gedacht, etwas mit Zeina anzufangen, ich weiß, dass das das Letzte ist, was sie braucht, trotzdem kann ich nicht verhindern, dass sie mich jedes Mal neu beeindruckt.

»Ich wusste nicht, dass du so dramatisch veranlagt bist. Ich schütze sie, ich habe nicht vor, selbst eine Gefahr für sie zu werden.« Amar grinst und lehnt sich entspannt zurück. »Gut, denn ich schütze sie auch und Cope sieht sie schon als kleine Schwester, also geh dich woanders austoben.« Ich zeige meinem Bruder, was ich von seiner Antwort halte, der lacht nur und sagt einer Verkäuferin, die gerade vorbeiläuft, dass sie ihm etwas zu trinken bringen soll.

Natürlich weiß ich, dass mein Bruder recht hat, trotzdem muss ich den gesamten Nachmittag, den ich mit Kian und drei weiteren Männern am Hafen bei einem Treffen mit neuen

Kunden und später bei der Abnahme einer neuen Lieferung verbringe, ständig an diesen Anblick denken. Ich bekomme sie nicht aus dem Kopf. Zwischendurch ruft Amar mich an und sagt mir, dass sie einiges bekommen haben, aber Zeina sehr erschöpft ist. Das Geschäft bringt alles in einem eigenen Wagen zu ihnen und hängt auch direkt alles in den Kleiderschrank, das ist ein spezieller Service, Amar wird alles im Auge behalten. Cope ist irgendwann zu ihnen gestoßen und hat für Zeina ein Armband mit einem Kreuz-Anhänger gekauft. Es soll sie schützen.

Sie beeindruckt nicht nur mich, alle schließen sie in ihr Herz und doch ahne ich, dass Amars Worte nicht ohne Grund an mich gerichtet waren, selbst als ich am späten Abend mit den anderen zurück in unser Gebiet komme, habe ich dieses Bild von ihr in diesem Kleid nicht aus dem Kopf bekommen.

Eigentlich will ich direkt zu mir, doch ich sehe, dass im Gemeinschaftshaus eine Party stattfindet und halte davor. Kian fährt weiter.

Es ist nicht so voll wie sonst immer, doch es sind Frauen da. Der Tag war lang, doch nicht das erschöpft mich. Die Gedanken an Zeina und der Kampf dagegen ermüden mich, sodass ich, obwohl ich wütend bin, mich auf den Stuhl neben Cope setze, der mit zwei anderen gerade Karten spielt. Eine Frau sitzt auf seinem Schoß, sie trägt nur einen Bikini. »Was soll der Scheiß, Cope, wir haben gesagt, dass keine Fremden das Gebiet betreten, solange Zeina hier ist.« Cope zieht an einem Joint und reicht ihn mir, dazu schiebt er mir sein Bier hin. »Entspann dich, es sind nur ein paar und es sitzen zwei Wachen vor deinem Haus, bis du da bist. Zeina ist mehr als geschützt. Sie ist nach dem Einkaufen direkt ins Haus und schlafen gegangen, also trink, rauch und entspann dich mal ein wenig. Amar hat mir schon gesagt, dass du gerade ein wenig zu angespannt wegen Zeina bist. Gibt es da etwas, was du mir sagen willst?«

Genervt ziehe ich an dem Joint und lehne mich zurück. »Ihr beide könnt mich mal, es sollten auch keine Frauen hier sein.« Cope lacht und zieht die Frau auf seinem Schoß enger an sich. »Die einzigen Waffen, mit denen sie uns fertig machen können, sind nur für uns bestimmt.« Er umfasst ihr Dekolleté und die Frau lacht auf. In diesem Moment kommt eine dunkle Schönheit aus dem Pool, sie hat unnormal große Brüste, die kaum von ihrem Bikinioberteil gehalten werden und kommt zu uns.

»Melika, sieh, wer gekommen ist. Sein Cousin sagt er, braucht eine Massage. Willst du ihm zeigen, wie das geht? Melika ist bekannt für ihre Massagen, die halbe Stadt kommt zu ihr.« Lässt sie uns wissen. Ihre Freundin sieht mir in die Augen und stellt sich hinter mich. »Das hat sich schnell erledigt, ich schaffe es schon, dich zum Entspannen zu bringen, auch wenn ich nicht so aussehe, kann ich gut zupacken.«

Ihre Hände fassen an meine Schultern und sie beginnt sie zu massieren. Das fühlt sich echt nicht schlecht an. Ich nehme noch einen Zug und trinke das Bier. »Das ist wirklich gut. Ruhig etwas härter.« Sie lacht und greift fester zu. Mein Blick gleitet durch den Garten und sieht direkt in braune bekannte Augen und eine blonde Mähne, die sich schnell abwendet, als ich zu ihr blicke. »Was macht Chanti hier? Ich habe gesagt, sie soll nicht mehr herkommen.« Cope zuckt die Schultern. »Ich glaube, Amar hat gesagt, sie kann reinkommen, als die Wache vorne angerufen hat. Verdammt, ich habe dir gesagt, ich mach dich fertig.« Cope schmeißt seine Karten auf den Tisch und hebt die Arme in die Luft, die Frau auf seinem Schoß klatscht und die anderen Männer fluchen auf.

»Scheiß drauf.« Ich nehme noch einen Zug. Das Zeug ist gut, mein Körper entspannt sich. Chanti sitzt an einem Tisch mit anderen Männern, die Hände lassen mich kurz die Augen schließen, bis sie weg sind und die Frau sich stattdessen so auf meinen Schoß setzt, dass ich ihre großen Brüste direkt vor den Augen habe. Sie beginnt nun, meine Schultern von vorne zu massieren. Verdammt, diese Brüste. »Du bist ganz schön angespannt, weißt du das?« Sie lächelt mich an und reibt in diesem Moment mit ihrer Mitte über meinen Schwanz, der sofort auf sie reagiert. »Das bin ich, was willst du dagegen tun?« Sie sieht mir in die Augen und sofort sehe ich wieder Zeina vor mir, schiebe diese Gedanken aber von mir, indem ich einen weiteren Zug und noch ein Schluck Bier nehme.

Die Frau beugt sich zu mir, ihre Lippen gleiten zu meinem Ohr. »Ich wüsste da etwas, danach fühlst du dich wie neu geboren, ich habe sogar das passende Öl dabei.« Auch wenn ich es will, ich bekomme das Bild von Zeina heute nicht aus meinem Kopf, ihre Augen, ihr Lächeln, doch jetzt macht es mich sauer, weil ich genau weiß, dass ich das kontrollieren muss. Das ist das Letzte, was ich in ihr sehen sollte, also greife ich der Frau auf meinem Schoß an ihren Po, drücke zu und deute Melika aufzustehen. »Dann zeig mal.« Sie greift in ihre Tasche und holt eine Flasche heraus, dann gehen wir zusammen ins Haus, dabei treffe ich den Blick von Amar, der gerade mit einer anderen Frau beschäftigt ist und der mir mit seinen Augen verspricht, dass dieser Weg der bessere ist, für Zeina und für mich.

Wir gehen zusammen nach oben und ich gehe ins erste Zimmer, streife mir das Shirt vom Körper, die Schuhe ab und lege mich aufs Bett. »Dann zeig mal, was du kannst.« Sie lächelt, schließt die Tür und verteilt das Öl in ihre Hände, bevor sie sich neben mich aufs Bett kniet und beginnt, mich am Oberkörper einzuölen. Sie kann das wirklich gut. Sie streicht meine Muskeln entlang, mit genug Druck, dass sie sich entspannen.

»Du bist so mächtig und stark,« flüstert sie und streicht den Schriftzug und das Kreuz auf meiner Brust entlang. »Und du hast noch zu viel an!« Mit einem leisen Lachen öffnet sie ihr Bikinioberteil und meine Augen werden größer. Was für Brüste. Ich deute ihr, zu mir nach oben zu kommen, greife nach dem Öl und spritze es auf ihre Brüste, dabei verteilt sich auch mehr davon auf meiner Brust. Sie sitzt nun rittlings auf mir und keucht auf, als ich mit beiden Händen fest zugreife und ihre Brüste einöle. »Das ...« Sie stöhnt auf, als ich sie in den Mund nehme und gleichzeitig das Öl auf ihren Hintern verteile, dabei reibt sie sich selbst an meiner Brust hoch und runter. »Du bist noch nicht fertig«, erinnere ich sie, nachdem ich nacheinander ihre Brüste verwöhnt habe. Ich drehe sie um, sodass sie meine Hose herunterschieben kann und ich gleichzeitig ihren Hintern weiter bearbeiten kann.

Wieder verteilt sie Öl, es ist alles viel zu rutschig, doch das macht das Ganze nur interessanter. Sie streicht meine Beine entlang und umfasst gierig meine Härte mit ihrer öligen Hand, während ich auf ihren Hintern haue und dabei bemerke, dass sich die Tür öffnet.

Chanti kommt rein. Sie sieht wütend zu uns, doch weder Malika noch ich lassen uns stören. Malika bearbeitet meinen Schwanz, ich fluche auf und schiebe ihr Bikinihöschen weg, um mehrere Finger in sie zu versenken, was bei all dem Öl viel zu schnell geht.

»Ich hasse dich!« Chanti setzt sich zu uns auf das Bett. Ich stöhne auf und deute ihr, zu mir zu kommen. »Nein, tust du nicht!« Auch sie zieht sich den Bikini aus und kommt mit ihren Brüsten zu mir, dabei wird Malika immer schneller mit ihren Händen und ich muss sie stoppen, damit das Ganze nicht zu schnell geht.

»Kümmere dich um sie!« Ich bringe Malika dazu, sich zu uns zu drehen, Chanti küsst sie und Malika spritzt die restliche Flasche Öl über sie, dabei bleiben meine Finger in Malika, die sich auf mir windet und gleichzeitig Chanti küsst und ihren Körper einölt. Dieses Leben, um das mich so manche Männer beneiden, lässt mich entspannen und doch spüre ich das erste Mal tief in mir, dass ich nicht hier sein sollte. Sobald dieses Gefühl allerdings in mir aufkommt, ziehe ich Malika auf meinen Schwanz und stoße fest zu.

Sie schreit erregt auf, ich ziehe Chanti zu mir platziere sie so, dass meine Finger sie verwöhnen, während Malika mich reitet und Chanti und sie sich küssen. Beide Frauen stöhnen, Chanti zieht sich um meine Hand zusammen und ich werde schneller, alles ist ölig und glitschig und auch Malika wird lauter und schneller. »Verdammt …« Ich schließe die Augen und lasse mich treiben, bringe Chanti an meiner Hand zum Kommen und Malika reitet mich so gut, dass sie kommt, sich so fest um meinen Schwanz zusammenzieht, dass ich nicht mehr an mich halten kann und mich in ihr ergieße.

Ich schließe die Augen und denke an Zeina und das Gefühl ihrer Hand in meiner.

»Verdammt!«

ich öffne die Augen nicht, weil ich die Realität, in der ich mich gerade befinde, nicht sehen will.

Nicht mal zehn Minuten später betrete ich erschöpft und geduscht mein Haus. Ich habe die Wachen weggeschickt, genau wie Chanti, die noch einmal mit mir sprechen wollte.

Ich atme aus, ziehe mir die Schuhe aus und gehe in den Wohnbereich, wo ich stehen bleibe und auf meine Couch blicke.

Ich bin kein guter Kerl. Ich bin loyal meinem Cartel, meiner Familie und meinen Männern gegenüber, doch ich bin kein Mann, in den sich eine Frau verlieben sollte.

Ich gehe zu dem Sessel und betrachte Zeina, die wieder vor dem Fernseher eingeschlafen ist. Erneut schalte ich das Gerät aus, decke sie zu und wage es dann, mich statt auf den Sessel zu ihr auf die Couch zu setzen, sodass ihre nackten Füße fast meine Oberschenkel berühren.

Mein Blick gleitet über ihr Gesicht, die Nase, die schönen Lippen. Sie trägt diesen rosafarbenen Pyjama und mein Blick gleitet über ihre perfekten Beine, das zarte Armband an ihrem Handgelenk. Ich beuge mich über sie und streiche so vorsichtig ich kann ihre dicken Haare zur Seite, um ihr hübsches Gesicht besser sehen zu können und lehne mich dann zurück, um sie weiter zu betrachten.

Eine Ruhe breitet sich in mir aus, die ich in dieser Form noch niemals zuvor gespürt habe, ich muss lächeln und kann nicht fassen, wie sehr mich diese zarte Frau aus dem Konzept bringt.

Amar hat vollkommen recht, das ist das Letzte, was ich wollen sollte. Sie ist zu gut für einen Mistkerl wie mich und doch wünschte ich mir das allererste Mal in meinem Leben, dass es nicht so wäre.

Zeina

Das Erste, was ich spüre, ist mein schmerzender Rücken. Ich bin es gewohnt, aufzuwachen und Schmerzen zu haben, im Grunde ist das hier gar nichts, trotzdem drehe ich mich ein wenig und öffne die Augen.

Wie auch schon gestern wache ich im Wohnbereich von Adens Haus auf. Es ist lichtdurchflutet und sobald ich realisiere, wo ich bin, steigt diese unglaubliche Erleichterung in mir auf. Ich bin frei. Erst jetzt, so langsam sickert das immer mehr zu mir durch. Ich habe morgens Angst aufzuwachen und wieder auf meiner Pritsche zu sein, umso dankbarer bin ich für diesen Ausblick.

Ein Lächeln schleicht sich auf meine Lippen, ich nehme den anziehenden Duft von Aden wahr, der im gesamten Haus liegt und erst da spüre ich, dass meine Füße auf etwas … ich setze mich auf und bemerke Aden neben mir auf der Couch. Halb sitzend, halb liegend. Auch er öffnet langsam die Augen. Meine Füße liegen auf seinen Oberschenkeln.

»Guten Morgen.« Verwundert sehe ich zu, wie er wach wird. »Guten Morgen.« Er setzt sich richtig auf, ich ziehe meine Füße von ihm und stöhne leise auf, als sich mein Rücken meldet. »Wieso schläfst du hier unten? Dein Rücken tut dir weh, oder?« Mit meinen Fingern gleite ich meine Schulter entlang. »Allerdings. Ich ... um ehrlich zu sein habe ich noch niemals alleine geschlafen. Ich habe immer in einem Raum voller Menschen geschlafen. Ich versuche mich ins Bett zu legen, aber ich kann dort nicht einschlafen, deswegen komme ich her, schalte den Fernseher an, höre auf die paar Geräusche, die von draußen kommen und kann schlafen.«

Aden nickt. Seine dunklen Augen liegen auf mir. »Ich verstehe. Hast du gestern alles bekommen?« Auch wenn der Fernseher aus ist, wird unten in der Ecke die Uhr angezeigt, es ist bereits Mittag. Das gestern war sehr anstrengend für mich. »Ja, viel zu viel, ich kann mich an die Hälfte nicht mehr erinnern. Amar hat darauf bestanden, dass ich alles mitnehme, und Cope hat mir ein Armband gekauft.« Ich hebe meinen Arm. Aden lächelt und steht auf.

Ich sollte ihn vermutlich fragen, wieso er hier bei mir geschlafen hat, aber wahrscheinlich hat er sich einfach zu mir gesetzt und ist eingeschlafen. »Du wirst die Sachen brauchen. Morgen früh kommen Yuna und Avalyn, was möchtest du heute machen?« Ich sehe ihn verwundert an. Er hat mir ihre Namen ... »Sie heißen Bruna und Ava, das ist so merkwürdig. Bruna war einfach das süßeste Baby, sie hatte große dunkle

146

Augen und Ava war ein Wirbelwind mit ihren braunen Locken, ich weiß gar nicht, was ich tun soll, wenn jetzt junge Frauen vor mir stehen.« Aden sieht auf sein Handy und ein Schmunzeln legt sich auf seine Lippen. »Auch sie werden plötzlich nicht mehr ihre fünfjährige Schwester vor sich sehen, sondern eine wunderschöne Frau. Vermutlich haben die Menschen, bei denen sie aufgewachsen sind, ihre Namen geändert.

Mit einer schnellen Bewegung steckt er sein Handy in seine Hosentasche und sieht mir wieder in die Augen. Findet er mich wirklich wunderschön? Ich hatte eigentlich gestern auch ein wenig damit gerechnet, dass er nach Hause kommt und ich ihn noch sehe. Amar hatte mir gesagt, sein Termin dauert nicht lange, doch es war bereits sehr spät, als ich das letzte Mal auf die Uhr gesehen habe.

»Ich denke, ich gehe mich umziehen … ich habe ja jetzt mehr als genug.« Adens Blick liegt weiter dunkel auf mir, während ich aufstehe und die Decke falte. Er setzt an, etwas zu sagen, da klopft es und Kian kommt durch die Haustür. Sein Blick gleitet zwischen uns beiden hin und her. »Seid ihr beide gerade erst aufgestanden? Deswegen antwortest du nicht.« Er geht zu Aden, als ich in an ihm vorbeikomme, drückt er mir einen Kuss auf die Wange. Sie alle sind sehr lieb zu mir, sie geben mir das Gefühl, schon immer zu ihnen gehört zu haben und das macht es sehr einfach, sich hier zu Hause zu fühlen.

Für mich ist das alles noch surreal. Ich kann es nicht einmal beschreiben. Ich fasse es ja nicht einmal, dass ich hier bin, und die Velázquez-Männer behandeln mich, als würde ich schon immer zu ihrer Familie gehören. Ich schätze das sehr.

Nachdem ich mich im Bad frisch gemacht habe, meine Haare zu einem hohen Zopf gebunden und mir etwas Lippenpflege aufgetragen habe, gehe ich in den Kleiderschrank. Auch wenn ich heute nirgendwo hingehen möchte, überlege ich, was ich anziehen könnte. Es ist merkwürdig, auf einmal die Wahl zu haben. Ich weiß gar nicht, was mir wirklich steht. Ich habe gestern einiges angehabt, was gut aussah.

Als Erstes ziehe ich mir den roten Bikini an, der mir gestern besonders gut gefallen hat. Ich möchte unbedingt versuchen zu schwimmen. Die Therapeutin kommt bald und wir beginnen mit dem Training, und bis dahin sollte ich zumindest mal probieren, ob ich noch schwimmen kann. Ich weiß, dass ich es als Kind gut konnte, mein Vater hat darauf viel Wert gelegt, weil wir nie vom Wasser wegzubekommen waren. Doch ob ich das immer noch kann, weiß ich gar nicht genau.

Jede Ablenkung heute wird mir guttun. Ich kann es nicht erwarten, meine Schwestern morgen zu sehen, auch wenn ich allein beim Gedanken hysterisch losschreien könnte. Ich habe Angst, dass es ihnen auch so schlecht ergangen ist wie mir. Ich kann damit umgehen, ich kann es aber nicht, wenn es sie genauso getroffen hat. Deswegen frage ich Aden gar nicht weiter, was er alles weiß, aus Angst, es könnte zu schlimm sein.

Aden.

Er hat mich gestern ein weiteres Mal überrascht. Auch wenn ich überwältigt von all dem Neuen bin, so fällt mit trotzdem auf, wie zuvorkommend er ist, dass er alles tut, um es mir angenehm zu machen, wie aufmerksam er ist. Wenn ich mit ihm zusammen bin, kann ich nicht aufhören zu lächeln, wie schwer auch noch alles auf mir lastet, und auch jetzt, als ich an ihn denke, schummelt sich wieder ein Lächeln auf meine Lippen. Er findet mich schön. Aden ist ein mächtiger Mann und der schönste Mann, den ich jemals gesehen habe, ich bin mir sicher, er hat schon viele Frauen und Freundinnen gehabt.

Im Grunde verstehe ich gar nichts von all diesen Dingen, normalen Beziehungen zwischen Männern und Frauen und das sollte auch nicht das sein, woran ich jetzt denken sollte. Ich zwinge mich wieder, an meine Schwestern zu denken, entscheide mich für ein weißes Sommerkleid, was ich mir überziehe und gehe dann nach unten, um mir einen Kaffee zu machen. Cope kommt gerade aus dem Garten und drückt mir einen Kuss auf den Kopf. »Du siehst gut aus, Princesa. Freust du dich auf deine Schwestern morgen?« Er geht schnell weiter zum Ausgang, er scheint es eilig zu haben. »Sehr.« Cope lächelt. »So wie ich es mitbekommen habe, sind sie auch sehr aufgeregt.« Er hebt noch einmal die Hand und schon ist er weg. Ich höre einige Motoren, dann wird es leise und ich drehe mich um, um in die Küche zu gehen, da bemerke ich Aden im Garten. Er sitzt an einem gedeckten Tisch, trinkt Kaffee und telefoniert.

Barfuß trete ich in den Garten. Es ist das erste Mal, dass ich hier draußen bin. Bisher habe ich den Garten immer nur durch die Scheibe betrachtet. Der Pool ist perfekt, er ist erst flacher und wird immer tiefer, so kann ich gut üben. Es stehen mehrere Liegen herum, ein Platz zum Grillen, ein Basketballplatz, ich denke um die Ecke geht es noch weiter. Dieser Garten ist viel größer als der im anderen Haus.

»Hast du gar keinen Hunger?« Aden deutet mir, zu ihm zu kommen. Erst jetzt bemerke ich, dass er mir einen Kaffee hingestellt hat, genauso wie ich ihn gestern getrunken habe. Es gibt Rührei, Baguette, Croissants, Obst und einige Beläge. Eine Dose mit dem Zeug, das Aurel auch immer gefrühstückt hat. Er hat es Kaviar genannt, dann noch helle Brötchen in Honig getunkt.

Aden telefoniert immer noch, deutet mir aber zu essen. Erst einmal trinke ich Kaffee, dann probiere ich die in Honig getunkten Brötchen und verdrehe verzückt die Augen. So muss der Himmel schmecken. Aden bespricht etwas wegen Bauplänen, vielleicht geht es bereits um das Grundstück, was in Schutt und Asche liegt. Er deutet mir immer wieder, etwas anderes zu probieren, selbst während er telefoniert liegt seine Aufmerksamkeit auf mir.

Sobald er aufgelegt hat, klingelt es und zeigt an, dass Nachrichten hereinkommen sind. Aden ignoriert das, trinkt seinen Kaffee und sieht zu mir. »Was möchtest du heute machen?« Ich deute auf den Pool. »Ich werde schwimmen üben und dann zum Strand gehen. Das gestern war sehr viel, ich denke, heute bleibe ich lieber hier.« Am liebsten würde ich mich ganz zurückziehen und verarbeiten, was ich die letzten zwei Tage erlebt habe, doch morgen erwartet mich schon die Ankunft meiner Schwestern. Ich schätze, so ist das normale Leben einfach, man erlebt jeden Tag diese verschiedenen Dinge, er wird vermutlich nicht verstehen, wie viel das für mich ist.

»Das verstehe ich. Ruh dich heute noch aus. Das morgen wird aufregend genug.« Ich sehe ihm so gern in seine dunklen Augen, dass ich abgelenkt bin und gar nicht bemerke, wie er seine Hand nach meinem Arm ausstreckt. Erst als ich seine Finger spüre, die sich um meinen Arm schließen und über das Armband streichen, sehe ich hin. »Es soll dich schützen.« Ein Schmunzeln legt sich auf seine Lippen. »Das hat Cope auch gesagt.« Adens Finger streichen über meine Haut, selbst mein Armgelenk wirkt viel zu zart in seiner großen Hand, und obwohl auch ich einen dunkleren goldbraunen Hautton habe, ist er noch einen Ton dunkler als ich.

Das Klingeln seines Mobiltelefons lässt ihn seine Hand wegziehen und das Gespräch annehmen. Das gerade war nur eine kleine Geste, eine winzige Berührung, und doch spüre ich sie noch auf meiner Haut. Um auch das schnell wieder von mir wegzuschieben, stehe ich auf und räume den Tisch ein wenig ab. Dann gehe ich zum Pool. Aden sitzt noch immer am Tisch und telefoniert als ich zurück in den Garten komme. Ich versuche, seinen Blick auf mir zu ignorieren, als ich mir das Kleid abstreife, auf eine Liege lege und mir die Haare hochbinde.

Adens dunkle Stimme hört sich schon ein wenig vertraut an, als er für irgendeine Lieferung Daten abgleicht, während ich Schritt für Schritt in den Pool gehe. Das Wasser ist angenehm kühl. So oft habe ich in den Garten von Aurel gesehen, wenn ich das Haus geputzt und mir gewünscht habe, mich abkühlen zu können. Einen Moment schließe ich die Augen und genieße das Gefühl des erfrischenden Wassers, bis es mir um die Hüften geht.

Ich spüre weiter Adens Blick auf mir, doch ich ignoriere ihn und konzentriere mich auf das, was ich hier tue. Hier kann ich noch stehen, also lasse ich mich ins Wasser gleiten, tauche unter und genieße die Abkühlung. Sobald ich hochkomme, mache ich die vertrauten Bewegungen mit den Armen und Beinen. Man sagt, das verlernt man nie, es ist instinktiv und tatsächlich bleibe ich über Wasser. Es sieht sicher noch nicht sehr elegant aus, aber ich schwimme mutig weiter, am Rand entlang. Ich blicke nicht nach unten, um gar nicht erst zu sehen ob ich noch stehen kann und schaffe es, bis zum Rand des Pools zu schwimmen, wo ich mich festhalte und mich zu Aden umwende. Er hat aufgehört zu telefonieren und ist zum Pool gekommen. Er steht mit seinen Beinen im Wasser. Am Anfang des Wassers. Heute trägt er eine schwarze Shorts und ein graues Shirt, er hat das Handy am Tisch gelassen und so ruhig wie es ist, wird er es wieder lautlos gestellt haben.

Er trägt ein entspanntes Grinsen auf den Lippen, was ihn nur noch anziehender macht. »Das sieht sehr gut aus. Aber bleib sicherheitshalber am Rand.« Das werde ich. Ich schwimme zurück und noch während ich im tiefen Wasser bin, spüre ich, dass mein Arm, den ich fast ein Jahr kaum gebrauchen konnte, anfängt zu ziehen. Genau an der Stelle, die mir damals so wehgetan hat. Ich bleibe ruhig, schwimme, bis ich wieder stehen kann und laufe dann zurück zu Aden, dabei massiere ich mir die Stelle.

»Mein Arm tut weh, das hat er schon lange nicht mehr.« Aden geht zu einer Liege und holt ein Handtuch. Sobald ich bei ihm bin, reicht er es mir und nimmt dann meinen Arm in seine Hand. »Hattest du dort einen Bruch?« Ehrlicherweise zucke ich die Schultern. »Ich weiß es nicht, Aurel hat mir, als ich sechzehn oder so war und ihm nicht schnell genug war, einmal so hart auf diese Stelle geschlagen, dass er dick und blau wurde. Ich konnte ihn fast ein Jahr kaum belasten, doch irgendwann wurde es besser bis jetzt.«

Aden lässt meinen Arm nicht los und sieht mir in die Augen. Ein Kribbeln steigt in meinem Bauch auf, das ich bisher noch niemals gespürt habe, als mich sein Duft einhüllt und ich wieder seine Hand an meiner Haut spüre. Ob er das auch spürt? Ich bezweifle es und doch lasse ich dieses ungewohnte und doch schöne Gefühl zu und sehe ihm in die Augen. »Ich bereue es immer mehr, dass ich ihn nicht getötet habe. Das wird, wie der Arzt sagt, ein alter Bruch sein. Schwimmen ist sehr gut für solche Verletzungen. Es kann sein, dass es dir erst wehtut und dann besser ...«

»Hier seid ihr, alles in Ordnung?« Amar kommt zu uns. Er sieht zwischen Aden und mir hin und her und erst da bemerke ich, wie nah wir zusammen stehen. Aden lässt meinen Arm los und die Stelle fühlt sich gleich viel kühler an. »Ja, ich bin geschwommen und jetzt schmerzt der Arm ein wenig.« Amar nickt und deutet nach draußen. »Wir müssen los. Du solltest deinen Körper noch schonen Zeina.« Aden ignoriert seinen Bruder komplett, er sieht mir noch immer in die Augen. »Wir haben ein paar Termine, soll ich dir Wachen vor das Haus stellen oder ...?« Erst jetzt wendet er sich ab und setzt sich auf eine Liege, um sich seine Socken und Sneakers anzuziehen, während ich mich auf die andere Liege lege.

»Nein, bloß nicht. Ich denke, das brauche ich hier nicht, oder etwa doch?« Amar schüttelt den Kopf. »Nein, du kannst dich hier überall frei bewegen, Kian richtet dir gerade dein neues Handy ein und bringt es dir dann. Damit kannst du uns alle immer erreichen, wenn etwas ist.«

Aden steht auf, geht zum Tisch und steckt sich sein Handy ein. »Schreib uns, sobald du es hast.« Beide verabschieden sich und dann gehen sie.

Von der Liege kann ich die beiden beobachten, wie sie aus dem Haus gehen. Aden steckt sich im Flur noch eine Waffe ein und erst als die Tür ins Schloss fällt, öffne ich das Handtuch und lasse mich von der Sonne trocknen.

Noch immer spüre ich das Kribbeln im Bauch, wenn ich an Adens Berührungen denke, doch sie alle kümmern sich um mich. Wieso spüre ich das nur bei Aden? Ich schließe die Augen und versuche, mich auf morgen zu konzentrieren. Sehr lange gelingt mir das aber nicht. Ich werde nervös, zu lange allein zu sein, obwohl ich immer gedacht habe, dass ich genau das über alle Maßen genießen würde.

Sobald mich die Stille erdrückt, stehe ich auf, ziehe mir das Kleid über und hole mir die schönen braunen Sandalen von oben. Auch wenn ich bereits einen hatte, gieße ich mir noch einen Kaffee ein, räume den Rest vom Frühstück in der Küche weg und gehe dann mit dem Kaffeeglas aus dem Haus, direkt zu dem alten Gebiet des Salva Cartels.

Hier ist es noch ruhiger. Wieder betrachte ich die ganzen Trümmer, all den Horror. Allein beim Gedanken, wie viele Männer hier den Tod gefunden haben, wandert eine Gänsehaut meinen Nacken hoch, die sich nicht abschütteln lässt. Erst in der Kapelle wird das Gefühl besser. Ich spreche ein Gebet und stelle mich zu dem Bild meines Vaters und seiner Männer. In Gedanken erzähle ich ihnen, dass morgen Bruna und Ava wiederkommen und ich bin mir absolut sicher, dass es sie genauso freut wie mich.

Danach gehe ich zum Strand, setze mich ein wenig an die Palme und laufe dann den feinen Sand eine ganze Weile hinunter. Ich bin tief in meine Gedanken versunken, über all das, was sich nun geändert hat und besonders was ich nun vorhabe. Doch alles, bis wohin ich in meinen Gedanken komme, ist morgen, meine Schwestern, mehr weiß ich nicht. Mehr kann ich nicht planen, ich hatte noch nie Pläne für mein Leben, und der Gedanke, dass ich sie nun anfangen sollte zu schmieden, lässt wieder Angst in mir aufkeimen.

Irgendwann habe ich mich an einen Felsen gesetzt und mich vom Spiel der Wellen mitreißen lassen, ich bin erschöpft, obwohl ich nichts tue, bin ich so verdammt erschöpft. Erst als es zu dämmern beginnt, laufe ich zurück und irgendwann kommt mir Kian entgegen. »Hier bist du. Ich hatte schon ein wenig Panik und war kurz davor, die anderen zu alarmieren. Ich habe dein Handy und gegrillte Hähnchen, die auf doch warten.«

Kian ist der Sanfteste von all diesen Männern hier. Er redet viel leiser, hat ähnlich viel Humor wie sein verrückter Bruder und doch ist es allgemein viel geerdeter und ruhiger. Wir gehen zurück ins Haus, essen Hähnchen mit Reis und Salat, das er für uns besorgt hat und dann macht er sich dran, mir alles zu erklären.

Ich verstehe kaum etwas. Er zeigt mir, wo die Nummern gespeichert sind, ruft mit mir Aden an, der uns fragt, ob alles in Ordnung ist, dann zeigt er mir eine App, wo ich allen schreiben kann. Dort gibt es sogar Bilder von allen, nur bei meiner Nummer nicht. Während Kian weiterredet, begreife ich, dass es keine Bilder von mir gibt. Nichts, keinen Beweis, dass ich überhaupt existiere. Je mehr ich das alles realisiere, desto mehr bildet sich ein schmerzender Klumpen in meinem Bauch. Er schreibt Cope, der mir gleich irgendwelche lustigen Bilder schickt. Dann zeigt er mir noch Apps, wo man mit anderen in Kontakt treten kann, doch er merkt, dass das alles zu viel für mich ist und ich müde bin.

Kian sagt mir, dass ich mich ausruhen soll und dass morgen ein großer Tag für mich ist, bevor er geht. Ich lasse das Handy in der Küche, gehe noch einmal in den Pool, doch schaffe wieder nur eine Runde, dann schmerzt mein Arm. Die Enttäuschung in meinem Bauch wächst an. All das sollte sich gut anfühlen, das tut es auch und doch spüre ich, wie eingeschränkt ich noch immer durch die vielen Jahre, die ich auf diesem Grundstück bei Aurel eingesperrt war.

Langsam setzt sich ein anderes Gefühl in mir fest. Nicht nur Erleichterung, etwas Bitteres. was ich selbst noch nicht einordnen kann. Es ist wieder viel zu ruhig im Haus. Ich räume auf und gehe dann duschen, föhne mir die Haare und ziehe mir ein rosa Nachthemd an, das ich gestern bekommen habe. Es geht mir bis zur Mitte meiner Oberschenkel und hat zwei zarte Schleifen als Träger. So lege ich mich ins Bett, wild entschlossen, endlich hier zu schlafen, um meinem Rücken etwas Gutes zu tun, doch nach zwanzig Minuten, in denen ich das Gefühl habe, jedes Geräusch im Haus genau analysiert zu haben, schlüpfe ich aus dem Bett und will nach unten, um fernzusehen, da laufe ich fast in Aden hinein, der nach oben kommt.

Auch er sieht müde aus und sieht mich fragend an. »Du hast nicht geantwortet auf die Nachrichten.« Sein Blick gleitet an mir hoch und runter. Auch wenn er erschöpft wirkt, wird sein Blick ein wenig weicher, als er mir in die Augen sieht. »Oh ja, mein Handy ist glaube ich in der Küche.« Er deutet zu meinem Schlafzimmer. »Wo wolltest du hin?« Mein Blick gleitet an ihm vorbei zur Couch nach unten. »Ich kann nicht schlafen und wollte den Fernseher ...« Aden kommt zu mir die Stufen hoch und deutet mir mitzukommen. Statt meines Zimmers öffnet er die Tür schräg gegenüber, das muss sein Schlafzimmer sein.

Nach ihm betrete ich es. Es sieht fast genauso aus wie meines, nur die Möbel sind etwas dunkler. Das Bett wirkt sogar noch größer, wenn das überhaupt möglich ist und einige der Kissen, die bei mir alle auf dem Bett verteilt sind, liegen bei ihm verstreut auf dem Boden.

Aden geht an dem Bett vorbei, zieht sich sein Shirt aus und deutet mir auf sein Bett. »Wenn es dir nichts ausmacht, ich habe damit kein Problem.«

Oh, ich ... verstehe. Unsicher sehe ich zum Bett, doch statt auf eine Antwort von mir zu warten, zieht sich Aden seine Shorts aus und geht in Boxershorts ins Bad. Dieser Mann ist unfassbar durchtrainiert. Wow, das war ... Ich sehe noch einen Moment auf die Badezimmertür, die nur angelehnt ist, höre die Dusche angehen und überwinde mich dann. Was soll's, er hat gesehen, wo ich herkomme, mit ihm spreche ich offen über alles, was mir durch den Kopf geht, wieso jetzt davor zurückschrecken?

Erleichtert klettere ich auf das große Bett, nehme mir zwei Kissen, schlüpfe unter die Decke und atme den vertrauten Geruch von Aden ein, während ich auf die Geräusche aus dem Bad höre, mein Körper es endlich schafft, sich zu entspannen und ich zufrieden die Augen schließe.

Zeina

Das erste Mal seit ich denken kann, muss ich mich richtig zwingen, die Augen zu öffnen.

Ich habe unglaublich gut geschlafen. So weich, so fest. Müde blinzle ich und werde sofort daran erinnert, wieso ich so gut geschlafen habe.

Mein Blick gleitet über die braune Brust von Aden, der neben mir liegt. Er hat einen respektvollen Abstand zu mir gehalten, doch sein Gesicht ist meinem zugewandt. Er schläft noch. Aden ist ein hübscher Mann, der immer eine gewisse Kälte und Härte im Gesicht trägt, bisher habe ich nur, wenn er mit mir oder seinem Bruder oder einem seiner Cousins spricht, gesehen, dass diese ein wenig weicht. Jetzt im Schlaf wirkt er entspannt. Mein Blick gleitet über seine gerade Nase, die Lippen, die langen schwarzen Wimpern und die dunklen

159

Schatten auf seinen Wangen. Ich wende mich ihm noch mehr zu. Über seiner Brust steht groß und verschlungen über einem großen Kreuz Velázquez. Ich sehe zu seiner großen Hand, die auf der weißen Decke liegt. Er scheint tief und fest zu schlafen und ich schiebe meine Hand zu seiner. Sachte, um ihn nicht zu wecken, streiche ich über seine weiche Haut. Ich stütze meinen Kopf auf meiner Hand auf, um ihn weiter betrachten zu können, da gleitet mein Blick zu dem Beistelltisch und dem Handy, was gerade aufleuchtet, weil eine Nachricht reinkommt, ich entdecke die Uhrzeit und springe auf.

»Meine Schwestern kommen!« Oh mein Gott, wir haben fast verschlafen. Nun stehe ich über Aden im Bett, der müde die Augen öffnet und über meine Beine in mein Gesicht sieht. »So bin ich auch noch nicht geweckt worden.« Schnell gehe ich vom Bett herunter und nehme sein Handy in die Hand. »Ich wollte schon vor einer Stunde aufgestanden sein, ich weiß nicht einmal, was ich anziehen soll. Sie landen in knapp zwei Stunden ...«

Aden hat sich mir zugewendet, schließt aber die Augen wieder. »Zieh dir das grüne Kleid an, was du anprobiert hast.« Das ist eine gute Idee, ich will schon aufstehen, um es rauszusuchen, da fällt mein Blick noch einmal zu ihm, er hat die Augen immer noch geschlossen.

»Musst du nicht auch aufstehen? Du kommst doch mit, oder?« Er muss mitkommen. Auch wenn ich ihn erst ein paar Tage kenne, werde ich mich viel sicher mit ihm fühlen, mein Herz schlägt mir jetzt schon bis zum Hals.

Er muss meine Bitte in meiner Stimme gehört haben, denn er öffnet seine Augen und sieht mich an. »Natürlich komme ich mit. Neben deinen Schwestern kommen auch zwei Anführer anderer Cartele, somit werden wir alle … unseren Spaß haben.« Seine Stimme ist noch rauer als sonst, wieder will ich rüber in mein Schlafzimmer, doch halte noch einmal ein. »Du bist doch nett zu ihnen, Aden, oder? Ich meine, hast du nicht gesagt, sie sind mit meinen Schwestern zusammen?« Aden schließt die Augen bereits wieder. »Deine Schwestern sind hier genauso zu Hause wie du, das gilt nicht für ihre Männer.« Er zieht selbst mit geschlossenen Augen seine Augenbrauen zusammen und ich muss leise lachen.

»Aden!« Er atmet lauter aus. »Ich werde sie im Auge behalten, wenn sie sich benehmen, droht ihnen nichts. Mehr kann ich nicht versprechen.« Ich sehe zu ihm und muss lächeln, dann gehe ich zum Bett, gebe ihm einen Kuss auf die Wange und gehe wirklich aus dem Zimmer, bevor ich überhaupt keine Zeit mehr habe. »Danke.«

Obwohl er noch eine Weile liegen geblieben ist, sitzt Aden mit Cope, Kian und Amar am Frühstückstisch, als ich runterkomme. Ich habe auf Aden gehört und das grüne Kleid angezogen. Dazu habe ich meine Haare seitlich zur Seite geflochten und das erste Mal Wimperntusche, etwas Rouge und wieder Lippenpflege benutzt, ich trage meine braunen Sandalen, und als ich zu den vieren in den Garten trete, pfeift Cope auf. »Solch eine Schönheit kann nur von hier stammen.« Ich lächle ihn an, mein Blick gleitet zu Aden, der mich genauso ansieht, dann aber auf den Tisch deutet. »Willst du noch essen?« Sie alle haben offenbar schon gegessen, doch ich greife nur nach meinem Kaffee und setze mich nicht einmal hin. »Ich bekomme nichts runter. Ich denke, wir müssen los.« Amar lacht auf. »Na los, bevor sie uns hier noch vor Aufregung umkippt.« Das könnte tatsächlich passieren.

Mir ist übel, auch der Kaffee, den ich trinke, hilft mir nicht dabei, diese Übelkeit loszuwerden. Ich sitze neben Aden in einem seiner Autos, die anderen folgen uns, es sind noch mehr Männer zu uns gestoßen, doch wir fahren ganz vorne.

Ich versuche durchzuatmen und sehe aus dem Fenster. Aden spricht mit jemandem, der schon da zu sein scheint und der ihm sagt, dass sie im Landeanflug sind. Mein Herz. Ich habe einfach jede Nacht von meinen Schwestern geträumt, jede Nacht darüber nachgedacht, wie es ihnen geht und jetzt sehe ich sie wieder. So in Gedanken versunken habe ich nicht einmal gemerkt, dass Aden aufgelegt hat, bis seine Hand nach meiner greift, die auf meinem Schoß liegt und meine Hand umfasst. »Obwohl du gerade einen Kaffee in der Hand hattest und es draußen bereits 32 Grad sind, hast du eiskalte Finger.« Mein Blick gleitet zu unseren beiden Händen, so zart wie meine auch in seiner aussieht und doch liebe ich den Anblick.

»Ich habe das Gefühl, keine Luft mehr zu bekommen.« Ich ziehe meine Hand nicht weg und Aden macht auch keine Anstalten, seine wieder wegzunehmen. Es fällt mir sehr leicht, ganz ehrlich zu Aden zu sein. »Das verstehe ich, doch denk daran, dass sie wahrscheinlich genauso aufgeregt sind wie du.« Ein Lächeln schleicht sich auf meine Lippen. »Sie waren noch zu klein. Ich sehe Ava und ihre helle Haut, die hellbraunen Haare und ihre hellbraunen Augen noch vor mir und wie frech und mutig sie war, und ich werde niemals den Geruch von Bruna vergessen und diese riesigen dunklen Augen und schwarzen Haare, doch sie werden sich nicht mehr daran erinnern können, sie waren noch zu klein.«

Aden biegt ab und fährt durch ein geöffnetes Tor auf einen Platz, auf dem bereits ein Jet steht, aus dem gerade die ersten aussteigen. Sie sind gelandet. »Das werden wir jetzt erfahren.«

Am liebsten würde ich sofort aus dem Auto springen. Ich sehe die Männer von Aden, die alle schwer bewaffnet hier stehen und aus den Autos steigen, nun noch mehr, gleichzeitig steigen vier Männer aus dem Jet und dann eine hübsche Frau, die die Treppen schnell herunterkommt und sich umsieht, bis ich aussteige und ihr Blick auf mich fällt.

Ich beginne sofort zu weinen.

Ava.

Ich hätte sie überall erkannt, bei Gott, obwohl sie drei war und ich fünf, doch diese helle Haut, ihre Haare, die Augen. Sie sieht mir in die Augen und in der nächsten Sekunde liegt sie in meinen Armen und wir beide weinen. »Ava, mein frecher Schatz. Du bist genauso schön geworden, wie ich es mir immer gedacht habe.« Obwohl ich so viel weine, muss ich lachen und werde gleichzeitig von meiner Schwester erdrückt. »Ich habe immer eine Leere in meinem Herzen, weil ich wusste, dass mir jemand fehlt und ich nicht wusste, wer oder was, und das erste Mal fühle ich mich wieder ganz.« Ava küsst meine Wange und im selben Moment legen sich zarte Arme um mich und ich sehe in die großen dunklen Augen von meinem Baby. »Bruna, mein Baby, wie groß du geworden bist, lass dich ansehen.« Ich drücke sie an mich und muss lachen. Sie ist eine genauso schöne Frau geworden, ihre Haare sind noch genauso dunkel und auch sie sieht mich fasziniert an. »Meine Güte, ich dachte schon, Ava und ich haben gute Gene, aber sieh dich an, wieso nennst du mich Bruna?« Ich wische ihr die Tränen von den Wangen, lasse dabei aber Ava nicht eine Sekunde los. »Weil du Bruna heißt, was dachtest du denn?« Sie lacht auf und auch Ava beginnt zu lachen. »Alle nennen mich Yuna.« Ich schüttle den Kopf. »Nein, du heißt Bruna, das bedeutet Kämpferin und unser Vater hat immer gesagt, dass du seine kleine Kämpferin bist.« Überglücklich sehe ich zu Ava. »Und du warst die, die alle im Haus auf Trab gehalten hat.« Ich bin mir sicher, das hat sich nicht geändert! Ich sehe wieder Ava in die Augen und bekomme einen Kuss von Bruna auf die Wange, dann schließe ich einen Moment die Augen und danke Gott, dass er mir meine beiden Schwestern wiedergebracht hat.

Es ist unmöglich zu sagen, wie lange wir da stehen. Ich sehe aus den Augenwinkeln, dass sicher um die vierzig Männer hier sind, doch kein einziger wagt es, uns zu unterbrechen. Es dauert, bis wir unsere Umarmung ein wenig lösen. Aden, der am nächsten bei uns steht, nimmt erst Ava und dann Bruna in die Arme, bevor Cope sie richtig an sich drückt.

»Willkommen zu Hause, Prinzessinnen. Endlich sind die Salva-Schwestern wieder vereint.«

Dieser Chaot schafft es, auch die beiden zum Strahlen zu bringen, dann nimmt Bruna meine Hand und stellt mir Taro vor, einen sehr attraktiven Mann, der ebenso gefährlich wie Aden aussieht und Bruna nicht eine Sekunde aus den Augen lässt. Er umarmt mich und küsst mich auf die Wange, während er mir versichert, dass er sich freut, dass Bruna und Ava endlich ihre große Schwester gefunden haben. Danach lerne ich Leano kennen, er ist ein genauso attraktiver Anführer, der mich an sich drückt, und dann lerne ich noch Tizian, Dante, Kaiko und Masaru kennen, es ist zu viel. Die Männer begrüßen sich, und auch wenn ich mich voll und ganz auf meine Schwestern konzentriere, spüre ich, dass Aden sehr wachsam ist. Ansonsten bekomme ich nicht viel mit, irgendwann setzen Ava, Bruna und ich uns hinten bei Aden ins Auto. Wir hören nicht auf zu reden. Sie erzählen mir, wie sie versucht haben, mich zu finden, die anderen Männer verteilen sich und dann fahren wir los.

Es ist zu viel, ich kann kaum klar denken, doch ich halte die Hände meiner Schwestern, die dann aus dem Fenster sehen, auch sie sehen zum allerersten Mal ihre Heimat. Aden sitzt vorne und Taro neben ihm, genau wie mir erklärt er meinen Schwestern, was sie sehen und ich beginne, sie auf das vorzubereiten, was sie gleich erwartet. Ich weiß, dass sie sich nicht an viel erinnern, doch sie haben von dem, was damals passiert ist, erfahren.

Ich erzähle ihnen, wie es dazu kam, dass Aden mich gesucht und gefunden hat, dass noch alles wie damals zurückgelassen wurde. Aden fährt bis zu seinem Haus, einige Autos fahren schon vorher ab, und als wir aussteigen, sind es nur noch wir Schwestern, Taro, Leano, vier ihrer Männer, Aden und Amar. So wie ich es verstanden habe, bringt Cope die anderen zu Hotels, die sie für sie organisiert haben. Wie ich selbst es ja auch gemerkt habe, gibt es hier zu wenig Platz, um alle unterzubekommen.

Wir steigen aus und keiner sagt ein Wort, als ich meine Schwestern zu den Trümmern und der Zerstörung führe, die noch von damals hier herrscht. Ich höre, dass sich Aden mit den anderen unterhält, sie lassen uns vor zur Kapelle gehen, ich zeige ihnen das, was hier entstanden ist.

Ava und Bruna sind schockiert, es ist etwas anderes, davon zu hören als das zu sehen. Als sie das Bild meines Vaters mit seinen Männern sehen, beginnen beide wieder zu weinen. Ich bin mir sicher, dass wir alle heute mit wahnsinnigen Kopfschmerzen ins Bett fallen werden.

Als wir aus der Kapelle kommen, sind die Männer weg, sie geben uns die Zeit und ich bringe meine Schwestern zum Strand. Ava beginnt sich zu erinnern, sie weiß, dass sie diesen Ort kennt und ich erzähle ihnen, was ich noch weiß, von unseren Strandbesuchen, von unserem Vater, meiner Mutter, wie sehr er uns geliebt hat.

Wir hören nicht auf zu reden, wie auch. Da meine Schwestern alles wissen wollen, erzähle ich ihnen, wie das damals war. Sie erinnern sich nicht. Ava kaum, Bruna gar nicht. So gut es geht versuche ich ihnen all das zu erzählen, was ich noch weiß. Irgendwann kommen Leano und Amar und bringen uns Liegen, Getränke und Obst, dann lassen sie uns aber sofort wieder in Ruhe und gehen. Wir setzen uns zusammen und sehen uns die ganze Zeit an, während ich ihnen sage, wie sie mir genommen wurden, wie Aurel mich zu sich gebracht und was mich dort erwartet hat.

Mit jedem Wort sehe ich, wie schockiert die beiden sind, obwohl ich die Zeit nur umschreibe. Ich werde ihnen noch alles sagen, doch erst einmal reicht es, dass sie wissen, dass ich bis vor ein paar Tagen dort gefangen war und es mir dort nicht gut ging. Danach ist Ava dran. Sie erzählt mir, dass es ihr ähnlich ging. Sie wurde in ein Kloster gesperrt, dort ging es ihr zwar nicht schlecht, doch auch sie hat einen großen Teil ihres Lebens kaum ausleben können. Dann erzählt sie von Leano, was eigentlich geplant war und wie sie ihr Herz an ihn verloren hat und sie halb Italien mit alldem auf den Kopf gestellt haben. Sie war es, die als Erstes angefangen hat, nach uns zu suchen.

Aden und Cope kommen und bringen uns Pizzen und mehr Getränke. Sie setzen sich einen Moment zu uns und Ava und Bruna versichern ihnen, dass sie es genauso gut wie ich finden, wenn sie das Grundstück neu bebauen. Auch ihnen sagt Aden, der die ganze Zeit neben mir sitzt, dass er für sie Häuser bauen wird und dass das hier ihr Zuhause ist. Er sagt, dass er auch gerade mit den anderen gesprochen und ihnen erklärt hat, dass es stimmt, dass unser Vater unberechenbar und zum Schluss auch grausam war, doch auch sie wissen jetzt, dass all das eine Vorgeschichte hatte.

Als sie uns alleine lassen, erzählt mir Ava, die von allen Avalyn genannt wird, wie schwer es ihr fällt, mit den Informationen über unseren Vater umzugehen und wir beschließen, noch mehr herauszubekommen. Wir sind hier, in unserer Heimat, wir werden den Spuren unseres Vaters auf den Grund gehen, um endlich mehr Licht ins Dunkel zu bringen.

Es dämmert bereits, als Bruna dran ist, ich ziehe meine jüngste Schwester in meine Arme und bin unendlich dankbar, dass sie ein gutes Leben hatte. Dass sie als Einzige von uns geliebt und behütet aufgewachsen ist. Ava wurde verboten, sie geliebt und ich vergessen, irgendwo in dieser Hölle in Mexiko. Doch nun sitzen wir hier. Bruna erzählt uns über ihre Familie, die Ava auch schon kennengelernt hat. Ihre Eltern, die, die sie großgezogen haben, möchten gerne, dass sie mich mitbringt und ich mit ihr nach Japan komme.

Als sie uns dann von Taro und ihr erzählt, lachen wir viel, und endlich, endlich spüre ich wahres Glück in mir. Irgendwann kommen Taro, Aden und Leano zu uns. Wir alle gähnen nur noch und ich spüre eine tiefe Erschöpfung nach all der Anspannung, die von uns abgefallen ist. Sie versprechen uns, dass wir uns zum Frühstück morgen früh gleich wiedersehen. Cope und Kian haben sich vorgenommen, uns allen morgen unsere Heimat richtig zu zeigen, obwohl wir wahrscheinlich eh nicht aufhören können, uns zu unterhalten.

Während ich dabei zusehe, wie meine Schwestern mit den Männern aus dem Gebiet fahren, fühle ich mich gleich wieder leerer, obwohl ich weiß, dass ich sie morgen wiedersehen werde.

Von all den neuen Eindrücken erschöpft, gehe ich ins Haus. Im Garten bei gedimmtem Licht sitzen Aden und Cope noch zusammen, im Garten, wo die Männer die ganze Zeit über waren. Auch für sie muss das heute ziemlich viel gewesen sein, doch gerade habe ich nicht einmal die Kraft, deswegen nachzufragen, auch wenn ich mir sicher bin, dass Aden mir sagen würde, was genau zwischen den Männern war.

Trotzdem gehe ich auf direktem Weg duschen, schminke mich ab und höre dabei, dass auch Aden irgendwann in sein

168

Zimmer geht. Als ich dann wenige Minuten später in meinem Bett liege, versuche ich all diese Gefühle einzuordnen, mich wieder zu fassen. Es ist so viel, alles, was ich heute erfahren habe, alles, was meine Schwestern mir erzählt haben, mein Körper schreit mich an, dass ich Ruhe brauche, doch mein Kopf hat seine eigenen Pläne.

Obwohl ich erschöpft und müde bin, schaffe ich es nicht, zur Ruhe zu kommen. Nach einer halben Stunde habe ich es geschafft, meine Gedanken ein wenig zu sortieren, doch ich höre auf jedes Geräusch und bin wieder viel zu allein, um einschlafen zu können.

Genervt setze ich mich auf, ich muss das überwinden. Auch wenn ich noch niemals alleine geschlafen haben, sollte ich es genießen können. Dass das heute, mit allem was war, gelingen wird, bezweifle ich, deswegen gehe ich in den Flur hinaus und sehe nach unten zur Couch. Mein Blick gleitet allerdings auch zur Schlafzimmertür von Aden, die nicht geschlossen ist, sondern nur angelehnt.

Unschlüssig beiße ich mir auf die Lippen, muss an die Nacht denken, an den Morgen, an seine Hand um meine und dass ich heute bei all der Ablenkung immer wieder gespürt habe, dass mir seine Nähe fehlt, obwohl ich ihn im Grunde doch kaum kenne.

Auch wenn ich denke, dass ich es vielleicht nicht tun sollte, gebe ich meinem Bauchgefühl nach und gehe ins Schlafzimmer. Es ist bereits dunkel, Aden liegt im Bett, die Jalousien sind geschlossen, nur durch ein paar Ritzen dringt Mondlicht ein und ich erkenne ihn im Bett.

Ich schließe die Augen, dieser Geruch. Zu meiner Überraschung bin ich noch nicht einmal am Bett, da hebt Aden seine Decke wortlos und ich lege mich erleichtert zu ihm ins Bett.

Dieses Mal liege ich aber direkt neben ihm. Einen Moment denke ich darüber nach wegzurücken, auch wenn sich seine Wärme in meinem Rücken zu gut anfühlt, doch da breitet Aden die Decke über mich aus und lässt seinen Arm über mir liegen, als hätte er genau das Gleiche gedacht und würde so verhindern wollen, dass ich wegweiche.

Ein Lächeln legt sich auf meine Lippen, ich kuschle mich noch enger an ihn, schließe die Augen und finde endlich wieder diese tiefe zufriedene Ruhe.

Aden

Eigentlich dachte ich, ich tue das hier für Zeina. Das es ihr guttut, wenn sie bei mir schläft, dass ich ihr damit helfe, doch als ich jetzt meine Augen öffne und auf ihren Rücken blicke, spüre ich, wie tief und gut auch ich geschlafen habe.

Wem will ich etwas vormachen? Ich habe mir gestern gewünscht, dass sie zu mir ins Zimmer kommt, ich war schon den gesamten Tag über unruhig, weil ich nicht bei ihr war. Vermutlich liegt das daran, dass ich das Gefühl habe, für sie verantwortlich zu sein, ich kann es mir nicht anders erklären, doch als sie dann herkam und sich zu mir gelegt hat, hat sich etwas verändert. Ich kann es gar nicht genau beschreiben, doch zu sehen, wie schnell sie in meinen Armen eingeschlafen ist und selbst so gut wie selten zuvor geschlafen zu haben, sollte mir vielleicht zeigen, dass sich hier gerade etwas verändert.

Ihr Atem ist noch ruhig und gleichmäßig. Ich rücke etwas näher zu ihr und ziehe sie gleichzeitig noch mehr zu mir. Ihre Beine liegen verschränkt mit meinen, eigentlich ist diese Nähe noch gar nicht angebracht und doch fühlt es sich gut an. So gut, dass ich meine Nase in ihren Rücken vergrabe und ihren Duft wahrnehme, der eine Note zwischen Vanille und Erdbeeren aufweist.

Gerade als ich meine Augen noch einmal schließen will, klingelt mein Handy. Ich habe es so eingestellt, dass nur mein Bruder oder einer meiner Cousins laut durchkommt, alles andere ist auf stumm geschaltet, jetzt bereue ich es, das Handy nicht ausgemacht zu haben. Widerwillig löse ich meinen Griff um Zeina und greife hinter mir nach dem Handy.

Verdammt, es ist schon spät, wir haben beide viel zu lange geschlafen. Adam ist dran und erinnert mich, dass er in ein paar Minuten kommt, um mich abzuholen und Cope zu Zeina kommt.

Ich könnte noch stundenlang weiterschlafen, obwohl ich mich sehr erholt fühle, doch ich beende das Gespräch und will gerade Zeina wecken, da blicke ich direkt in ihre wunderschönen grünen Augen, die mich müde ansehen. Sie hat sich zu mir gedreht. »Sag nicht, wir sind wieder zu spät.« Ich muss lächeln. »Ein wenig, deine Schwestern werden warten, Amar und ich müssen allerdings zum Hafen. Wir müssen da sein, wenn Ware ankommt, sie ist sehr wichtig und ich muss sie selbst kontrollieren.«

Zeina nickt und sieht mir weiter in die Augen. Ich sehe Frauen selten ungeschminkt, Zeina habe ich erst einmal ein wenig geschminkt gesehen und ich habe noch niemals eine hübschere Frau gesehen. Ich liebe alles an ihr, besonders ihr Lächeln und wenn sie frei lacht, was sie leider noch viel zu selten tut.

»Traust du Taro und Leano?« Mit dieser Frage überrascht sie mich. Gestern waren wir viel zusammen, weil wir den Schwestern ihre Zeit geben wollten. Wir haben über alles, was damals war, gesprochen, über das, wie es nun um Puerto Rico steht. Dass das das Zuhause der drei ist und dass es das immer sein wird. Ich habe ihnen gesagt, dass wir, das Velázquez Cartel, nun die drei unter unseren Schutz stellen. Für uns alle hier, für jeden einzelnen Mann gehören die drei automatisch zur Familie. Sie verstehen das, doch ich habe auch gemerkt, dass sie beide Ava und Bruna, die von allen Yuna genannt wird, lieben und dass sie dadurch auch ein Auge auf Zeina haben werden. Als uns langsam allen klar wurde, dass wir durch diese drei außergewöhnlichen Schwestern nun alle verbunden sind, haben wir uns ein wenig mehr entspannt und über unsere Geschäfte gesprochen. Sie wissen nun auch, was mit Aurel ist und dass ich nicht denke, dass da bereits das letzte Wort gesprochen ist.

Zu viel mehr kam es nicht. »Ich denke, sie lieben deine Schwestern und sie werden auch ein Auge auf dich haben. Trotzdem gehört ihr drei nun zum Velázquez Cartel und ich traue ihnen nicht genug, um dich einfach zu ihnen zu lassen. Cope und drei Männer werden euch heute begleiten und deinen Schwestern Puerto Rico zeigen und dir natürlich auch.«

Eine Strähne fällt über ihr Gesicht und ich streiche sie ihr nach hinten. Noch nie war ich einer Frau so nah, ohne dass wir uns im Grunde körperlich nah sind, nicht so, wie ich es mit anderen Frauen mache, doch das hier fühlt sich viel intensiver an, als alles, was ich bisher kannte.

Zeina zieht ihre Augenbrauen zusammen und eine kleine Falte bildet sich zwischen ihnen. »Du bist heute nicht bei uns? Ich dachte wir … du wärst da. Ich hatte gehofft, wir könnten mit meinen Schwestern in das Restaurant gehen, um ihnen diesen wahnsinnigen Ausblick zu zeigen …« Man sieht ihr an, dass sie ein wenig enttäuscht ist, dass ich nicht dabei sein werde und obwohl ich einfach überhaupt keine Zeit habe, kann ich nicht anders. Ich werde die Termine umlegen.

»Ich habe eigentlich keine Zeit, aber ich werde im Restaurant Bescheid geben und euch dort zum Essen treffen. Cope erfährt die Uhrzeit, Amar und er kommen gleich …« Das hätte ich nicht sagen sollen, Zeina setzt sich auf und springt fast aus dem Bett. »Also sind wir doch zu spät? Ich muss noch …« Hätte ich nicht einfach meinen Mund halten können und diesen Moment noch ein wenig hinauszögern. Sie ist schon hinüber zu sich, ich höre, wie sie ins Bad geht und erst dann steige auch ich aus dem Bett.

Auch ich mache mich frisch. Ich ziehe mir eine Anzughose und ein schwarzes Shirt an, weil ich später noch einen wichtigen Kunden treffe. Als ich dann nach unten komme, stehen Amar, Cope und Kian mit Zeina in der Küche. Sie haben Croissants mitgebracht. Zeina trägt einen weißen Rock mit großen roten Mohnblumen darauf, der ihr bis zu den Knien geht und ein trägerfreies weißes Top. Sie ist … »Du bist zu spät, das sieht dir gar nicht ähnlich.« Mein Bruder reicht mir einen Becher Kaffee und ein Croissant und schiebt mich vor sich aus der Küche, ohne dass ich dazu komme, noch etwas zu sagen. »Cope, ich schreibe dir, wann wir uns zum Essen treffen ...« Das ist alles, was ich noch sagen kann. Da meine Hände voll sind, schnappt sich Amar meine Waffe und wir gehen zusammen zum Auto, wir sind tatsächlich zu spät.

»Was für ein Essen? Hast du unsere Termine vergessen?« Sobald ich sitze, nehme ich einen Schluck und rufe über die Sprechanlage unseren Kunden an, mit dem wir uns später treffen. Ich verschiebe den Termin um zwei Stunden, was zum Glück kein Problem ist, dann rufe ich im Restaurant an und lasse alles planen, schicke Cope die Daten und erst dann sehe ich wieder zu meinem Bruder, dabei fahren wir schon fast im Hafen ein.

»Was zur Hölle ist los mit dir?« Ich beiße vom Croissant ab. »Gar nichts, ich will den Koreaner und den Italiener im Auge behalten.« Amar lacht auf und sieht nach, ob seine Waffe geladen ist. »Du willst jemand ganz anderes im Auge behalten ... dass ich das noch erleben werde. Ich hoffe aber, du hörst auf meine Worte. Das Letzte, was Zeina jetzt gebrauchen kann, ist es ...« Damit wir gar nicht erst wieder mit diesem Thema anfangen, unterbreche ich ihn direkt. »Davon ist nicht die Rede. Ich weiß, dass das Letzte, was sie jetzt braucht, jemand wie ich ist.« Amar lacht leise auf. »Dann sehen wir mal, wie lange ihr euch daran haltet. Ich bin eh erstaunt, wie sie all das mitmacht. Ich meine, sie war vor einigen Tagen noch tagtäglich eingesperrt. Ihre Welt war brutal und eingeschränkt auf ein paar Straßen und jetzt prasselt so viel auf sie ein, noch macht sie das alles mit, doch ich denke, dass sie irgendwann zeigen wird, dass das alles viel zu viel für sie ist.«

Daran musste auch ich schon denken, doch auch das weiß ja keiner von uns wirklich, der Arzt hat angedeutet, dass es so kommen kann, momentan wirkt sie einfach nur glücklich, ihre Schwestern wiederzuhaben.

Deswegen lasse ich das Thema sein. Wir halten am Hafen, hinter uns folgen mehrere Lieferwagen, die wir nutzen. Wir kommen genau richtig, als die Ware ankommt. Bevor die Besatzung und die Ware an Land darf, checken wir alles. Heute bin ich dabei, weil wir zwei verschiedene neue Waffen vorgestellt bekommen und Amar und ich sind mehr als begeistert. Die beiden werden uns eine Menge Geld einbringen. Wir treffen uns noch schnell mit einem Architekten, der immer für uns arbeitet. Er hat alles vorbereitet, genau nach Kians Plänen und wie wir es wollten. Wir werden den neuen Platz gut nutzen. Morgen früh fahren wir mit den Schwestern ins Rathaus und dann können die Bauarbeiten beginnen.

Als wir dann ins Restaurant kommen, sind wir die Letzten. Cope hat mir zwischendurch immer wieder Bilder geschickt, er hat die Schwestern zu einem der schönsten Strände gebracht, zu einem Bereich, wo es zur Zeit pinkfarbene Flamingos gibt. Sie waren auch in Old San Juan. Ich liebe es, Zeina mit ihren Schwestern so glücklich zu sehen. Sie strahlt in die Kamera. Alle drei Schwestern sind wunderschön und doch sehe ich Zeina immer ein wenig länger an.

Cope hält mich auf dem Laufenden. Die Schwestern genießen zwar alles, doch am Ende wollen sie sich eigentlich nur unterhalten, sodass sie nach dem Essen an den Strand gehen und die Schwestern für sich lassen wollen.

Wie ich es geordert hatte, ist der Tisch mit Weinflaschen, Getränken, leckeren Vorspeisen und Salaten gedeckt. Wir begrüßen alle, Ava und Bruna gebe ich einen Kuss auf die Wange und auch Zeina begrüße ich so und setzte mich dann zu ihr. Wir bestellen Pizzas und sie erzählen mir alles, was sie erlebt haben. Amar und ich zeigen den Schwestern die Pläne für das Grundstück und Broschüren zu den Häusern, die wir für sie bauen lassen wollen. Auch wenn sie begeistert sind, möchten sie das nicht annehmen, da gibt es allerdings nichts zu diskutieren. Hier ist ihr Zuhause und sie werden immer einen Platz haben, wo sie hinkönnen.

Sie alle sprechen spanisch. Zeina am besten, da sie in Mexiko gelebt hat, Avalyn auch sehr gut, aber mit Leano spricht sie italienisch und man merkt, dass ihr das leichter gefällt und genauso ist es mit Yuna. Sie spricht spanisch aber mit Akzent und es ist Wahnsinn, wenn sie mit Taro auf Japanisch spricht. Doch sie alle haben nicht den puerto-ricanischen Akzent, wobei Cope beschlossen hat, das so schnell wie möglich zu ändern. Er bringt ihnen alles bei und wir lachen viel beim Essen. Meine Bedanken wegen Taro und Leano rücken immer weiter in den Hintergrund, auch wenn ich trotzdem wachsam bin. Ich habe für beide einen Koffer mit unseren besten Waffen mitgebracht, da sie sich von unserer Ware, von der man überall auf der Welt spricht, einen Eindruck machen wollen.

Als wir noch ein Dessert essen, merke ich, dass Zeina neben mir immer ruhiger wird. Ich beuge mich zu ihr. »Ist alles in Ordnung?« Ein Schmunzeln schleicht sich auf meine Lippen, als ich sehe, dass sie eine Gänsehaut auf ihrem Nacken bekommt. »Ja, ich bin nur müde, das waren viele …

177

es ist viel passiert die Tage, aber ich bin glücklich.« Leider komme ich nicht mehr dazu, etwas zu erwidern, da stehen Amar und die Männer, die uns begleiten, schon auf, unser nächster Kunde wartet. Auch wenn ich weiß, dass Zeina in guten Händen ist, habe ich kein gutes Gefühl, sie zurückzulassen.

Genervt ziehe ich die nächsten Stunden durch. Es ist wichtig. Wir besprechen einen neuen Deal und alle Details, und auch wenn ich danach eigentlich feiern sollte, ist mir nicht danach zumute. Cope sagt uns, dass sie die Schwestern im Hotel abgesetzt haben, sie waren alle kaputt nach dem langen Tag und wir treffen sie ja bereits morgen früh wieder, um ins Rathaus zu gehen.

Als ich vor meinem Haus halte, beginnt es langsam dunkler zu werden. Bald geht die Sonne unter. Amar und die anderen gehen ins Gemeinschaftshaus, wo sie den neuen Deal feiern wollen, doch mich zieht alles ins Haus. Amar hat recht, ich weiß selbst nicht, was gerade mit mir los ist. Vielleicht sollte ich wirklich zwei Schritte zurückgehen und noch einmal durchatmen, bevor ich mich weiter darauf einlasse, was zwischen Zeina und mir zu entstehen beginnt.

Im Haus gehe ich alles ab, auch den Garten, doch sie ist nirgendwo. Im Grunde muss ich gar nicht überlegen, ich weiß, wo sie ist. Jetzt ist ein guter Zeitpunkt dafür, zwei Schritte rückwärts zu machen. Ich verlasse das Haus wieder und denke einen Moment darüber nach, zum Gemeinschaftshaus zu gehen, eine zu rauchen und den Deal mit einer sexy Frau oder zwei zu feiern, doch dann fluche ich leise und gehe stattdessen an den Trümmern vorbei, an der Kapelle vorbei zum Strand, wo ich Zeina am Wasser sitzend vorfinde.

Einen Moment warte ich, sehe mir ihre zarte Gestalt an, die langen Haare, die vom Wind verweht werden, dann gebe ich mir einen Ruck und gehe zu ihr.

Sie hat nicht erwartet, dass jemand sie sucht. Vielleicht dachte sie, wir alle sind auf der Feier, deswegen erschreckt sie sich einen Moment, als ich näher komme, steht auf und wendet sich dann zu mir um.

Ein Stich fährt durch meine Brust, als ich jetzt sehe, wie gerötet ihre Wangen sind, sie hat geweint, noch immer kullert eine Träne aus ihrem Auge und sie streicht sie schnell weg, damit ich sie ja nicht sehe. Wieso tut sie das? Wieso weint sie und wieso kann ich das nicht einmal sehen, ohne dass sich meine Brust zusammenzieht.

Zeina versucht zu lächeln. »Ich dachte, ihr seid alle auf der Party ...« Wütend über diese Tränen und dass sie sie vor mir verstecken will, gehe ich näher zu ihr. »Was ist los?« Sie verschränkt die Arme vor der Brust und versucht noch krampfhafter zu lächeln, was ihr nur noch schlechter gelingt. »Gar nichts, es ist ... es war einfach nur viel.« Sollte ich es dabei belassen? Vermutlich. Doch ich kann nicht und gehe noch näher zu ihr. »Komm schon, was ist passiert, Zeina?« Noch einmal setzt sie an, es herunterspielen zu wollen, doch es gelingt ihr nicht. Noch mehr Tränen steigen in ihre Augen und ihre Brust hebt und senkt sich.

»Es ist … nichts … Unsinn, wirklich. Es ist … ich bin so verdammt glücklich, meine Schwestern zurückzuhaben, hier zu sein …«

Sie bricht ab und sieht mir in die Augen. Diese Tränen, die es nicht geben sollte, laufen ihre Wange herab und ich würde sie am liebsten davon abhalten, doch ich sehe ihr weiter in die Augen, damit sie mir erzählt, was los ist.

»Es ist nur … je mehr ich mit allen rede … sie alle sind jemand. Sie alle führen ein Leben und ich bin und habe nichts. Nichts. Verstehst du, ich kann nicht lesen, nicht schreiben, ich weiß nicht, was ich gerne esse, welche Länder ich bereisen will, welche Farben ich mag, ich weiß gottverdammt nichts über mich. Ava ging es ähnlich, doch sie hat es trotzdem geschafft, sich Freiheiten zu schaffen, sie haben sie unterrichtet, sie konnte mit anderen Menschen Bindungen einzugehen. Ich spüre einfach oder ich merke mehr und mehr, dass ich wie in einem luftleeren Raum schwebe, für mich steht die Welt offen und doch bin ich irgendwie ein Nichts … so fühlt es sich an. Ich bin ihre ältere Schwester, ich sollte ihnen Ratschläge geben können, doch ich habe bisher kein richtiges Leben geführt und das wurde mir heute klar. Sie sind so tolle Frauen und ich bin … einfach nichts.«

Am liebsten würde ich sie durchschütteln.

Hätte sie auch nur die Möglichkeit, einen Moment des Tages heute in meine Gedanken zu schlüpfen, würde sie sich aus meinen Augen sehen, würde sie das niemals denken. Doch ich spüre, wie ernst sie ihre Worte meint und ich verstehe sie, auch wenn ich diese Gedanken nicht teile.

180

Stattdessen gehe ich zu ihr und ziehe sie in meine Arme. Zeina lehnt sich an mich und ich spüre, dass sie noch mehr weint, meine Arme umschließen sie fester und ich genieße ihre Nähe, küsse ihren Kopf und schließe selbst einen Moment die Augen.

»So darfst du nicht denken, Zeina. Ich wünschte, du würdest dich einen Moment durch meine Augen sehen können, dann würdest du erkennen, dass du so vieles bist, aber nicht nichts. Niemals. Du bist die Tochter von Hector Salva, einem der mächtigsten Männer Lateinamerikas. Du bist die große Schwester von Ava und Bruna, du bist die Frau, die eine Gefangenschaft überlebt hat, die andere niemals überlebt hätten. Du hast Frauen versucht zu helfen, obwohl du selbst in einer aussichtslosen Lage warst, ich habe die Dankbarkeit der Frauen in ihren Augen gesehen, ich sehe, wie jeder Mensch reagiert, der in deine Nähe kommt. Ich spüre, was du mit mir machst. Also denk alles, Zeina, aber niemals, du bist nichts.«

Überrascht, wie einfach und ehrlich alles aus mir herauskam, öffne ich die Augen wieder, als Zeina sich von mir löst, um mir in die Augen sehen zu können. Sie will etwas sagen, doch ich komme ihr zuvor.

Meine Hand legt sich auf ihre Wange und ich streiche ihr die letzten Tränen weg.

»Es mag sein, dass du nicht viel von der Welt gesehen hast, dass du noch einiges lernen musst und über dich selbst erfahren wirst, doch das ist nichts im Vergleich zu dem, was du schon überstanden hast, also solltest du alles andere als schlecht über dich denken. Du hast mehr geschafft als die meisten Menschen in ihrem Leben. Und wenn du selbst das noch nicht sehen kannst, bin ich da, um dich daran zu erinnern.«

In dem Moment, als ich diese Worte sage, wird mir klar, dass es das ist, was hier passiert, dass die Frau vor mir, die mich überrascht und schon fast ungläubig aus diesen grünen Augen ansieht, mich beeindruckt und an sich bindet, obwohl sie das nicht einmal beabsichtigt, und noch bevor ich darüber nachdenken kann, lasse ich mein Gefühl weiter entscheiden.

Ich beuge mich zu ihr und meine Lippen streifen ihre, während ich sie noch näher an mich ziehe. Zeina erwidert meine Küsse zaghaft, ich will sie nicht überfordern, doch ich spüre sofort, dass ich nicht aufhören kann, sie zu küssen, sie zu schmecken und dass es das Beste ist, was ich je gespürt habe.

Als Zeina die Küsse immer mehr erwidert und schließlich ihre Arme um meine Schultern legt, lasse ich meine Vernunft irgendwo ins Meer gleiten, ich öffne meine Lippen und vertiefe den Kuss, und als Zeina auch das erwidert, spüre ich, dass ich das hier noch niemals gespürt habe und nichts anderes damit zu vergleichen ist.

Ich küsse sie tief und doch zärtlich, will sie nicht überfordern, doch als ich den Kuss beende und sie nicht aus meinen Armen weicht, sondern meine Wange küsst und sie mir dann leichte Küsse auf die Lippen gibt, gleitet meine Hand an ihre Hüfte. Ich drücke sie noch fester an mich und küsse sie erneut, das hier könnte ich ewig weitermachen und würde es auch, wenn nicht mein Handy mehrmals klingelt und nicht aufhören will.

Wir sind gezwungen, den Kuss zu beenden.

»Tut mir leid, warte ...« Ich küsse entschuldigend ihre Lippen und gehe ans Handy.

»Ich hoffe, das hier ist ...«

»Unsere Männer aus der Zentrale haben angerufen. Es sind gerade Mexikaner im Landeanflug!«

Zeina

»Es mag sein, dass du nicht viel von der Welt gesehen hast, dass du noch einiges lernen musst und über dich selbst erfahren wirst, doch das ist nichts, im Vergleich zu dem was du schon überstanden hast, also solltest du alles andere als schlecht zu denken, du hast mehr geschafft als die meisten Menschen in ihrem Leben. Und wenn du selbst das noch nicht sehen kannst bin ich da, um dich daran zu erinnern.«

All meine Bedenken und schlechten Gefühle die ich in mir getragen habe, weichen in diesem Moment zurück, als diese Worte von Aden zu mir dringen.

Seine Stimme ist dunkel und rau, doch seine Worte lassen mich alles andere vergessen. Er beugt sich zu mir und mein Herzschlag beginnt wild gegen meine Brust zu klopfen, als seine Lippen das erste Mal meine berühren. Das wollte ich schon die ganze Zeit, doch ich habe es nicht gewagt, mir das tatsächlich vorzustellen. Aden ist zärtlich, er gibt mir mehrere Küsse auf meine Lippen und allein das lässt mich eine Gänsehaut bekommen. Obwohl ich schon ganz andere Dinge ausgetauscht habe, so hat sich noch niemals etwas so echt und intim angefühlt.

Erst zaghaft dann immer verlangender erwidere ich sein vorsichtiges Annähern. Ich kann nicht anders, ich will ihn mehr spüren. Ich liebe seine Nähe, seinen Geschmack und lege meine Arme über seine Schultern und in diesem Moment scheint er auch die letzten Bedenken über Bord zu werfen und küsst mich tiefer. Das ist so gut. Ich seufze leise in den Kuss hinein. Seine Hand hält mich eng an sich und es gibt nichts mehr außer uns beiden und diesen Moment.

Am liebsten würde ich protestieren, als er den Kuss beendet. Ich küsse seine Wange, seine Hand gleitet an meine Hüfte und dann küsst er mich noch einmal und wieder gebe ich mich diesem Gefühl ganz hin. Was passiert hier?

Nicht einmal das Klingeln seines Handys lässt uns den Kuss beenden, erst als es danach noch einmal anfängt, flucht Aden leise, küsst entschuldigend meine Lippen noch einmal. »Tut mir leid, warte ...« Er geht ran, lässt mich aber nicht aus seinen Armen.

»Ich hoffe, das hier ist ...« Er schweigt und hört einer anderen Männerstimme zu. Ich kann nur die Stimme hören, nicht die Worte, doch ich spüre, wie er sich versteift. »Okay, sag allen Bescheid. Ruf Taro und Leano an, sag, sie sollen sicherheitshalber die beiden Schwestern herbringen. Wir fahren sofort los.« Nun bin auch ich alarmiert. Aden legt auf und sieht mir in die Augen. »Ich muss etwas ...« Ich unterbreche ihn. »Meine Schwestern kommen her? Was ist passiert?« Er gibt mir einen Kuss auf die Lippen, nimmt gleichzeitig meine Hand in seine und bringt mich vom Strand weg. »Ich muss mich um etwas kümmern und nur, um ganz sicher zu gehen, sollten deine Schwestern hier sein. Taro und Leano passen gut auf sie auf, doch sie sind hier bei uns am sichersten.«

Er bringt mich zurück zu seinem Haus, ich komme nicht einmal dazu, etwas zu sagen, denn Amar, Cope und eine Menge anderer Männer kommen zu den oberen Häusern. Sie alle verteilen sich auf die Autos. Amar bleibt vor einem stehen, den Aden gerne fährt. »Geh ins Haus. Hier bist du sicher. Sobald das geklärt ist, kommen wir wieder.«

Er drückt noch einmal meine Hand, lässt sie los und geht zu Amar, dabei kommt er an Cope vorbei, sagt ihm etwas und steigt dann ein. Verwirrt sehe ich ihnen hinterher, wie sie aus dem Gebiet rasen.

Was ist das hier? Was ...? Ich schmecke Aden noch auf meinen Lippen, mein Herz hat sich nicht beruhigt und doch schlägt es nun so kräftig aus einem ganz anderen Grund. Cope kommt zu mir und deutet mir, ihm zu folgen. »Komm, Prinzessin. Da nun fast alle weg sind, bleibt alles, was auf dem Grill liegt, für uns. Deine Schwestern kommen gleich.« Statt in Adens Haus laufen wir zusammen die Straße hinab zum Gemeinschaftshaus und noch immer fahren einige Autos schnell davon.

»Was ist passiert? Es muss wichtig sein.« Unruhig sehe ich die Straße bis zur Schranke hinunter und merke, dass nun nicht mehr zwei sondern sechs Männer dort stehen und man bis hier oben die Maschinengewehre sieht, die sie umgebunden haben. Mein ungutes Gefühl verstärkt sich. Was ist, wenn es wirklich schlimm ist? Wenn Aden in Gefahr ist?

Cope hat noch immer den Arm um mich gelegt, es verlassen gerade Frauen das Haus, die sofort das Gelände verlassen müssen. Als wir in das Haus kommen, sind nur noch ein paar Männer dort, die sich angespannt unterhalten. »Ich kann es dir nicht sagen, aber ich schätze, Aden wird es tun, wenn er zurück ist, solange sollten wir uns entspannen, was willst du essen?«

Auch wenn ich Cope noch nicht hundertprozentig einschätzen kann, so ahne ich doch, dass er mir nichts sagen wird. Er füllt mir einen Teller mit Fleisch, Fisch und Salat, auch die anderen Männer essen etwas, doch ich spüre die Anspannung bei allen, obwohl sie sich die größte Mühe geben, mir das nicht zu zeigen.

Nach nicht einmal zehn Minuten kommen Ava und Bruna zu uns ist Haus. Sie haben jeweils einen der Männer dabei, die sie begleiten, aber nicht Leano oder Taro, was mich noch aufmerksamer werden lässt. Die beiden geben mir einen Kuss und sagen, dass sie auch nichts weiter wissen. Sie waren auf ihren Zimmern und wollten sich ausruhen, auch sie sind nach dem langen Tag erschöpft, dann haben Taro und Leano Anrufe bekommen. Sie wollten zu Aden und meine Schwestern sollten herkommen. Ganz so besorgt wie ich scheinen sie allerdings nicht zu sein. Beide nehmen sich etwas vom Gegrillten, wir setzen uns an den Pool und Bruna sieht mir genauer ins Gesicht. Alle nennen sie Yuna, ich kann das nicht. Für mich wird sie immer Bruna sein und es scheint ihr auch nichts auszumachen, dass ich sie so nenne, genau wie Ava.

Es war ein schöner Tag heute, wenn ich manchmal davon geträumt habe, wie es ist, meine Schwestern wieder bei mir zu haben, dann war es genauso. Wir haben uns so viel zu erzählen und lachen eine Menge, gleichzeitig entdecken wir zusammen Puerto Rico. Nach dem Strand waren wir noch in einer Kapelle und konnten nicht aufhören zu lachen, als Bruna und Capo zu diskutieren angefangen haben, da Bruna in Japan und mit diesem Glauben aufgewachsen ist und Capo ihr aber erklärt hat, dass sie katholisch ist. Es ist zu niedlich zu sehen, wie diese Männer hier uns einfach ohne zu zögern als ein Teil von sich angenommen haben und es fühlt sich auch für uns genauso an. Wir alle drei fühlen uns hier wie zu Hause, was es ja im Grunde auch ist.

Der Tag war wunderschön, auch wenn ich am Schluss viele Zweifel und Ängste in mir getragen habe, weil ich einfach das Gefühl habe, nichts in meinem Leben bisher erreicht zu haben. Die Zeit von fünf bis vor wenigen Tagen wurde mir geraubt und ich weiß nicht, wo ich anfangen soll, um all das aufzuholen, ob ich das kann, ob ich das alles überhaupt will.

»Sag mal, das ist mir vorhin schon aufgefallen, aber wir hatten danach keine Zeit mehr alleine: Was ist das eigentlich zwischen Aden und dir? Ich meine … er ist ein sehr attraktiver Mann und die Blicke, die er dir zuwirft …« Ava holt mich aus meinen Gedanken und klaut mir im selben Moment eine Gurke von meinem Teller. Wieder kribbeln meine Lippen und ich schiebe das ungute Gefühl in meinem Bauch beiseite und sehe zwischen meinen Schwestern hin und her, die mich beide mustern. Bruna trägt nur eine dünne Jogginghose und ein Top, Ava noch genau wie ich das Gleiche, was wir vorhin schon anhatten.

»Es ... ist nichts. Denke ich, ich meine ... was sollte da sein?« Bruna stößt mich mit ihrem Bein an. »Hey, wir sind deine Schwestern, du bist verpflichtet, uns die Wahrheit zu sagen, auch ich sehe, wie er dich ansieht und das sieht nicht nach nichts aus.«

Vor meinen inneren Auge sehe ich wieder den dunklen Blick, mit dem Aden mich angesehen hat, bevor er mich geküsst hat. »Wir haben uns geküsst, mehr ist da bisher nicht gewesen. Ich meine, ich habe keine Ahnung, wie man das nennt, was das bedeutet. Ich habe noch niemals eine Beziehung geführt oder so etwas in der Art. Außerdem ist Aden kein Mann, der so viel wie ich in einen Kuss hineininterpretiert, deswegen sollte ich das nicht falsch einordnen und ...«

Ava lacht leise und legt den Arm um mich. »Wusste ich es doch. Da bist du nicht alleine, ich hatte auch keine Erfahrungen, ich hatte Sex, aber das, was zwischen Leano und mir war, hat mir Angst gemacht, doch jetzt ist es ... ich liebe ihn und ich weiß, dass er mich liebt. Du hast recht, diese Männer sind keine Männer, mit denen du eine Beziehung wie mit anderen führen kannst, doch wenn sie Gefühle für dich haben, dann ... tun sie alles für dich. Das ... ich habe gesehen, wie er dich ansieht, ich bin mir sicher, du wirst bald spüren, was wir meinen.«

190

Entspannt lehne ich mich zurück, ich liebe es, mit meinen Schwestern zusammen zu sein. »Ich schätze, um all das wirklich zu können, muss ich mich selbst finden. Muss ich ...«

Einer der Männer geht gerade mit einem Handy am Ohr hinter uns vorbei, er hat uns auf den Liegen nicht bemerkt und Bruna deutet uns, leise zu sein. »Ich habe gerade die Nachricht bekommen, sag ihnen, die Mexikaner setzen zum Landeanflug an, alle sollen sich bereithalten.«

Die wenigen Minuten, die ich abschalten konnte, sind mit einem Schlag vorbei, ich springe von meiner Liege auf und gehe zu Cope. »Sie sind hier? Aurel und seine Männer und keiner sagt mir etwas?« Cope sieht zu dem Mann, der nun hinter uns steht. »Danke für diese tolle Hilfe, Pepco.« Er sieht mir in die Augen. »Sie kommen nicht weit. Wir haben dir doch gesagt, wir erfahren es, wenn jemand ins Land kommen will. Aden kümmert sich ...« Ich gehe ins Haus. »Niemals! Ich lasse nicht zu, dass er oder irgendeiner der anderen Männer wegen mir Schwierigkeiten bekommt. Sie sind wegen mir hier, also sollen sie mir sagen, was sie wollen. Ich habe ihnen einiges zu sagen. Die Zeiten, wo sie mich einsperren und mit ihren Lügen kleinmachen konnten, sind vorbei.« Nun kommen alle hinter mir her. »Ihr sollt hierbleiben. Das ist zu gefährlich, wir wissen nicht einmal, wer da alles genau kommt, also bleibt hier und ...«

Bruna und Ava stellen genau wie ich ihre Teller auf einen Tisch, an dem wir vorbeikommen. »Nein, diese Gefahr ist wegen mir, also werde ich auch dort sein. Aden hat gesagt, wir sind hier nicht gefangen, also können wir tun und lassen, was wir wollen, komm mit oder bleib hier, Cope, aber ich gehe ...«

Ich höre ein Fluchen und dann Ava. »Vergiss es, sie ist unsere Schwester, wir werden sie nie wieder im Stich lassen, außerdem will ich mir diese Mistkerle selbst mal gerne zur Brust nehmen, die all das zu verantworten haben.« Vor dem Haus stehen mehrere geparkte Autos. Ich weiß zwar nicht genau, wo sie landen, aber ich bin mir sicher, das erfahren wir noch.

Eines der Autos ist offen, ich sehe zu Bruna und Ava. »Kann einer von euch Auto fahren?« Ava legt den Kopf schief. »Leano hat es mir hin und wieder gezeigt, ich denke, ich schaffe das.« Bruna deutet Ava, hinten einzusteigen. »Ich kann fahren, wir brauchen dafür aber vielleicht trotzdem den ...« Cope kommt zu uns und deutet uns allen einzusteigen. »Ich hatte doch tatsächlich verdrängt, wie stur puerto-ricanische Frauen sind.«

Doch er fährt uns. Als die anderen Männer fragen, ob sie Bescheid geben sollen, dass wir kommen, sagt er ihnen, dass sie das lieber nicht tun sollen, es reicht, wenn sie ausflippen, wenn wir dort sind. Den ganzen Weg erklärt er uns, wieso das keine gute Idee ist, doch ich höre ihm nicht zu. Ich kann nicht zulassen, dass Aden einen Kampf für mich austrägt. Sie haben mich da rausgeholt, damit muss es enden, sie können jetzt nicht jedes Mal vor mir stehen, wenn etwas ist und schon gar nicht, ohne mir etwas zu sagen.

Wir fahren gerade mal fünfzehn Minuten, in denen Cope uns eine Standpauke hält, keiner von uns wusste, wie es ist, einen großen Bruder zu haben, mittlerweile wissen wir es.

Als er hält, befinden wir uns auf dem Gelände, wo auch wir angekommen sind, ich erkenne es wieder. Cope hat uns gesagt, dass das Flugzeug woanders landen wollte, doch sie haben das verhindert und es hierher gelotst. Wären sie hier nicht gelandet, wären sie von Kampfjets abgeschossen worden, ich frage gar nicht erst nach, wie sie an solche Jets rankommen.

Jetzt steht ein Jet in der Mitte und eine Menge Männer mit gezogenen Waffen um ihn herum. Ich steige schnell aus, als ich Aden beim Jet sehe, er hat seine Waffe an der Stirn von Ascan und sagt ihm etwas, während andere Männer von Aurel, die ich sofort wiedererkenne, ihre Waffen auf Aden gerichtet halten. Ich komme gerade noch rechtzeitig.

Alle Blicke richten sich auf uns, als wir uns jetzt an den Männern vorbeidrängen.

»Keine Chance, sie lassen sich nichts sagen. Sie hören einfach nicht.« Cope hebt die Arme, ich bemerke Taro und Leano, die etwas weiter nach vorne treten, als sie Bruna und Ava neben mir bemerken. »Das hätten wir dir auch früher sagen können.«

Ohne zu zögern gehe ich zu Aden und Ascan, dessen Blick einmal an mir hoch und runter gleitet. »Da ist sie ja. Zeina. Ich bin wegen dir hier.« Aden sieht mir in die Augen. »Was tust du hier? Das ...«

Als ich gehört habe, dass sie kommen, war mir klar, dass ich das klären muss, dass ich nicht ertragen kann, dass jemand wegen mir in Gefahr gerät. Doch in dem Moment, als ich Ascan und diese Männer wieder vor mir stehen habe, schwanke ich einen Moment, mir wird übel, und diese Angst, die ich all die Jahre in mir getragen habe, kriecht meinen Nacken hoch.

In diesem Moment spüre ich die Hand von Bruna an meinem Rücken und atme durch.

»Sie sind wegen mir gekommen. Ich will nicht, dass jemand wegen mir ...« Aden ist wütend, sehr wütend und ich ahne, dass es nichts bringt, jetzt mit ihm darüber zu diskutieren, deswegen sehe ich zu Ascan. »Wieso seid ihr hier?« Er hebt die Hände und als ich vortreten will, lässt Aden die Waffe herunter, nur um mich ein Stück hinter sich zu platzieren.

»Ich bin nur hier, um mir dir zu sprechen. Mein Vater weiß nicht, dass ich hier bin. Er hat erst einiges geplant, um Rache zu nehmen, doch mittlerweile denke ich, dass es ihm egal ist. Er hat Wichtigeres zu tun und es ist ihm egal, ob du weg bist oder nicht.« Wut schnellt in mir hoch. Er hätte mich einfach niemals wegsperren dürfen. Wenn er sich rächen wird, dann nur dafür, dass Aden und seine Männer es gewagt haben, in sein Gebiet einzudringen, so gut kenne selbst ich ihn.

»Aber mir ist das nicht egal, Zeina. Ich bin hier, um dich zurückzuholen.« Aden lacht bitter auf. »Nur über meine Leiche wirst du ihr noch einmal zu nah kommen.«

Ascan sieht einen Moment zwischen uns beiden hin und her, dann sieht er mir in die Augen. »Du hast mir gerade gesagt, dass sie hier frei ist. Also kann sie auch frei entscheiden. Komm zurück nach Hause, Zeina. Dieses Mal anders, dieses Mal als meine Frau. Wir heiraten, nachdem ich mich habe scheiden lassen, ich liebe dich und ich weiß, dass du mich genauso liebst. Mein Vater wird es akzeptieren müssen, wir ... die Entscheidung liegt bei dir.«

Mir ist schlecht.

Mir ist wirklich übel und doch begreife ich, dass Ascan das erst meint und ich weiß, dass wenn ich mich dafür entscheiden würde, ich auch gehen könnte. Wenn es meine eigene Entscheidung ist, wird mich niemand hier aufhalten, denn bei ihnen allen hier bin ich keine Gefangene mehr, alles was ich tue und mache, tue ich, weil ich es will und dieses Wissen lässt mich meine Brust herausstrecken und Ascan in die Augen sehen.

»Ich weiß nicht, was in deinem Kopf vor sich geht. Ich weiß nicht, was du dir die letzten Jahre eingebildet hast, aber das war niemals Liebe, allein der Gedanke zeigt, wie krank du bist. Wenn ich nicht getan habe, was du wolltest, hast du wegen mir Frauen vergewaltigt, bis ich auf dich gehört habe, um sie zu schützen.«

Ich spüre, wie sich meine Schwestern hinter mir anspannen. Sie wissen schon viel, aber noch nicht jedes Detail, doch sonst sagt niemand hier ein Wort und ich sehe Ascan weiter in die Augen.

»Das war und ist niemals Liebe. Dein Vater und du, ihr habt mich weggesperrt, mir erzählt, wie grausam mein Vater ist, dabei seid ihr die wahren Monster. Das hier ist mein Zuhause und ich werde niemals wieder auch nur einen Fuß in euer Land setzen! Du verschwindest jetzt wieder und kommst niemals wieder!«

Ich sehe ihn entschlossen und mit all der Wut, die ich die Jahre in mir getragen habe, an.

»Hast du das verstanden? Das kannst du auch deinem Vater und jedem einzelnen deiner Männer sagen. Wenn einer von euch noch einen Schritt in meine Nähe macht, werde ich sie hier nicht mehr davon abhalten, euch zu töten.« Ich hole Luft und sehe, wie der Blick von Ascan hinter mir zu meinen Schwestern gleitet.

»Und wenn du oder einer der anderen auf die Idee kommt, sich meinen Schwestern zu nähern, dann werde ich euch töten.«

Mit diesen Worten gehe ich drei Schritte zurück und lasse Aden ganz vor.

Seine Waffe liegt wieder auf der Stirn von Ascan und ich höre ein Lächeln in seiner Stimme. »Ich wollte dir so etwas ähnliches sagen, doch sie hat das viel besser getan! Ihr habt fünf Minuten, unsere Flieger begleiten euch und das war die letzte Chance, beim nächsten Mal seid ihr direkt weg!«

Ich höre nicht mehr, was Ascan noch sagt. In der nächsten Minute schließt sich der Flieger wieder und sie heben keine zwei Minuten später ab. Keiner sagt mehr ein Wort, Aden bleibt neben Bruna, Ava und mir stehen und wir sehen zu, bis der Flieger in der Luft ist und sich tatsächlich zwei Kampfjets ihnen anschließen und sie hier wegbringen, erst dann wenden wir alle uns zu den Männern um.

Cope tritt vor und grinst über das ganze Gesicht. Ich erkenne Stolz in seinem Blick und spüre Adens warme Hand auf meinem Rücken. Diese Geste schafft es sofort, mich wieder zu beruhigen. Cope klatscht in die Hände und sieht uns drei an, während auch auf allen anderen Lippen ein Lächeln liegt.

»Sieh an, sieh an. Die Salva-Töchter sind zurück!«

Zeina

»Wir sind zu spät.« Bruna steht als Erste auf.

Nachdem wir gestern zugesehen haben, wie Ascan und seine Männer Puerto Rico wieder verlassen haben, hat Cope uns direkt wieder zu Aden gefahren. Meine Schwestern und ich haben uns in mein vorübergehendes Schlafzimmer zurückgezogen. Da ich noch viel zu aufgewühlt war, habe ich ihnen mehr von der Zeit erzählt, die ich in Mexiko verbringen musste.

Irgendwann ist Bruna neben mir eingeschlafen, ich habe noch eine ganze Weile mit Ava über Aden gesprochen, sie hat mir von Leano erzählt und mich ermutigt auszutesten, was genau sich da gerade zwischen Aden und mir entwickelt. Sie hat recht, ich habe in so Einigem keinerlei Lebenserfahrungen, doch jetzt ist der Zeitpunkt, vieles für mich selbst zu entdecken und herauszufinden, was ich möchte und was nicht, und alles was Aden betrifft, fühlt sich an, als würde ich das unbedingt wollen.

Offensichtlich sind auch wir beide dann irgendwann eingeschlafen, jetzt setze ich mich müde auf und sehe zu, wie Bruna ins Bad geht und aus einer der Schubladen zwei noch eingepackte Zahnbüsten kramt und beginnt, sich frisch zu machen. Ava neben mir dreht sich auf den Bauch und grummelt etwas davon, dass wir nicht zu spät kommen können, wenn wir gar keinen richtigen Termin haben.

Schon jetzt erkenne ich die beiden unterschiedlichen Charaktere meiner Schwestern. Wie damals ist Ava lauter, frecher und wilder und Bruna sieht einen immer noch neugierig aus ihren großen Augen an. Sie ist sehr sanft und ausgeglichen. Das Temperament, das uns allen dreien im Blut liegt, scheint bei ihr seltener an die Oberfläche zu kommen.

Es gab fast keinen Tag und keine Nacht, die ich nicht an meine beiden Schwestern gedacht habe, manchmal habe ich davon geträumt, wie es wäre, wenn wir zusammen sind, doch so angenehm wie es ist habe ich es mir nicht vorgestellt. »Wir müssen zum Rathaus, dein Handy klingelt die ganze Zeit.« Ava öffnet ihre Augen trotzdem nicht, sie murmelt nur, wie gut sie hier geschlafen hat und dass sie in Zukunft öfter Zeit hier in ihrem alten Zuhause verbringen wird.

Das haben beide gesagt, sie wissen es zu schätzen, dass Aden sich um das alte Grundstück kümmert. Dass hier neues Leben entsteht und nicht dieses schreckliche Mahnmal liegenbleibt. Gleichzeitig freuen sie sich auf ihr Haus und dass mit der Kapelle und uns dreien immer weiter ein Teil des Salva Cartels hier erhalten bleiben wird.

Bruna und ich machen uns zusammen fertig. Wir beide ziehen uns einfache Sommerkleider aus meinem Schrank an, schminken uns nur ein wenig und Bruna flechtet meine Haare zu einem kunstvollen Zopf nach hinten, während sich Ava langsam erhebt, frisch macht und dann in einer Sommerhose und einem einfachen Top doch genau zur gleichen Zeit mit uns fertig ist.

Die beiden gehen schon einmal nach unten, während ich bei Aden ins Schlafzimmer blicke. Gestern scheint jemand das Haus geputzt zu haben, alle Wäsche ist gewaschen, die Böden glänzen und die Betten sind neu bezogen, auch der Kühlschrank ist gefüllt. Als ich jetzt bei Aden nachsehe, ist sein Bett unberührt. Ein mulmiges Gefühl breitet sich in meinem Magen aus. Nach unserem Kuss und dieser angenehmen Nähe konnten wir beide nicht mehr miteinander sprechen, es ging alles Schlag auf Schlag, doch ich dachte, dass er hier sein würde.

Von unten höre ich Stimmen, Bruna und Ava scheinen sich mit jemandem zu unterhalten, vielleicht wartet er unten auf uns, doch als ich auf die Terrasse komme, sitzen Amar, Taro, Leano und Kian bei meinen Schwestern.

»Guten Morgen ... wo ist Aden?« Natürlich weiß ich nicht, ob Adens Bruder und seine Cousins etwas von uns wissen, deswegen räuspere ich mich schnell, greife nach meinem Kaffee, der schon bereitsteht und trinke einen Schluck. »Und Cope?« Amar frühstückt auch. Kian und die anderen scheinen schon gefrühstückt zu haben. Taro hat Bruna in seine Arme gezogen, es ist schön zu sehen, wie verliebt meine Schwestern beide sind.

»Die sind noch in Mexiko, wobei ich glaube, mittlerweile sind sie auf dem Rückflug, oder sie fliegen direkt weiter nach Guatemala, ich habe heute Morgen noch nicht mit ihnen gesprochen.« Verdutzt stelle ich mein Glas ab. »Nach Mexiko? Wieso sollte er …?« Kian legt sein Handy beiseite. »Er hat euch gestern das übernehmen lassen, doch er ist Aden Velázquez. Er ist dafür bekannt sich nichts, aber auch rein gar nichts bieten zu lassen …« Leano neben mir lacht leise auf. »Das ist noch milde ausgedrückt.«

Natürlich, alles was ich sehe ist Aden, der sich um mich gekümmert hat, aber das … »Er ist direkt hinterhergeflogen, sobald ihr weggefahren seid.« Auch Bruna und Ava scheinen überrascht zu sein. »Aber warum? Es war doch klargestellt worden, dass sie noch eine letzte Verwarnung …« Amar schiebt mir den Korb mit Brot und Croissants hin. »Mein Bruder duldet es nicht, wenn es jemand wagt, sich gegen uns aufzulehnen. Er hat Aurel seinen Sohn gebracht und ich schätze, er hat endgültig klargemacht, dass sie sich fernzuhalten haben.«

Taro sieht zu mir, er scheint meine Sorge zu spüren. »Ihm geht es gut. Aden ist dafür bekannt, keine halben Sachen zu machen, das wissen wir alle, das wusste auch Ascan, als er hergekommen ist, und nach allem, was sie getan haben, haben sie ein Zeichen verdient. Ein Cartel wie das Morales Cartel kann man nur im Griff haben, wenn man ihnen hart ihre Grenzen aufzeigt. Aden weiß, was er tut, ihr solltet euch deswegen keine Gedanken machen, sondern eher um den Termin, der schon in zwanzig Minuten ist.«

Damit hat er die Aufmerksamkeit geschickt umgelenkt, wir essen schnell auf und verteilen uns dann auf die Autos, die bereits draußen warten. Nur Amar begleitet uns mit zwei weiteren Männern, Taro und Kaiko sind bei uns, genau wie Leano und Dante. Die meisten anderen Männer der beiden sind schon wieder weg, auch ihre Geschäfte gehen weiter. Leano wird in zwei Tagen mit Ava nach Holland fliegen und Bruna bleibt noch zwei Tage länger, muss dann aber auch erst einmal zurück zu ihrem Studium.

Selbst als wir am Rathaus ankommen, habe ich die Neuigkeit, dass Aden nach Mexiko geflogen ist, nicht verdaut. Er hat nicht einmal etwas gesagt, gerade komme ich mir so naiv vor, dass ich mir gar nicht weiter darüber Gedanken gemacht habe, dass Aden natürlich ein ganz anderer Mann ist, wenn es um seine Geschäfte und das Cartel geht.

Langsam komme ich in diesem Leben an, langsam, noch immer zieht alles wahnsinnig schnell an mir vorbei, doch ich bin immer mehr im Hier und Jetzt und beginne, die Dinge um mich herum mehr wahrzunehmen.

Es dauert eine Weile, bis die Details geklärt sind. Natürlich ist es schwer nachzuweisen, dass wir die einzigen Erben meines Vaters sind, ich habe nicht einmal einen Ausweis, nur Bruna hat einen und da steht nicht einmal ihr richtiger Name drauf. Auch deshalb habe ich beim Arzt Blut abgegeben. Es gibt meine DNA und auch ein Kinderbild von mir in einer Akte des Krankenhauses, in das ich mit vier Jahren wegen einer Mittelohreinzündung gekommen bin. Diese Daten konnten sie vergleichen und auch das Bild und somit bin ich nun als rechtmäßige Erbin eingetragen und auch meine Schwestern, die wiederum ihr Blut abgegeben haben, um zu beweisen, dass sie meine Schwestern sind. Alles kompliziert, doch nach einer halben Stunde ist es geklärt.

Trotzdem bin ich abgelenkt und nicht ganz bei der Sache, als meine Schwestern das Grundstück unserer Familie an Aden und seine Familie übergeben, damit sie es bebauen können. Wir unterschreiben und erst als die Frau uns sagt, dass sie noch Wertpapiere und eingefrorene Gelder hat, die sich auf insgesamt knapp sechs Millionen Dollar belaufen, werde ich wieder wacher.

Bruna und Ava heben die Augenbrauen und nennen ihre Kontodaten. Amar nennt meine, mit dem Handy habe ich auch eine Karte zu meinem ersten eigenen Konto bekommen. Hatte ich gerade noch gedacht, langsam bekomme ich alles in den Griff und gewöhne mich an das schnelle Tempo? Nun haben wir alle auch genug Geld auf dem Konto, ich ...

»Und hier sind die Schlüssel zu ihrem Anwesen und Haus in Ponce. Das war es, mehr Besitztümer gibt es nicht mehr.« Ava nimmt die Schlüssel entgegen und die Papiere, die ihr die Frau reicht. »Ein Haus? Wusstet ihr davon?« Bruna wendet sich zu Amar um, der den Kopf schüttelt. Ich beuge mich vor und sehe auf die Papiere. »Es steht noch. Das bedeutet, dass wir vielleicht endlich etwas aus unserer Kindheit finden, was nicht zerstört ist.«

Zum Glück haben wir alle drei die gleiche ungeduldige Neugierde in uns und nicht einmal zwei Stunden später stehen wir in Ponce am Strand vor einem verwilderten Grundstück. Wir wollten sofort losfahren, Amar, Leano und Taro sind dabei, alle anderen sind zurückgeblieben. Sie wären am liebsten erst morgen gefahren, doch wir wollten dann einfach ohne sie fahren und nun stehen wir hier am Haus.

So sehr ich auch in meinen Erinnerungen krame, ich kann mich an diesen Ort nicht erinnern. Vielleicht war er gar nicht oft mit mir hier. Das wird uns keiner mehr beantworten können, doch zumindest sieht es so aus, als hätte man dieses Grundstück lange nicht mehr betreten.

Das massige Eisentor wird tatsächlich mit einem der Schlüssel am Bund geöffnet. Wir brauchen eine Weile, bis wir am Haus ankommen, dass Grundstück ist groß und völlig zugewachsen. Wahrscheinlich war es mal sehr schön, doch man sieht nicht mehr viel davon. Bruna drückt aufgeregt meine Hand, als Ava die Tür zum Haus aufschließt. Das Haus ist zweistöckig und nicht ganz so groß, vielleicht war das hier so etwas wie ein Ferienhaus. Das Meer, was direkt vor dem Haus beginnt, lässt zumindest darauf schließen.

Einen Moment halte ich den Atem an, als Ava die Tür des alten Hauses aufstößt. Ein leises Knarren hallt durch die Räume, die seit über zwanzig Jahren keiner mehr betreten hat. »Vorsichtig.« Taro hilft mir über eine zerbrochene Vase, die genau vor dem Eingang liegt.

Neugierig sehe ich mich um, Ava ist schon hineingelaufen und öffnet mit einem kräftigen Ruck die Terrassenfenster, sodass frische Luft in das Haus kommt. Der salzige Duft des Meeres mischte sich mit dem Staub der Vergangenheit. Bruna atmet tief ein, es ist alles staubig, einige Dinge liegen auf dem Boden, vielleicht war jemand hier, vielleicht von einem Tier, es ist schwer zu sagen, doch dass das Haus hier eher eine Ferienunterkunft war, zeigt sich schnell.

Es ist eher karg eingerichtet, ein paar Möbel stehen herum, aber nichts, was wirklich wohnlich ist, es gibt einen Flur, einen Wohnbereich und eine Küche, in der sich auch nur einige alte Teller und Gläser befinden. Vielleicht wurde das Haus damals auch gerade erst gekauft, denn es stehen noch eingepackte Küchengeräte auf der Anrichte.

Meine Schwestern sind an meiner Seite und gemeinsam setzten wir unsere Schritte in eine Vergangenheit, die wir kaum noch in Erinnerung haben. Die alten Möbel sind mit weißen Laken bedeckt, als warten sie darauf, dass jemand zurückkehrt. Jedes Mal wenn man ein Laken anhebt, schüttelt man den Staub auf und alle fangen an zu husten.

Der Ausblick auf das Meer ist atemberaubend, in einer Schublade finden wir zwei Waffen, ansonsten gibt es nichts weiter im Erdgeschoss.

Im oberen Stock gibt es drei identisch eingerichtete Schlafzimmer. Natürlich sind die Möbel, nicht ganz so modern, vermutlich waren sie das aber vor zwanzig Jahren, doch hier ist nichts abgedeckt. In einem Schlafzimmer finde ich im Schrank mehrere Anzüge und spüre, wie mir Tränen in die Augen steigen. Sie müssen meinem Vater gehört haben.

»Zeina.« Die Stimme von Bruna dringt hallend bis in den Kleiderschrank. Sie sind schon weitergegangen und scheinen etwas gefunden zu haben. Im Nebenzimmer stehe ich plötzlich in einem rosafarbenen Mädchentraum. Es ist … ich sehe mich genau um. Zwei Betten in rosa, ein Babybett, drei Schränke, ein Schaukelpferd, Kisten mit alten Puppen und an einem Schrank hängt ein Ballettkostüm. Ich fasse darüber, ich wünschte, ich könnte mich daran erinnern, doch ich kann es nicht.

Bruna bringt einen alten Bilderrahmen zu mir. Die Ränder sind vergilbt, doch darin gibt es zwei Bilder. Eines zeigt Ava und mich, wir beide sitzen auf einer Wiese und strahlen in die Kamera, ich habe zwei geflochtene Zöpfe und Ava hat ihre Haare offen. Genauso habe ich sie noch in Erinnerung. Das Bild ist zu niedlich. Auf den anderen küssen wir beide die Wangen von Bruna, die gerade frisch geboren sein muss. Ihre großen schönen Augen würde man überall erkennen. Es fühlt sich an wie eine Berührung aus einer längst untergegangenen Welt.

»Genauso schön wie heute …« Ich weiß nicht, wie ewig ich diese Bilder angestarrt habe, als an meinem Ohr eine vertraute raue Stimme zu mir dringt und mich umdrehen lässt, sodass ich genau in Adens dunkle Augen sehen kann. Er ist zurück, er ist hier.

»Aden, du bist … seid wann bist du zurück?« Und wieso ist er in Ponce? Er sieht ziemlich geschafft aus. Eigentlich hatte ich herausgehört, dass er zu tun hat, Amar ist davon ausgegangen, dass er direkt nach Guatemala fliegt, doch er ist hier. Bei mir, in meinem alten Kinderzimmer und bringt mich mit diesem Blick, dem ich nicht widerstehen kann, dazu, alles um mich herum zu vergessen.

»Ich bin gerade gelandet, ich wollte nachsehen, ob hier alles in Ordnung ist. Zeig mal her.« Er nimmt mir das Bild ab und lächelt, während er es sich ansieht. »Ich kenne jemanden, der das bearbeiten kann, dass es wieder wie neu aussieht.« Das ist ... ich atme durch. Bruna ist dabei, die Kleiderschränke durchzusehen und hält einen Strampler hoch, der sicherlich ihr gehört hat.

»Wieso warst du überhaupt in Mexiko? Das ist gefährlich, es war doch geklärt, es ...« Aden gibt mir das Bild wieder, dabei berühren sich unsere Hände und ich muss an unseren Kuss denken. Immer wieder habe ich die letzten Stunden daran gedacht, wie es sich angefühlt hat und ich würde lügen, wenn ich nicht auch jetzt daran denken müsste, dass mir diese Nähe fehlt. Einen Moment huscht mein Blick zu seinen Lippen, doch dann sehe ich wieder in seine Augen. Er sieht mich ein wenig perplex an. »Ganz so einfach ist es nicht. Ich entscheide, wann das letzte Wort gesprochen ist und das war es noch nicht. Keiner der Morales sollte denken, sie können mit uns machen, was sie wollen, keiner soll denken, er kann noch einmal an dich herankommen. Das haben sie jetzt verstanden. Du musst dir keine Gedanken um mich machen, so habe ich schon immer gehandelt und es war immer das Richtige.«

Mein Blick gleitet einen Moment hinter Aden, wo Ava gerade hereingekommen ist und seine Worte gehört hat. Sie verdreht verzückt die Augen und formt ein Herz mit ihren Händen, dann deutet sie grinsend Bruna mitzukommen, und Aden und ich sind alleine.

Wahrscheinlich steht es mir nicht zu, überhaupt etwas dazu zu sagen, ich habe keine Ahnung, wie die normale Welt funktioniert, geschweige denn, wie diese Welt, in der er sich bewegt, zu überleben ist, deswegen senke ich meinen Blick, doch Aden tritt näher zu mir und hebt mit seinem Finger mein Kinn an. »Nein, tu das nicht. Ich will dir damit nur sagen, dass du mir vertrauen sollst. Ich weiß, wie ich das zu klären habe und ich muss verhindern, dass jemals jemand dir wieder wehtun kann, verstehst du das?«

Gerade stand vor mir der Anführer der Velázquez, der Mann, der einen tödlichen Ruf zu haben scheint, und jetzt liegt wieder so viel Sanftheit in seinem Blick. »Amar hat gesagt, dass du nach Guatemala fliegen musst.« Aden nickt wieder, er lässt mein Kinn los, bleibt aber bei mir stehen. »Das müsste ich, morgen werde ich weiterfliegen, aber ich wollte … hier sein. Wir haben für alle Hotelzimmer gemietet, damit ihr genug Zeit habt zu entscheiden, was mit den Dingen hier passieren wird. Morgen fliege ich nach Guatemala.« Ich nicke und ein Lächeln setzt sich auf meine Lippen.

Er ist hier. Er hat keine Zeit und doch ist er gekommen. Sein Blick liegt schwer auf mir, dunkel, dieses Mal gleiten seine Augen zu meinen Lippen, es wirkt, als würde er nach Worten suchen, doch dann kommt Capo in den Raum und lässt den Moment verpuffen.

»Princesa, sieh an, so hast du also gehaust. Ich sagte dir doch, du bist eine Prinzessin. Aden, komm, wir müssen gleich einen Videoanruf von Kais entgegennehmen …« Capo gibt mir einen Kuss auf die Wange und wartet neben Aden, der mir noch einmal nur kurz in die Augen sieht und knapp nickt.

»Okay, nehmt euch so viel Zeit, wie ihr möchtet, wir fahren vor ins Hotel.« Seine Stimme ist ruhig und beherrscht, doch sein Blick verrät, dass er genauso aufgewühlt ist wie ich. So plötzlich wie er aufgetaucht ist, ist er wieder verschwunden und ich bleibe allein in dem Kinderzimmer zurück.

Einen Moment stehe ich schweigend da. Inmitten der Erinnerungen, die mich wärmen und gleichzeitig schmerzen, mit so vielen neuen Gefühlen und Emotionen, dass ich das Gefühl habe, kaum mehr Luft zu bekommen.

Zeina

»Danke!«

Ava lächelt den Hotelangestellten an und nimmt ihr Handy wieder an sich. Sie hat ihn gebeten, ein Bild von uns dreien zu machen. Wir liegen seit einer Stunde am Strand. Da all das hier in Ponce spontan war, haben wir uns Bikinis in der Hotelboutique gekauft, deswegen wollte sie auch, dass der Angestellte ein Bild von uns dreien am Strand mit denselben Bikinis macht.

Er lächelt schüchtern und nickt uns allen zu, bevor er das Tablett nimmt, mit dem er uns gerade Cocktails gebracht hat. Wir haben zusammen gegessen, danach hatten fast alle Männer etwas zu tun. Sie wollten uns zwei Männer am Strand lassen, doch wir sind am Hotelstrand, wir haben erklärt, dass sie uns auch mal aus den Augen lassen können.

Cope und Aden waren nicht mehr unten, sie scheinen oben einige wichtige Dinge zu tun zu haben. Meine Schwestern haben mir versichert, dass auch Taro und Leano normalerweise so viel zu tun haben und gerade nur alles abgegeben haben, um hier sein zu können, doch Leano und Ava müssen morgen schon wieder los und auch Bruna kann nicht mehr lange bleiben.

Ava nimmt ihr Handy und sieht sich zufrieden das Bild an. Der Hotelangestellte wendet sich noch einmal zu uns um und stolpert fast über eine Liege. Bruna lacht leise auf. »Du hast den armen Mann verwirrt.« Ava tippt auf ihrem Handy herum, sie hat auch meines aus der Küche mitgenommen und es mir weiter eingestellt, sie erklärt mir die ganze Zeit wie es geht und hat einige Einstellungen mehr vorgenommen. Wir haben jetzt einen eigenen Chat, nur wir drei Schwestern. »Wir sind jung, reich und gefürchtet und das sieht man.« Das stimmt, es ist unglaublich, dass ich vor einigen Tagen noch eingesperrt war und nun mit einer Menge Geld auf dem Konto hier sitze und frei bin.

Sie hält mir mein Handy hin und das Bild, was sie mir als mein Profilbild in dieser App eingestellt hat. »Aden hat dir vor einigen Minuten geschrieben.«

Bisher habe ich mich kaum mit der App und dem Handy beschäftigt. Jetzt sehe ich mir das Bild an. Es ist sehr sexy und auch gleichzeitig wunderschön. Wir drei liegen auf den Liegen und lächeln in die Kamera. Bruna, ich und Ava. Unterschiedlich, doch man sieht trotzdem auch eine gewisse Ähnlichkeit, besonders in diesen sexy schwarzen Bikinis. Ich gehe auf den Chat von Aden, einen Moment sehe ich auf das Bild von ihm, dann höre ich mir die Nachricht an, die tatsächlich erst vor wenigen Minuten eingegangen ist. Er weiß, dass ich mich mit dem Handy noch schwer tue.

Wo seid ihr?

Seine raue Stimme beschert mir selbst über das Handy eine Gänsehaut. Alle nehmen darauf Rücksicht, dass ich nicht richtig schreiben und lesen kann und kommunizieren mit mir per Sprachnachrichten. Ich antworte, dass wir am Strand liegen. Bisher waren wir noch nicht oben. Amar hat uns gesagt, dass Aden die gesamte oberste Etage des Hotels für uns gemietet hat, damit wir genug Zimmer haben und keiner ungefragt dort hinkommt.

Sobald ich das Handy wieder weglege, schließe ich einen Moment die Augen und genieße diesen Moment. Es war zu viel los, zu viele Erinnerungen, zu viele Emotionen, und doch bin ich gerade zu glücklich, hier mit meinen Schwestern zu sitzen, um mich jetzt damit auseinanderzusetzen. »Was ist jetzt mit Aden und dir? Leano hat mir gesagt, dass nicht geplant war, dass er herkommt, doch er ist da. Ich weiß, dass du nicht weißt, was in nächster Zeit auf dich zukommt, doch ich sehe auch, wie du strahlst, sobald er auftaucht.«

Allein beim Gedanken daran schlägt mein Herz schneller und ich öffne meine Augen wieder. Es ist vermutlich nicht die Zeit, um sich damit auseinanderzusetzen. In meinem Leben gibt es jetzt so viele Dinge zu klären, und doch wünschte ich mir gerade, ihm einfach wieder näher zu sein und zu sehen, ob es sich wieder so richtig anfühlt wie bei diesen Küssen am Strand. Natürlich will er dafür sorgen, dass wir in Sicherheit sind, doch dieser Moment vorhin im Haus, hat mir verraten, dass er nicht nur deswegen hier ist.

Mein Blick ist auf die Wellen gerichtet. Langsam beginnt es zu dämmern. »Vielleicht solltest du es einfach wagen und dich ein wenig auf ihn einlassen, ich habe nicht das Gefühl, dass er das nicht zu schätzen wüsste. Du hast keine Ahnung, wie sehr ich gegen meine Gefühle für Taro gekämpft habe und jetzt bereue ich jeden einzelnen Tag davon. Er ist das Beste, was mir passieren konnte. Natürlich weiß ich nicht, ob das auch bei euch so ist, doch ich könnte es mir vorstellen und du solltest es zumindest versuchen.«

Unsicher sehe ich auf mein Handy, er hat noch nicht geantwortet. »Denkst du? Ich bin so unerfahren in allen Bereichen, und Aden wirkt auf mich wie jemand, der immer alles im Griff hat ...« Ava lächelt mir aufmunternd zu. »Dann passt das doch, vielleicht ...«

»Da seid ihr Hübschen ja, ich wollte euch zu einem Cocktail an der Bar abholen, aber wie ich sehe, habt ihr euch schon selbst bedient.« Cope taucht plötzlich neben uns auf, was bedeutet, dass die Besprechung vorbei sein muss. »Seid ihr schon fertig?« Ich sehe an ihm vorbei, doch er ist alleine. »Ja, Aden duscht noch und dann wollten wir noch etwas mit euch machen. Wo sind die anderen?« Er legt den Arm um Ava, die mir mit den Augen zum Hotel deutet und sanft »Geh!« mit ihren Lippen deutet.

Sie haben recht, ich sollte es wagen. Was habe ich schon zu verlieren? Ich habe die Nähe zu ihm genossen und er ist immerzu beschäftigt, vielleicht haben wir jetzt die Chance, uns

216

auszusprechen. Die Anziehungskraft zwischen uns ist niemandem mehr entgangen, er ist hier, obwohl er es nicht sein sollte, vielleicht ist es an der Zeit, dass ich auch mal einen Schritt auf ihn zugehe.

»Ich gehe nach oben. Viel Spaß euch.« Ava zwinkert mir zu und Bruna lächelt. »Dir auch.« Bevor ich den Strand verlasse, dusche ich mich an der Stranddusche ab. Bis ich am Eingang am Pool ankomme, sind die Wassertropfen bereits wieder getrocknet, so warm ist es noch. Ich binde mir das Badetuch um, was wir auch in der Boutique gekauft haben, schlüpfe in die Flipflops und hänge mir meine Strandtasche über. All das war in einem Set, was praktisch ist, da wir sonst nichts dabei haben.

Das Hotel ist luxuriös, die hohen Fenster lassen die Sonne die gesamte untere Etage durchfluten. Überall hängen teure Bilder und Kronleuchter, die Gäste vorne an der Rezeption sind alle fein gekleidet, deswegen geht man mit den Badesachen zu einem Aufzug am Pool, in den ich mich jetzt stelle, damit man nicht den gesamten Raum durchqueren muss.

Im Fahrstuhl drücke ich den Knopf zur letzten Etage und sehe in den Spiegel. Ich habe ein wenig Farbe abbekommen. Obwohl ich nervös bin, sind meine Hände ruhig, während ich den geflochtenen Zopf öffne und mir meine Haare in vielen kleinen Locken bis tief in den Rücken fallen.

Sobald die Tür vom Fahrstuhl auffährt, blicke ich auf zwei Maschinengewehre und zwei Männer des Velázquez Cartels, die ich aber schon gesehen habe und die die Waffen sofort senken, sobald sie mich erblicken. Okay, hier scheinen wir wirklich sicher zu sein. Nicht dass ich mich bedroht fühlen würde, ich weiß, dass die Männer um uns herum sehr wachsam sind, seit ich Mexiko verlassen habe, fühle ich mich sicher.

»Hi ...« Ich sehe den langen Flur entlang. »Wo ist Adens Zimmer?« Beide Männer deuten mit dem Kopf auf eine Tür ganz am Ende des Ganges. Fast alle Türen haben ein Schild mit der Aufschrift Suite dran. Bevor ich an die letzte Tür klopfe, atme ich durch. So ganz sicher, ob das hier richtig ist, bin ich nicht, doch es fühlt sich so an. Auch wenn ich aufgeregt bin.

Ich klopfe und höre seine Stimme, verstehe nicht, was er sagt, aber trete mit bebendem Herzen in die Suite. Die Luft ist warm, es duftet nach Sandelholz und etwas, das unverkennbar nach ihm riecht. Ich liebe diesen Duft und sehe mich in der weitläufigen offenen Suite um. Hier vorne am Eingang ist ein Sitzbereich, daneben kommt man auf die Terrasse, von der man zum Strand sehen kann, dann gibt es ein Podest, auf dem ein breites Bett steht. Alles hier ist in weiß und creme gehalten, helle Stoffe lassen alles fließend ineinanderlaufen.

»Wow.« Ich lege meine Strandtasche auf die Couch. »Du bist es, ich dachte, es kommt jemand das Essen abholen.« Aden kommt aus dem einzigen Raum, der von dem großen Hauptteil abgeht. Es muss das Badezimmer sein. Er hat ein Handtuch um seine Hüfte geschlungen und ich hebe leicht die Augenbrauen bei seinem Anblick. Wassertropfen laufen über seine Schultern, über die Linien seiner Brust hinab. Er hat einen Körper wie gezeichnet, mein Blick gleitet zu dem kunstvollen Schriftzug Velázquez und dem Kreuz in der Mitte sei-

218

ner Brust, was über seine gesamte Brust bis zum unten Bauch geht.

»Ja, ich ...« Verdammt, ich weiß nicht einmal, was ich sagen soll, wieso ich hier bin. »Ich habe gerade Cope getroffen, er hat gesagt, ihr wolltet noch rausgehen ...« Aden reibt sich mit einem anderen Handtuch die Haare trocken und kommt näher zu mir. »Ich wollte nur wissen, was ihr noch vorhabt, was du noch vorhast. Habt ihr noch mehr im Haus gefunden?«

Erleichtert, dass er sich gar nicht darüber zu wundern scheint, dass ich zu ihm gekommen bin, sehe ich mich weiter um. In einer Ecke steht noch ein Tisch, auf dem zwei Laptops zusammen stehen und einige Teller. Sie haben offenbar auch bereits gegessen. Aden kommt zu mir, seitdem wir uns am Strand geküsst haben, waren wir nicht mehr alleine. Jetzt beugt er sich zu mir und gibt mir einen Kuss auf die Lippen. Einen leichten, unschuldigen Kuss und doch lässt er mich sofort lächeln.

»Ja, dort gab es noch ein paar Bilder, einige Kleidungsstücke und ein paar Kisten in einer Abstellkammer. Morgen wollen wir hin und nachsehen, wer was mitnehmen möchte, danach werden wir das Haus verkaufen. Vielleicht war es ein Ferienhaus, aber es war nie ein Zuhause von uns. So fühlt es sich nicht an.«

»Okay, und das mit Mexiko ...? Ich hoffe, du verstehst das nicht falsch. Doch ich weiß, wie man sich in solchen Situationen verhalten muss, damit so etwas nie wieder passiert. Vertrau mir einfach, wenn ich sage, dass es so am besten war.« Sein Blick liegt ruhig auf meinem Gesicht. Für einen Moment sagt keiner ein Wort. Ich überlege, ob ich einfach ehrlich zu ihm sein soll oder schweigen, um die Situation nicht komplizierter zu machen, als sie eh schon ist. Mein Herz rast. Er ist mir wieder so nah wie am Strand, vielleicht sollte ich es einfach sein lassen und diesen Moment genießen, doch ich atme durch und erwidere seinen durchdringenden Blick.

»Ich will nicht so tun, als würde ich all das verstehen, denn das tue ich nicht. Allerdings höre ich, dass du sehr hart bist, in allem, was deine Geschäfte betrifft. Dass du den Ruf hast, eiskalt und knallhart zu sein, dass die mächtigsten Cartels der Welt sich dir beugen und du nicht umsonst so viel Macht hast.«

Aden zuckt nicht einmal mit der Wimper, was mir sagt, dass jedes meiner Worte wahr ist.

»Es fällt mir schwer, diesen Mann in dir zu sehen, mir vorzustellen, dass andere Menschen Angst vor dir haben ... du nicht so bist, wie du dich mir gegenüber verhalten hast, seit du mich da herausgeholt hast. Zu mir bist du anders. Ich sehe dich anders. Ich war nur überrascht und ... habe mir Sorgen gemacht. Vielleicht hättest du es mir einfach sagen sollen, dass du ihnen hinterherfliegst.«

Aden schließt für einen Moment die Augen, als kämpfe er mit sich selbst. Dann atmet er tief durch. »Das hätte ich tun können. Zeina ... genau das ist es ja, was die gesamte Zeit in meinem Kopf vor sich geht. Ich bin dieser Mann, den dir alle beschreiben, auch wenn du ihn gerade nicht vor dir siehst. So bin ich zu anderen Menschen, mit denen ich nur geschäftlich zu tun habe, die sich mir in den Weg stellen. Nicht zu meinen

220

Männern, nicht zu meiner Familie, niemals zu den Menschen, die mir etwas bedeuten. Mein Leben ist nicht darauf ausgelegt, mir um jemanden anderen als meine Männer, das Cartel und meine Familie Gedanken zu machen, doch nun stehst du vor mir und … keine Ahnung. Allein beim Gedanken, dass dich einer dieser Männer aus Mexiko auch nur noch einmal zu lange ansieht … eher würde ich diese ganze verdammte Welt in Asche aufgehen lassen, als das zuzulassen.«

Seine Worte sind ernst gemeint und doch lassen sie mich lächeln und sogar noch einen Schritt näher zu ihm gehen. Seine Hände legen sich automatisch an meine Hüften. Jedes Wort von ihm sollte mich wegweichen lassen und doch kann ich es nicht.

»Ich will dich nicht verletzen, Zeina. Nach allem, was passiert ist. Wo du gerade erst raus bist. Ich weiß selbst nicht, was ich will. Ich habe so etwas noch nie gefühlt. Und ich weiß schon gar nicht, ob ich dir geben kann, was du brauchst.«

Meine Hände legen sich auf seine Arme, spüren die Wärme seiner Haut und begrüßen die Zufriedenheit und das Gefühl, wie wohl ich mich bei ihm fühle. Dieses Gefühl lässt mich mutiger werden. »Das Problem, Aden, ist, dass ich selbst nicht weiß, was ich will, was ich möchte, was morgen ist. Dazu muss ich mich selbst erst einmal finden, doch hier und jetzt«, meine Stimme wird leiser, »bist du genau das, was ich gerade brauche...«

Diese Wahrheit reicht, um auch bei ihm die letzten Bedenken und die letzte Vorsicht hinter sich zu lassen, wie ich es vor der Tür bereits getan habe. Seine Hand legt sich an meine

Wange, einen winzigen Moment legt er seine Stirn an meine, doch dann gibt es kein Zurück mehr. »Bist du dir absolut sicher?«, flüstert Aden an meinen Lippen.

Ein leichtes Nicken, mehr braucht es nicht und seine Lippen finden meine, sanft, wie gestern am Strand, doch dann schnell fordernder, heiß und sehnsüchtig, sobald ich mich enger an ihn schmiege. Wie sehr ich dieses süße Gefühl vermisst habe. Eine Welle des Verlangens packt mich.

Adens Arme ziehen mich eng an sich, seine Wärme umhüllt mich, genau wie sein anziehender Duft. Da er nur ein Handtuch umhat und ich den Bikini und das Tuch, berührt sich unsere Haut und ich spüre, wie jeder Zentimeter zu prickeln beginnt an den Stellen, auf denen ich ihn so nah spüre. Meine Brustwarzen werden hart und ich kämpfe darum, die Kontrolle zu behalten, als seine Zunge mir jeden vernünftigen Gedanken raubt.

»Das wollte ich vorhin schon die ganze Zeit tun, aber ich weiß nicht, was deine Schwestern wissen sollen ...« Er lächelt, als er den Kuss beendet, seine Lippen fahren meinen Hals entlang und zu meinem Schlüsselbein. Überall wo sie entlanggleiten, entsteht eine Gänsehaut und ich atme stoßartig aus.

Ich will ihn, Ava hat recht. Es mag sein, dass ich noch nicht ganz weiß, was ich jetzt tun soll, wohin mein Weg mich führen wird, und doch spüre ich genau, dass ich das hier gerade unbedingt will, und diese Sicherheit lässt mich mein Tuch öffnen, sodass es von meinem Körper gleitet und ich nur noch im Bikini vor ihm bleibe.

Ich stehe nah genug an ihm, um seine Erregung unter dem Handtuch zu spüren, trotzdem ist er noch zurückhaltend, als wolle er nicht zu weit gehen, doch genau das soll er, er soll mich spüren lassen, dass ich hier bin, dass ich frei bin, dass ich all das fühlen und endlich richtig leben kann.

Deswegen küsse ich dieses Mal ihn und zeige ihm mit diesem Kuss, wie sehr ich ihn will. Aden versteht. Seine Hände gleiten zu meinem Hintern, er hebt mich so hoch, dass ich meine Beine um ihn schlingen kann und er mich ohne Mühe das Podest zum Bett hochtragen kann. Ich stöhne in den Kuss hinein, als meine Mitte auf seine harte Erregung trifft und Aden lässt als Antwort darauf den Kuss noch tiefer werden und drückt meine Mitte an sich.

Allein dieser Kuss lässt meinen Magen so stark kribbeln, dass es bis zu meiner Mitte zieht. Aden lässt mich auf das Bett gleiten, dabei löst er mein Bikinioberteil und sieht mit seinem vor Verlangen noch dunkleren Blick an mir herunter. »Du bist wunderschön, Zeina, ich weiß nicht, ob ich jemals etwas so gewollt habe wie dich.«

Diese dunklen Augen, diese raue Stimme und seine Worte lassen mich noch weiter aufs Bett weichen und meine Arme nach ihm ausstrecken. Diese Einladung lässt er sich nicht eine Sekunde entgehen. Er legt sich auf mich, bedacht darauf, mich mit seinem Gewicht nicht zu belasten. Seine Lippen umfassen meine Brustwarzen, er liebkost sie, zieht sie zwischen seine Lippen und entlockt mir dieses Mal ein lautes Stöhnen.

Diese Gefühle sind so intensiv, dass ich die Augen schließe und meinen Rücken durchstrecke. Aden scheint Gefallen an meinen Brüsten zu finden. Er umfasst eine mit seiner Hand, die sie kaum ganz fassen kann und liebkost die andere, dann wechselt er und mein Atem geht immer schneller. Um nicht ganz vor Lust zu zergehen, streiche ich mit meinen Händen über seinen Rücken, durch seine Haare, ich spüre seine weiche Haut, die harten Muskeln darunter, fahre mit meinen Fingern an seinem Rücken entlang und will nur noch mehr. Es ist kein Abwägen mehr, kein Zögern, nur noch das Verlangen, die Sehnsucht, die nun endlich völlig freie Bahn bekommt.

»Aden ...« Meine Stimme ist dunkler, verlangender, ich weiß nicht, wohin mit all diesen Gefühlen und dem Ziehen in meiner Mitte, ich dränge mich ihn flehend entgegen, bis er endlich von meinen Brüsten ablässt und seine Lippen zu meinem Bauchnabel wandern. »Das ist ...« Ich klinge fast flehend und spüre ein Lächeln an meiner Haut. »Psst, lass mich dich genießen, ich wollte dich die ganze Zeit. Du schmeckst genauso köstlich, wie ich es mir vorgestellt habe, ich werde davon niemals genug haben ...«

Mit geschickten Fingern streift er mein Bikinihöschen von meinen Hüften. Ich halte den Atem an, als sein Blick sich auf meine Mitte legt, er wird noch dunkler und noch bevor ich etwas sagen kann, legen sich diese verführerischen Lippen auf meine Mitte und entlocken mir einen leisen Schrei vor Lust. Genau das habe ich gebraucht.

Aden spreizt meine Beine, ich spüre seine Lippen und seine Zunge und schließe die Augen. »So verdammt lecker ...« Ich kann nicht mehr, ich versuche es aufzuhalten, doch Aden ist zu gut. Das, was er da tut, fühlt sich richtig und gut an und ich komme so heftig an seinen Lippen wie noch niemals zuvor.

Ich ringe nach Atem, doch Aden denkt nicht daran aufzuhören, im Gegenteil, jedes Geräusch, was ich von mir gebe, spornt ihn nur an, schneller und tiefer zu gleiten. Erst als ich kurz davor bin, wieder zu kommen, geben seine Lippen weiter Küsse auf meine Hüften, meinen Bauchnabel, umschließen meine Brust und sobald er wieder bei mir ist, sind es meine Hände, die ihm das Handtuch von seinem durchtrainierten Hintern schieben und seine mächtige Erregung umfassen. »Du bist ...« Ich reibe an ihm hoch und runter und kann nicht glauben, wie groß und breit, heiß und hart er ist. Einen winzigen Moment bekomme ich Panik, als er sich mir entzieht und seine Erregung zu meiner Mitte führt. Ich bin so bereit, dass er wie von selbst durch die Nässe gleitet und trotzdem verkrampfe ich mich leicht, als ich spüre, dass Aden von meinen Brüsten ablässt und sich Stück für Stück in mich schiebt.

Mein Atem setzt aus. Dieses Gefühl, dieses Ausfüllen, ich stöhne und auch Aden seufzt auf. »Du bist so eng ...« Mit seinen massigen Oberschenkeln drückt er meine Beine weiter auseinander und dann zieht es in meinem Unterleib so sehr, dass ich schmerzhaft die Augen öffne. Als hätte er meinen Schmerz gespürt, küsst Aden mich in diesem Moment zärtlich und süß, dass der Schmerz weicht und mich aufkeuchen lässt. Ich entspanne mich und dann ist Aden mit einem festen harten Stoß ganz in mich eingedrungen. Er lässt nicht von meinen Lippen ab, zieht sich wieder heraus und das Gefühl ändert sich.

Ich breche den Kuss ab, als er sich wieder in mich schiebt, dieses Mal schneller. Er trifft einen Punkt, der alles andere in den Hintergrund drückt. Wieder stöhne ich auf, auch sein

Atem geht schneller, er zieht sich heraus und stößt zu und ich habe das Gefühl zu zerbrechen, so gut fühlt es sich an. Seine Stirn liegt an meiner, wir beide stöhnen und genießen das Gefühl, Adens Hände umfassen meinen Hintern, drücken zu, er berührt den Punkt in mir noch intensiver und dann drücke ich mich ihm sogar entgegen, damit ich es immer wieder spüre.

Aden sieht mir in die Augen und ich lächle. Auch wenn wir beide kaum an uns halten können, ist er sanft, führt mich mit einer Sicherheit, die mich zittern lässt und mich letztlich so hoch fliegen lässt, wie ich es noch niemals zuvor bin. Kurz danach lässt auch Aden los und sobald er wieder zu Atem gekommen ist, küsse ich ihn, streiche über seine Wange und seinen Rücken entlang und spüre eine Zufriedenheit in meinem Herzen, die ich noch niemals zuvor gespürt habe.

Das war unglaublich.

Das spüre ich selbst dann noch, als ich wieder meine Augen öffne. Ich muss eingenickt sein. Ich weiß noch, wie Aden sich von mir gerollt, mich in seine Arme gezogen und diese kleinen Kreise auf meine Hüften gemalt hat. Auch er hat länger gebraucht, um wieder normal zu atmen. Als ich jetzt wach werde, ist es dunkel draußen, ein schwaches Licht am Bett ist noch an und eine Lampe auf der Terrasse spendet genug Licht, um zu erkennen, dass Aden wach ist. Er legt gerade sein Handy weg und beugt sich zu mir.

»Entschuldige, ich wollte dich nicht wecken.« Müde lasse ich meine Wange an seiner Brust, was er schmunzelnd zur Kenntnis nimmt.

»Danke.« Seine Stimme ist leise und weich, als hätte ich ihm etwas unsagbar Kostbares geschenkt. Nun hebe ich doch den Blick und er deutet zu einem Laken, das auf dem Boden liegt. Mehrere Blutflecken sind darauf zu erkennen. »Das ist … das ist nichts.« Aden wendet sich liegend ganz zu mir um. »Das ist nicht nichts und das wissen wir beide.« Er küsst meine Wange, meine Nase und dann meine Lippen.

Wir sind noch immer nackt und seine Hand liegt besitzergreifend auf meiner Hüfte. Seine Lippen wandern weiter zu meinem Hals und ich rücke näher zu ihm. Er hat mir das erste Mal mit einer Zärtlichkeit genommen, die mir den Atem geraubt hat und allein seine leichten Küsse auf meiner Haut lassen dieses Gefühl erneut in mir aufkommen und wieder alles in mir vor Vorfreude prickeln.

»Hast du nicht geschlafen?« Seine Lippen gleiten wieder zu meinen. »Ich konnte nicht aufhören dich anzusehen, ich weiß selbst nicht, was mit mir los ist.« Ich höre ein Lächeln in seiner Stimme und küsse ihn zurück. »Dann sind wir ja schon zwei.« Aden vertieft unseren Kuss und ich lege mich zurück. Seine Hand fährt meine Kurven entlang und ich spreize meine Beine fast schon automatisch.

Adens Hände wandern weiter, er bricht den Kuss ab, um mir in die Augen zu sehen. »Bist du dir sicher?« Meine Arme legen sich um seinen Hals und seine Hand gleitet dort hin, wo er seine Antwort alleine spüren muss, trotzdem sehe ich ihm in die Augen und nicke.

»Ich war mir noch niemals einer Sache so sicher, wie dass ich gerade nichts anderes mehr tun möchte.«

Mehr braucht es nicht.

Adens Lippen teilen meine und ich spüre ihn wieder so nah an mir, auf mir und dann auch wieder in mir, dass ich nicht weiß, wie ich darauf je wieder verzichten soll.

Aden

»Ist alles in Ordnung?«

Yuna steht am geöffneten Wagen und sieht nachdenklich zu dem zugewachsenen Garten, während ich den Arm um sie lege. Der Kofferraum steht offen, in den sie eine kleine Kiste mit den Dingen gestellt hat, die sie noch behalten möchte.

Eigentlich sollten wir schon längst in Guatemala sein, doch nachdem ich Zeina gestern Nacht zweimal vom Schlafen abgehalten habe und nicht genug von ihr bekommen konnte, habe ich noch in der Nacht alles auf morgen früh verschoben. Amar konnte es nicht glauben, bisher habe ich noch niemals einen Termin verschoben, es gab keinen Grund, doch nach dem, was Zeina und ich hatten, hat es sich falsch angefühlt, am frühen Morgen zu verschwinden, deswegen fliegen wir erst morgen früh los. Das ist das dritte Mal, dass ich Termine für sie verschiebe und mein Bruder trägt nur noch ein wissendes Grinsen im Gesicht.

Zeina hat sich gefreut. Wir haben länger geschlafen, zusammen mit den anderen gefrühstückt und sind jetzt hier am Haus, wo die drei Schwestern noch einmal alles durchsehen und sich mitnehmen, was sie möchten.

Ava und Leano sind schon vor einigen Minuten losgefahren. Sie müssen noch ins Hotel ihre Sachen zusammenpacken und dann zu unserem privaten Landeplatz, wo wir sie noch einmal treffen, um uns von ihnen zu verabschieden.

Zeinas jüngste Schwester sieht mich aus ihren großen Augen an. Sie ist genau wie ihre anderen beiden Schwestern bildhübsch, auch wenn sie alle verschieden sind, äußerlich und auch vom Charakter. Trotzdem habe ich sie alle bereits in mein Herz geschlossen, ich denke, das geht allen Männern so, die sich hier gerade um sie kümmern. Zum einen ist das hier ihr Zuhause, sie gehören zu uns, nach Puerto Rico, zum anderen sind Yuna und Ava die Schwestern der Frau, die mir gerade schlaflose Nächte bereitet, also kann ich gar nicht anders, als sie wie meine eigenen Schwestern zu behandeln.

»Es ist merkwürdig. Irgendwie fühlt es sich hier nicht wie ein Zuhause an, bei euch ja, auch wenn dort alles zerstört ist, fühlt es sich ganz anders an. Trotzdem ist hier etwas, wo mein Vater drinnen war, wo er auf den Möbeln gesessen hat, seine Anzüge … ich weiß auch nicht.« Mein Blick gleitet zu dem Haus. »Keiner sagt, dass ihr es verkaufen müsst, behaltet es erst einmal und denkt darüber nach.« Yuna nickt und lächelt. »Ja, das werden wir. Zeina denkt ähnlich wie ich, wir wollen abwarten, und da wir alle nun so oft es geht hier sein werden, können wir das noch in Ruhe entscheiden. Nun werdet ihr uns nicht mehr so schnell los.«

Yuna legt einen Moment ihren Kopf an meine Schulter. »Das soll ja auch so sein. Hier ist euer Zuhause, ihr gehört jetzt zur Familie und wenn es sein muss, kommen wir auch nach Japan und treten da jedem in den Hintern, der es wagt, euch auch nur falsch anzuschauen.« Wir beide müssen lachen, als in dem Moment Taro aus dem Haus kommt, der einen Moment die Augenbrauen hebt, als er sieht, dass ich den Arm um Yuna habe, doch der Ausdruck weicht schnell. Bisher hatten wir alle nicht viel miteinander zu tun. Das Cartel Italiens, Japans, das von Korea und Puerto Ricos, doch nun gibt es drei Frauen, die uns alle zusammenschweißen und das haben wir die letzten Tage alle verstanden.

»Hast du schon das Bild gesehen, was ich dir geschickt habe?« Ich nehme mein Handy heraus und gehe auf die App. Yuna, die nur Zeina weiterhin Bruna nennt, hat mir ein Bild von heute Morgen geschickt. Zeina und ich sitzen zusammen. Meine Hand liegt an der Lehne ihres Stuhls, sie ist zu mir geneigt und lacht, ich sehe lächelnd zu ihr, wir haben nicht einmal gemerkt, dass sie ein Foto gemacht hat. Es ist wunderschön.

»Ihr passt sehr gut zusammen und wenn man euch beide ansieht, braucht man keine weiteren Worte mehr, als das zu beschreiben.« Taro kommt zu uns und ich stecke das Handy wieder ein und gebe Yuna einen Kuss auf die Wange. »Wenn du das sagst, glaube ich es dir einfach mal.« Sie lächelt mich an. »Am liebsten würde ich hierbleiben. Meine Schwestern werden mir fehlen, die Tage waren wunderschön. Wir haben so lange ohne die anderen gelebt, doch mittlerweile vermisse ich sie jeden Tag, wenn sie nicht bei mir sind. Ich möchte, dass Zeina mit Taro und mir kommt. Sie soll die Welt sehen, doch sie weiß noch nicht, ob sie dazu schon bereit ist. Ich kann mir vorstellen, dass du das nicht unbedingt möchtest.«

Der Gedanke, dass Zeina in wenigen Tage wieder weg ist, trifft mich mehr, als es das sollte. Sie alle haben recht, Zeina muss so viel wie möglich sehen und erleben, um sich selbst zu finden, doch gleichzeitig will ich sie weiter bei mir behalten, obwohl ich selbst spüre, wie schwer das wird.

Hinter Taro kommen Amar und Cope aus dem Haus. Sie sind die Letzten, alle anderen sind bereits losgefahren. Nur Zeina ist noch im Haus. »Das muss sie selbst entscheiden, sie sollte anfangen zu leben, doch sie hat auch noch genug Zeit für all das.«

Yuna stupst mich von der Seite an. »Offenbar will noch jemand nicht auf sie verzichten. Sie ist ein besonderer Mensch.« Ich sehe zum Haus und spüre wieder dieses Brennen in meinem Magen, was nun ständig da ist, wenn es um Zeina geht. »Das ist sie.« Taro ist bei uns angekommen und schließt den Kofferraum. »Wir haben alles, treffen wir euch gleich auf den Flugplatz?« Noch einmal drückt Yuna meine Hand und steigt dann auf dem Beifahrersitz ein. »Ja, wir kommen gleich nach.« Taro nickt und steigt ebenfalls ins Auto. Auch Amar und Cope wollen zu ihren Autos. Amar wartet, bis Taro losgefahren ist und bleibt dann genau vor mir stehen.

232

»Also, hast du uns etwas zu sagen?« Cope zündet sich eine Zigarette an und lacht leise. »Nein, was sollte ich euch sagen?« Amar deutet zum Haus. »Keine Ahnung, was du jetzt vorhast, denn ganz offensichtlich bedeutet sie dir etwas. Du verlegst Termine, du wirkst abwesend …« Cope lacht noch mehr. »Statt mit mir kuschelst du mit ihr beim Frühstück, so langsam beginne auch ich, mir Gedanken zu machen.« Diese Chaoten. Ich schüttle nur leicht den Kopf. Sie haben ja nicht einmal unrecht, doch ich kenne die Antwort nicht, würde ich es wissen, wäre uns allen wohler. Mein Bruder und alle anderen könnten sich darauf einstellen, dass sich nun einiges ändert, doch tut es das? Ich weiß es nicht, ich weiß nicht, was ich sagen soll und hebe nur die Hand. »Bis gleich!«

Mit diesen Worten gehe ich zurück ins Haus. Ich höre den Motor des Wagens und schließe die Tür. Wir sind alleine. Noch immer liegt eine gewisse Staubschicht über allem, auch wenn wir bereits einiges aufgewirbelt haben. Zeina ist nicht im Haus. Ich finde sie auf der Terrasse, sie hat die Arme verschränkt und sieht auf das Meer hinaus.

Diese Frau.

Meine Augen gleiten über ihre zarten Arme, die weiche Haut, die in der Sonne glänzt, die Haare, die sie zu einem Zopf hochgebunden hat. Ich liebe es, wenn sie sie offen trägt, es ist zum Niederknien. Als ich hinter sie trete, zuckt sie einen Moment zusammen. Solche kleinen Momente zeigen mir immer wieder, dass sie noch nicht ganz okay ist, und das es auch dauern wird, bis sie es sein wird.

Deshalb lege ich die Arme um sie, um sie wissen zu lassen, dass ich es bin. Meine Lippen küssen ihren Hals und ich schließe einen Moment die Augen, als ihr süßer Duft mich wieder einhüllt. »Sind alle weg?« Meine Lippen gleiten zu ihrer Wange. »Sind sie, ist alles in Ordnung?«

Zeina nickt, ihre Hände legen sich auf meine und sie verschränkt unsere Finger. »Ja, ich habe gerade gedacht, dass ich das Haus doch behalten werde. Wir werden es renovieren und als Strandhaus nutzen, es wird nicht das gleiche sein wie das, was mein Vater hatte, aber der Gedanke, dass er hier stand und genau wie ich jetzt auf das Meer geblickt hat und auch vielleicht meine Mutter ... ich denke nicht, dass ich das einfach weggeben kann.« Ob die Schwestern ahnen, wie ähnlich sie denken? »Dann tue es nicht, behalte es.«

Zeina lächelt und wendet sich zu mir um. »Das werde ich. Siehst du, ich mache Fortschritte, ich treffe Entscheidungen, die mein Leben betreffen, kleine Schritte, aber hey ... es geht vorwärts.« Ich muss schmunzeln, Zeinas grüne Augen strahlen mich an. »Und ich denke, dass du mittlerweile sogar schon herausgefunden hast, was dir alles so gefällt, zumindest habe ich einige Stellen gefunden, die dir ziemlich viel ...« Meine Lippen gleiten zu ihrem Hals und zu der Stelle hinter ihrem Ohrläppchen, was sie aufseufzen lässt. »... Lust bereiten.« Zeina lässt meine Lippen weitermachen. »Das hast du und gerade habe ich wieder das Gefühl, nicht genug davon zu bekommen.« Sie lacht leise, ich wollte sie nur necken, doch gerade als ich meine Lippen von ihrem Hals nehmen möchte, gleitet ihre Hand zu meiner Mitte und umfasst durch den Stoff meine Härte. Fuck.

234

Zeina sieht mir in die Augen, sie reibt hoch und runter, während ich in ihrer Hand dicker und praller werde. Statt mich zu küssen kommt sie näher, geht an meine Lippen, öffnet mit der anderen Hand meinen Reißverschluss und hat geschickt allen Stoff so von mir gestreift, dass sie nun meine Haut umfasst und sich alles noch intensiver anfühlt.

»Glaub mir, mein Schatz, davon bekomme ich auch niemals genug.« Meine Stimme ist angekratzt, ihre Hand wird schneller und ich praller und praller. »Das spüre ich, und was ist hiermit?« Sie lässt mich nicht los, doch schiebt mit der anderen Hand die Träger ihres Kleides herunter, sodass sie nur noch im Slip vor mir steht. Nun ist es vorbei mit meiner Selbstbeherrschung. Ich stöhne auf, greife nach ihrem Zopf und öffne ihn, sodass ihre Haare ihr bis zu den Hüften fallen, gleichzeitig ziehe ich ihr Gesicht an mich und küsse sie. Verdammt, nein, davon werde ich niemals genug bekommen.

Zeina stöhnt in den Kuss hinein, als meine Hände ihren Hintern zu fassen bekommen und sie an die Glasscheibe der Terrassentür drücken. Noch immer bearbeitet sie mich, doch nun gerät sie ins Stocken, als ich ihren Slip beiseiteschiebe und mit meinen Fingern in sie eindringe. Noch immer so eng, ich fluche in den Kuss hinein, beende ihn und sehe auf ihre prallen perfekten Brüste. Himmel, diese Frau treibt mich in den Wahnsinn.

Das Spiel, was sie am Anfang begonnen hat, ändert sich. Sie lässt mich los und krallt sich an meinem Rücken fest, während meine Finger in sie dringen und ich ihre Brüste bearbeite. Ich werde nicht auf das hier verzichten können, niemals. Wie schon gestern Nacht weiß ich nicht, was ich alles schmecken will, ihren süßen Mund, ihre Haut, ihre Brüste, ihre Mitte … Doch allein das Wissen, dass wir erwartet werden, lässt mich sie hochnehmen und tief in sie stoßen. Zeina sieht mir in die Augen und ich genieße es, mich in ihr zu versenken und zu wissen, dass ich auf das hier nicht mehr verzichten kann.

Dieses Gefühl ändert sich auch nicht, nicht, als ich sie zum Kommen bringe und direkt nach ihr komme. Nicht, als wir uns danach küssen und wieder anziehen, nicht während der Fahrt, auf der ich ihre Hand halte und sie neben mir eindöst und auch nicht, als wir uns alle nach und nach von Ava und Leano und seinen Männern verabschieden.

Erst als ich die ersten Tränen in Zeinas Augen bemerke, die Schwestern sich noch einmal umarmen und Worte zuflüstern und ich sehe, wie sehnsuchtsvoll Zeina zusieht, wie das Flugzeug abhebt und in eine Welt fliegt, von der sie noch niemals etwas gesehen hat, ahne ich, dass, auch wenn ich darauf nicht mehr verzichten kann, ich es wahrscheinlich trotzdem tun muss.

Zeina

»Tatsächlich, und niemand hat euch im Auge behalten?« Ava sieht uns überrascht durch die Handykamera an. Bruna hat ihren Kopf an meine Schulter gelegt. Seit einer ganzen Weile haben wir uns in den hinteren Teil des Gartens des Gemeinschaftshauses zurückgezogen und liegen zusammen auf hier abgestellten Liegen, die eigentlich für den Pool gedacht waren, doch offenbar aussortiert wurden.

Am Pool selbst ist zu viel los, es findet eine Party statt, die es hier öfters zu geben scheint. Gestern früh ist Aden nach Guatemala geflogen. Die Nacht davor haben wir uns nicht aus den Armen gelassen, die Nacht ohne ihn habe ich mit Bruna im einem Hotel verbracht und jetzt warten alle darauf, dass Aden und ein Großteil der Männer zurückkommen.

»Nein, wir sind gestern früh losgefahren, Taro hatte zu tun und Cope sollte uns im Auge behalten, doch wir haben ihn davon überzeugt, dass wir auch alleine klarkommen. Noch weiß niemand, wer wir sind. Cope und Kian behaupten zwar, dass es beginnt, sich in Puerto Rico herumzusprechen, dass die Salva-Töchter zurück sind, doch noch können wir uns frei bewegen. Also haben wir uns ein Auto genommen und sind nach Fajardo gefahren. Ava, du hast wirklich etwas verpasst. Die Stadt ist traumhaft, die Strände, es ist wie im Paradies. Wir haben wie typische Touristen alles besichtigt und haben ein wenig geshoppt. Am Nachmittag sind wir spontan mit einer Fähre auf die Insel Culebra gefahren und haben dort in einem Hotel geschlafen. Wir sind erst vor einer Stunde zurückgekommen. Die Männer waren etwas nervös, aber es war … traumhaft, hast du die Bilder nicht gesehen?«

Ava legt den Kopf schief. Sie liegt auf einem großen Bett, nachdem sie uns eine Tour durch das Hotelzimmer gegeben hat, in dem sie gerade mit Leano übernachtet. »Doch, habe ich, und ich bin neidisch. Zeina, besonders das Bild von dir am Strand mit der kleinen Schildkröte auf der Hand … ich wäre so gerne dabei …«

Im Grunde habe ich niemals damit gerechnet, meine Schwestern jemals wiederzusehen. Ich habe es mir immer gewünscht, jede Minute, jeden Tag und doch habe ich mir nie erlaubt daran zu denken, wie es dann tatsächlich wäre. Als ich dann wusste, dass sie mich suchen, dass ich sie sehen werde, habe ich sogar damit gerechnet, dass es sich vielleicht komisch anfühlt, dass ich zwei fremden Frauen gegenüberstehe, was im Grunde ja so ist und doch hat es sich keine Sekunde so angefühlt. Meine Liebe für die beiden ging nahtlos da weiter, wo mir als Fünfjährige das Herz herausgerissen wurde, als sie mir

238

gewaltsam aus den Armen gerissen wurden und ihnen geht es genauso. Wir waren uns von der ersten Sekunde an wieder nah und ich denke nicht, dass eine von uns es noch einmal zulassen wird, dass sich das jemals wieder ändert.

Es wird lauter von hinten am Pool und ich wende mich um. Gerade eben haben wir noch mit den Männern zusammengesessen und gegrillt. Taro, sein Cousin und sein bester Freund sitzen mit Cope und den anderen zusammen und spielen Karten, einige Männer tanzen mit Frauen, die nach und nach zur Party kommen. Offenbar wurde es laut, weil eine Frau nur mit einem Slip bekleidet in den Pool gesprungen ist. Fassungslos sehe ich zu, wie sie lasziv einen der Männer mit dem Finger zu sich in den Pool lockt. Die Musik wird auch immer lauter.

Manchmal gab es solche Feiern auch bei den Morales, zumindest habe ich die Musik gehört und könnte mir vorstellen, dass sie so ähnlich abgelaufen sind. Wir selbst waren im Stall und haben geschlafen oder versucht zu schlafen. Nur halb bekomme ich mit, was Bruna und Ava noch besprechen, denn mein Blick bleibt auf einer Frau haften, die zu uns kommt und uns freundlich anlächelt. Sie ist wahnsinnig sexy, ihre langen blonden Haare wippen passend zur Musik um ihren Körper herum, ihre Brüste lassen selbst mich zweimal hinsehen und ihr Kleid liegt wie eine zweite Haut an ihr. Bruna und ich sind kaum geschminkt, wir haben beide noch unsere neu gekauften Strandkleider an und sind barfuß. Eigentlich wollten wir nur schnell etwas essen, doch als ich dann erfahren habe, dass Aden bald ankommen müsste, sind wir hiergeblieben. Taro hat und schon bescheid gegeben, bevor Ava angerufen hat, dass Bruna und er gleich zurück ins Hotel müssen, er muss noch einige Anrufe erledigen. Tokyo ist ein paar Stunden weiter als Puerto Rico und dort ist es gerade vormittags, sodass sich Taro noch um einiges kümmern muss, bevor sie schlafen gehen.

»Hallo, ich hoffe, ich störe euch nicht.« Bruna beendet den Videoanruf mit Ava und wir sehen zu der hübschen Frau, die sich vor unsere Liege stellt und uns anstrahlt. »Hi, nein, alles in Ordnung.« Ich versuche ebenso freundlich zu lächeln, während Bruna ihr Handy weglegt. »Ich bin Chanti, und ich muss gestehen, ich bin wahnsinnig neugierig. Ich bin so oft hier … ich gehöre quasi zum Inventar und ich habe euch hier noch niemals gesehen. Vor allem wurden wir quasi ermahnt, euch in Ruhe zu lassen, das macht mich natürlich …«

Sie strahlt uns an und Bruna beendet ihren Satz. »Neugierig …« Chanti hebt die Arme. »Wer seid ihr denn? Seid ihr Cousinen? Vielleicht Schwestern einer der Männer? Ihr scheint hier allen sehr wichtig zu sein.« Ein ungutes Gefühl breitet sich in meinem Magen aus. »Nichts von dem, wer bist du denn, dass du hier quasi zum Inventar gehörst? Wir sind schon einige Tage hier und bisher haben wir dich auch noch gar nicht gesehen.«

Bruna neben mir räuspert sich leise, auch sie scheint zu merken, dass etwas nicht stimmt. »Oh, ich bin … ach wie soll man das sagen? Aden und ich sind so etwas wie … das ist etwas schwer zu sagen bei solchen Männern, ich denke, ihr wisst sicherlich, was ich meine …«

240

Nun setze ich mich ganz auf. »Nein, tatsächlich wissen wir das nicht. Bist du seine Freundin?« Chanti schiebt ihre Haare nach hinten und sucht nach Worten.

Mein Herz beginnt zu rasen.

Hat Aden eine Freundin? Mir wird immer flauer im Magen. Natürlich habe ich wenig Erfahrung was das Leben, Beziehungen und alles weitere angeht doch … wieso habe ich ihn das niemals gefragt. Ich komme mir so dumm vor. Was soll ich dann in alldem sein?

»Freundin ist vielleicht ein zu großes Wort dafür, aber wir kennen uns ziemlich gut. Männer wie Aden haben keine Beziehungen, sie haben ihren Spaß und kümmern sich um ihre Aufgaben, deswegen bedeutet es etwas, wenn er jemanden öfter sieht und …« Eine andere Frau kommt und zieht die Frau an ihrem Arm mit. »Chanti, das musst du dir ansehen, du wirst nicht glauben, was die Rothaarige abgezogen hat, das …« Chanti wendet sich noch einmal zu uns um. »Bin gleich wieder da.« Ohne uns auch nur eines Blickes zu würdigen zieht die andere Frau Chanti mit sich und ein kalter Klumpen bildet sich in meinem Bauch.

»Mach dir nichts draus. Das hat gar nichts zu sagen. Diese Frauen schwirren immer um mächtige Männer herum, wer weiß, was da dran ist. Und hey, Ava und ich sind ja wohl der beste Beweis, dass auch solche Männer sich binden, und glaube mir eins: Wenn sie sich verlieben, dann hat das mehr Gewicht als bei anderen Männern. Jeder, der zwei Augen im Kopf hat, sieht, wie verrückt Aden bereits nach dir ist.«

Wir legen uns wieder zurück. »Ich … das macht mir nichts aus. Sollte es zumindest nicht. Keiner weiß richtig, was mit Aden und mir ist und was mich oder ihn die nächsten Tage erwartet. Es mag sein, dass ich noch nicht viel gesehen und erlebt habe, aber eines weiß ich: Ich werde sicherlich niemals mit einer anderen Frau um einen Mann kämpfen. Du kannst ihn haben? Dann nimm ihn, wenn du ihn haben kannst, will ich ihn nicht. Der Mann, der an meiner Seite sein wird, hat nur Augen für mich, um ihn muss ich nicht kämpfen. Ich weiß sicher noch nicht viel im Leben, aber dass ich meinen Wert habe und den auch von anderen einfordern werde, das steht fest!«

Bruna küsst meine Wange und schlägt mit mir ein. »Und genau deswegen bist du so viel weiter als viele andere Menschen, du hübsche, weise, große Schwester mit einem Herz aus Gold. Ich bin stolz auf dich und genau deswegen solltest du auch mit mir kommen. Du musst die Welt sehen, um sie zu verstehen, alles andere muss und kann warten.«

Bevor ich ihr antworten kann, wird es wieder lauter, doch dieses Mal wegen etwas anderem. Mehrere Männer kommen in den Garten. Es dauert nicht lange und ich erkenne Aden und mein Herz beginnt zu rasen. Eher zufällig habe ich bei einem Telefonat von Cope mitgehört, dass es in Guatemala Probleme gab und dass Aden wohl ziemlich ungemütlich wurde. Ich sehe einige verletzte Männer und auch Aden hat eine mit Schorf bedeckte Platzwunde an seiner rechten Wange, trotzdem strahlt er. Das ist der Grund, warum sie feiern. Die Velázquez haben bekommen, was sie wollten, sogar viel mehr als das, mit dem sie geplant hatten, doch es scheint nicht einfach gewesen zu sein.

Mein Magen zieht sich sehnsuchtsvoll zusammen, während ich in Adens Gesicht blicke, sehe, wie er die Männer begrüßt, Cope umarmt und sich dabei umblickt.

Auch ich bemerke wie fast alle Frauen zu Aden und den Männern sehen. Bin ich nur eine der vielen Frauen, die in diesem Moment zu ihm sehen?

»Ich weiß, dass alle denken, er ist verrückt nach mir. Wissen tut nur er es, doch wenn ich ehrlich bin ist es bei mir ohne Zweifel so. Ich mag ihn. Ich mag ihn wirklich.« Bruna folgt meinem Blick. »Das merke ich und ich bin mir sicher, dass auch du ihn schon mehr bedeutest als irgendeine andere Frau hier.«

Als hätte sie unsere Worte gehört, läuft in diesem Moment Chanti zu ihm. Sie fällt ihm in die Arme und will ihm einen Kuss auf den Mund geben. Ist das so? Automatisch breitet sich Enttäuschung in mir aus und ich will wegsehen, um mir das nicht anzutun. Eine bittere Kälte fährt durch meine Brust, wie ich sie noch niemals zuvor gespürt habe, aber nur kurz, da schiebt Aden sie von sich, bevor sie dazu kommt, ihn zu küssen. Er wirkt nicht einmal begeistert, dass sie da ist.

»Oh, ich sage doch, warte ab ...« Bruna hat sich meine Hand geschnappt und zieht mich von der Liege. Wir gehen am Pool entlang zu den anderen. Sobald Aden mich sieht, lässt er Chanti stehen und kommt uns entgegen.

Bisher hat er noch vor niemandem offen gezeigt, dass wir uns nähergekommen sind. Natürlich denken sich das alle, er greift hier und da meine Hand, legt seine Hand auf meinen Rücken, aber er hat mich nicht geküsst, doch jetzt zieht er mich in seinen Arm und gibt mir einen zärtlichen Kuss auf den Mund. »Da bist du ja.« Aden strahlt mich an, und auch wenn noch immer dieser kalte Klumpen in meinem Magen liegt, kann ich nicht anders. Ich lächle zurück und gebe ihm auch einen Kuss.

Man hört die Verwunderung der anderen einen Moment, einige pfeifen. »Sieh an, sieh an ...«, doch Aden scheint es egal zu sein. Er gibt mir noch einen Kuss und dann Bruna einen auf die Wange. Taro kommt zu uns, er hat bereits sein Handy am Ohr und sagt leise, dass sie losmüssen.

Aden legt den Arm um mich, während wir Bruna und Taro raus zu den Wagen bringen. Capo fragt, ob wir nicht noch bleiben und mitfeiern wollen, doch Aden sagt, dass sie für ihn mitfeiern sollen. Draußen verabschieden wir uns noch von Bruna und Taro und sehen zu, wie sie davonfahren.

Erst dann wende ich mich wieder zu Aden um und lege meine Arme um seinen Hals. »Was ist passiert? Das sieht schlimm aus.« Aden küsst meine Wangen. »Das ist nichts, ich musste den Männern klarmachen, dass ich ernst meine, was ich sage, ansonsten ...«

»Hey, ihr beiden, ich habe gar nicht gemerkt, dass ihr gegangen seid.« Chanti taucht plötzlich hinter mir auf. Um ehrlich zu sein habe ich gar nicht mehr auf sie geachtet und sehe sie nun überrascht an. Ich lasse Aden los und wende mich zu ihr um, er nimmt aber meine Hand in seine und sieht wieder genervt zu ihr.

»Es hat dich auch nicht zu interessieren. Du dürftest gar nicht hier sein. Keine Ahnung, wer dich immer mit reinbringt, doch ich werde dafür sorgen, dass das endet.« Chanti lächelt und schüttelt den Kopf. »Ach komm schon, Aden, wieso auf einmal so kalt? Es war doch immer alles andere als kalt zwischen uns. Es ist nicht das erste Mal, dass wir uns ein wenig Vergnügen teilen und mit ihr wird das ...«

Ich lege den Kopf schief, doch ich brauche nicht einmal etwas zu sagen, so schnell und hart geht Aden dazwischen. »Mit ihr ist das etwas ganz anderes, Chanti und das meine ich ernst. Diese Zeiten sind vorbei. Also wenn du Spaß haben willst, findest du den im Haus ...« Sie unterbricht ihn, er hat sich aber schon abgewendet. »Etwas anderes? Was soll das heißen, hast du nicht noch vor ein paar Wochen gesagt, dass du es niemals ernst mit einer Frau meinen wirst und nur deinen Spaß willst ...? Soll das heißen, deine Meinung hat sich geändert? Wegen ihr? Das ist auch nur vorübergehend, aber wie du meinst, dann gehe ich mir meinen Spaß woanders holen ...«

Sie wendet sich ab und stolziert ins Haus. Im Grunde tut sie mir leid, man hat gesehen, dass es sie verletzt, dass er sie von sich stößt, auch wenn sie versucht hat, es zu verbergen.

»Spring rauf.« Aden holt mich aus meinen Gedanken, indem er sich ein wenig herunterbeugt und mir deutet, auf seinen Rücken zu steigen. »Was? Nein, bist du verrückt? Das ... Ahhhh,« Ich muss lachen, als er sich meine Beine schnappt und ich mich an seinem Rücken festhalten muss. Als würde ich nichts wiegen, trägt er mich die Straße entlang. »Wolltest du barfuß weiterlaufen?« Seine Hände streichen über meine Beine, dieser Mann, ich lehne mich an seinen Rücken und küsse seinen Hals entlang, während ich mich an ihn kuschle.

»Also war sie nie deine Freundin?« Ich sehe, dass sich eine Gänsehaut an seinem Hals bildet, wo meine Lippen ihn treffen und lächle. »Nein, ich hatte keine Freundin, ich hatte immer nur Spaß mit Frauen und im Grunde weiß sie das auch.« Ich beuge mich zu seinem Ohr. »Und mit mir? Hast du da auch nur deinen Spaß?« Aden lacht auf, er wendet sein Gesicht so, dass er mich küssen kann. »Mit dir habe ich besonders guten und den besten Spaß, aber nicht nur, nein. Fühlt es sich für dich so an, als wäre es nur das?« Seine Hände halten mich immer noch, als würde ich nichts wiegen. Die Muskeln unter meinem Körper sind angespannt und seine Worte lassen meinen Bauch wohlig warm werden und jeden kalten Klumpen, der sich kurz eingeschlichen hatte, augenblicklich schmelzen.

Ich lege mein Kinn auf seine Schulter, wir sind schon oben an den Häusern der engsten Mitglieder angekommen und er geht direkt auf sein Haus zu. »Nein, überhaupt nicht, weder von deiner Seite, noch sieht es in mir so aus.« Aden lächelt. »Dann ist doch alles gut, ich konnte es kaum erwarten, wieder hier zu sein. So schnell wollte ich noch niemals wieder zurück und weißt du, was ich schon die ganze Zeit wollte, seit ich im Flugzeug war?« Er dreht mich schwungvoll nach vorne, sodass er mich noch auf dem Arm hält, sich aber unsere Nasen berühren. Ich verschlinge meine Beine an seinem

Rücken und gebe kleine Küsse auf seine Lippen. »Nein, was denn?« Adens Lippen erobern meine ohne Vorwarnung. Auch ich habe ihn vermisst, diese Nähe vermisst. Ohne nachzudenken erwidere ich den Kuss, beginne dieses süße Spiel mit seiner Zunge, was mich so ablenkt, dass ich aufkreische, als er ohne Vorwarnung mit mir in seinen Armen in den Pool springt.

»Aden!« Noch während ich aus dem erfrischend kühlen Wasser hochkomme, spritze ich ihn mit Wasser ab. Er lacht und schwimmt zu mir. »Ich brauche diese Abkühlung dringend, aber das, was wir da gerade angefangen ...« Seine Hände umfassen mich und er zieht mich nach vorne zum Pool, wo wir beide stehen können.

»Du bist unmöglich, ich hätte mir gerne noch das Kleid ausgezogen ...« Obwohl ich schimpfe, muss ich lachen, seine Hände sind schon dabei, mir die Träger herunterzuziehen. »Das ist kein Problem ...« Mit geschickten Fingern hat er mir das Kleid ausgezogen und ich habe nur noch einen BH und einen Slip an, ... nur noch einen Slip ... Aden ist viel zu schnell, wir sind am Anfang des Pools, wo die breite Treppe in den Pool führt, auf die er mich setzt.

Er zieht sich sein Hemd aus, und ich beiße mir auf die Lippen. Da ich nun ganz nackt vor ihm sitze, streicht er mit seinen Händen über meine Beine und sieht mir in die Augen.

»Eins sollst du wissen, Zeina: Vertrau mir. Das hier ist für mich mehr, als ich jemals für irgendeine Frau vor dir gefühlt habe und ich verspreche dir ...« Seine Hand trifft meine Mitte und seine Lippen halten vor meinen ein. »Von dem hier ...

werde ich niemals genug bekommen.« Unsere Lippen treffen sich, meine Arme ziehen ihn näher zu mir und ich weiß, dass auch ich von dem hier niemals genug bekommen werde.

Das ist mir auch zwei Stunden später noch klar, als ich müde das Handy zurück auf meinen Nachttisch lege. Es war nur ein Zufall, dass es hier lag, als gerade Bruna angerufen hat. Nachdem wir im Pool nicht die Hände voneinander lassen konnten, ging es danach unter der Dusche auch nicht. Im Bett habe ich ihm die Bilder gezeigt, die wir gemacht haben. Das Bild mit der Schildkröte kennt er schon, das habe ich jetzt als Profilbild gespeichert. Nur deswegen habe ich den Anruf überhaupt mitbekommen.

Verdammt. Ich bin viel zu aufgewühlt um weiterzuschlafen.

Um Aden nicht zu wecken, entziehe ich mich seinen Armen und gehe auf die Terrasse, die von Adens Schlafzimmer abgeht. Müde setze ich mich auf einen der gemütlichen Korbsessel und sehe in den glitzernden Sternenhimmel. Ich atme die frische Luft des Meeres ein, das direkt nach den Trümmerfeldern beginnt, die ab morgen abgetragen werden sollen.

»Schlechte Nachrichten?« Aden kommt mit einer Decke zu mir, hebt mich auf seinen Schoß und legt die Decke um uns. »Ich wollte dich nicht wecken. Tut mir leid. Das war Bruna …« Ich lege meinen Kopf an seine Brust, höre auf seinen ruhigen Herzschlag und genieße seinen Duft.

»Ist etwas passiert?« Einen Moment schließe ich die Augen. »Etwas mit Taros Geschäften, statt übermorgen müssen sie morgen zurück nach Tokyo. Morgen früh. Bruna hat mich gefragt, ob ich sie nun begleiten werde, wie wir es geplant haben.«

Da mein Ohr noch an seiner Brust liegt, höre ich, wie sein Herz schneller zu schlagen beginnt.

»Möchtest du das immer noch?« Genau das lässt mich ja bereits die gesamte Zeit verzweifeln. »Im Grunde weiß ich, wissen wir alle, dass ich das tun muss. Ich muss mir die Welt ansehen, muss mich kennenlernen, muss herausfinden, wer ich bin und was ich möchte, um ein richtiges Leben zu beginnen. Das kann ich nicht, wenn ich von dem Leben in Mexiko entflohen bin und nun hierbleibe und mich zurückziehe.«

Aden atmet lauter aus und ich setze mich so auf, dass ich ihn ansehen kann. »Das heißt nicht, dass ich das nicht will. Genau deswegen habe ich ihr nicht ganz zugesagt, weil es jetzt etwas gibt, was … Ich habe Angst, dass wenn ich gehe, um mich zu finden, ich das, was gerade zwischen uns passiert, verliere. Aber wiederum muss ich doch auch erst einmal zu mir finden, um so etwas wie eine Beziehung überhaupt führen zu können, ich …«

Tränen steigen in mir hoch, auch wenn ich das so offen noch vor niemandem gesagt habe, ist das die letzten Tage ständig durch meinen Kopf gegangen. Unsere Pläne, eine Weile mit Bruna in Japan zu bleiben und dann nach Europa zu Ava zu fliegen, waren fantastisch, bis sich immer mehr zwischen Aden und mir entwickelt hat und ich auf das hier auch nicht verzichten möchte.

»Tu das nicht!« Aden hebt die Hände und streicht mir zwei Tränen weg, die sich meine Wangen entlangschlängeln. »Ich müsste lügen, wenn ich behaupten würde, dass ich dich nicht einfach hier behalten wollen würde, doch du hast recht. Hier wirst du nicht das erreichen, was du mit deinen Schwestern überall auf der Welt für dich entdecken kannst. Wir beide haben nicht gewusst, was auf uns zukommt, als wir das begonnen haben und keiner kann sagen, was passiert, doch wenn ich dich gehen lassen muss, damit du für dich und dein Leben vorankommst, dann mache ich das.«

Ich schlucke und küsse seine Handinnenfläche, die noch an meiner Wange liegt.

»Aber was ist mit uns?« Er versucht zu lächeln, doch es gelingt ihm nicht ganz. »Das werden wir sehen. Es gab niemals eine Garantie für das, was hier passiert, die wirst du nicht bekommen, doch auch wenn sich alles in mir dagegen sträubt, weiß ich, dass du die richtige Entscheidung getroffen hast. Du musst gehen um dich und das Leben kennenzulernen.«

Nun kann ich meine Tränen nicht mehr zurückhalten und Aden zieht mich ganz in seine Arme und küsst meine Haare.

Er könnte sagen, dass es nichts an dem, was wir haben, ändert, vielleicht will ich das sogar hören, doch wir beide wissen, dass das nicht wahr wäre, dass wir es nicht wissen können. Das, was zwischen uns liegt, ist so frisch, so neu, und wenn ich jetzt weggehe, kann niemand sagen, was daraus wird. Es liegen achtzehn Flugstunden zwischen uns und auch wenn ich mir wünschte, wir würden uns schwören, dass das hier nicht endet, weiß ich, dass wenn ich mich selbst finden möchte, ich Aden und diese Welt erst einmal hinter mir lassen muss.

Zeina

6 Wochen später

»Da bist du ja.«

Bruna erscheint hinter mir und gibt erst mir und dann Sana einen Kuss auf die Wange.

»Ja, hier bin ich, wo soll ich sonst sein? Ich hatte gerade Unterricht mit Frau Male und jetzt zwingt mich Sana, diesem grünen Zeug noch eine Chance zu geben.« Sana neben mir lacht und schiebt mir den Kohl hin. Sie ist der Meinung, ich verpasse etwas in meinem Leben, wenn ich ihm nicht noch eine zweite Chance gebe, doch auch beim zweiten Mal bekomme ich es nicht hinunter.

»Sana, du sollst aufhören, meine Schwester zu quälen, wo ist Sakura?« Ich räume meine Unterlagen in meine Tasche.

»Sie ist schon im Club. Die New York City Party braucht ihre volle Aufmerksamkeit.« Bruna lächelt und setzt sich zu uns.

Mittlerweile bin ich sechs Wochen in Tokyo. Da niemals geplant war, wie lange ich bleibe, kann ich gar nicht sagen, ob das lange oder zu kurz ist. Ich habe mich vom ersten Moment an in diese Stadt und das Land verliebt. Am Anfang hat Bruna mir alles gezeigt. Wir waren bei ihrer Familie in Kyoto, wir sind in andere Städte gefahren, haben alles Sehenswürdige abgeklappert und sind jeden Abend todmüde ins Bett gefallen. Doch dann musste sich Bruna wieder um ihr Studium kümmern und auch ich habe einen kleinen Alltag bekommen. Ich lebe in ihrer Wohnung hier am Campus. Wenn Bruna nicht bei Taro schläft, leben wir zusammen dort.

Über Sakura, die ich mittlerweile genau wie Sana zu meinen Freundinnen zählen würde, habe ich Frau Male kennengelernt. Sie ist eine der Spanischlehrerin an der Universität, außerdem gibt sie Kurse für Menschen, die nicht lesen und schreiben können. Als sie ein wenig von mir erfahren hat, hat sie sich entschlossen, eine Ausnahme zu machen und mir spanisch Lesen und Schreiben beizubringen. Normalerweise tut sie das nur in Japanisch. Diese Frau hat eine Engelsgeduld, sie hat mir in fünf Wochen und zweimal täglich die Grundkenntnisse beigebracht. Ich kann lesen und beginne auch immer mehr zu schreiben. Da ich schon ein klein wenig konnte, war es gar nicht so schwer, wie ich es gefürchtet hatte. Diese Woche haben wir uns nur einmal getroffen und sie hat meine Fortschritte überprüft. Jetzt liegt es an mir, zu üben und alles flüssiger werden zu lassen. Ich übe täglich zwei Stunden, außerdem habe ich angefangen zu fotografieren und ich habe meine

Liebe für Bücher entdeckt. Da ich sie noch nicht selbst lesen kann, höre ich sie mit Kopfhörern bei meinen langen Spaziergängen durch Tokyo. Gestern habe ich mir das erste Taschenbuch gekauft, ich bin fest entschlossen, es alleine zu lesen, auch wenn es lange dauern wird.

Seit zwei Wochen besuche ich auch einen Englischkurs für spanische Muttersprachler. Das war sehr schwer zu finden, aber ich habe jetzt einen Kurs gefunden, den ich jeden Abend für zwei Stunden besuche. Nächste Woche fliege ich zu Ava und Leano nach Italien. Ava hat schon massig Pläne für uns geschmiedet. Sie war vor drei Wochen für fünf Tage hier und wir waren mit Rucksäcken ganz alleine in Osaka unterwegs.

Ich liebe das alles, ich liebe diese Freiheit, all das neue Wissen, genieße es neue Menschen kennenzulernen. Wir sind hin und wieder im Club von Taro und auch das Tanzen habe ich für mich entdeckt. Ich weiß, was ich mag und was nicht, probiere alles aus und genieße das Leben, was ich bisher nie führen konnte.

Trotzdem habe ich, seitdem ich Puerto Rico verlassen habe, einen kalten Stein in meinem Magen. Ich bin oft abgelenkt und spüre ihn nicht mehr zu intensiv, doch er ist da und er geht auch nicht weg, wie viel Zeit auch vergehen mag.

Auch jetzt sehe ich wieder auf mein Display, ob ich eine Nachricht bekommen habe, doch das habe ich nicht. Wieder einmal nicht. Natürlich habe ich gemerkt, dass die meisten Männer auf mich reagieren. Immer wieder habe ich die Möglichkeit, welche kennenzulernen und das tue ich im Alltag natürlich auch, doch mehr als dass ich nett zu ihnen bin und wir uns über Kurse unterhalten oder ich ihnen höflich klarmache, dass ich an nichts anderem interessiert bin, passiert nicht.

Ich kann nicht.

Ich denke ständig an Aden. In dieser Nacht, als er mir die Tränen weggewischt hat, war mir klar, dass es schwer wird, unter solchen Umständen das, was wir hatten, zu erhalten. Am Anfang haben wir oft telefoniert, doch dann war auch er viel unterwegs und durch diese ganzen Zeitverschiebungen haben wir uns dann nur noch Nachrichten geschickt und auch das nicht sehr regelmäßig. Für mich ist es sehr schwer, mit alldem umzugehen. Ich weiß nicht, wie man sich richtig verhält, es hat sich komisch angefühlt, sich nur darüber auszutauschen, was der andere gemacht hat und wie es einem geht. Gleichzeitig wollte ich ihn auch nicht bedrängen, über unsere Gefühle zu sprechen und habe es so neutral wie möglich gehalten, was sich allerdings absolut falsch angefühlt hat.

Vor drei Tagen, als ein Mann im Club versucht hat mich zu küssen, konnte ich mich nicht zurückhalten, ich habe als ich alleine im Bett lag, meinen Gefühlen nachgegeben und ihm eine Nachricht hinterlassen, in der ich auch noch zu weinen begonnen habe. Dass ich das alles hier liebe, dass ich es gebraucht habe, aber dass er mir wahnsinnig fehlt und ich es hasse, wie weit weg er sich anfühlt und dass ich es bereue, dass ich das aufgegeben habe, was zwischen uns war, weil ich gerade das Gefühl habe, dass ich es nicht nur beiseitegelegt habe, wie wir es besprochen haben, sondern dass ich es, dass ich ihn mit meiner Entscheidung ganz verloren habe.

Ich weiß nicht einmal, was ich mir dabei gedacht habe, am nächsten Morgen habe ich es schon bereut, doch er hatte es sich bereits angehört und nicht reagiert.

Gar nicht.

Bis heute nicht.

Ich sehe immer wieder auf mein Handy. Selbst wenn er nur den normalen Small Talk anfangen würde, würde ich mich freuen, doch es kommt einfach nichts.

»Wir müssen los. Taro hat mich gebeten, noch etwas abzuholen, dann zeige ich dir endlich diesen wahnsinnigen Ort, von dem ich dir die ganze Zeit erzähle, kommst du?« Wir verabschieden uns von Sana, die noch ein paar Kurse hat und steigen in den schwarzen Mercedes, den Taro Bruna erst vor wenigen Tagen geschenkt hat. Sie hat sich gefreut, auch wenn sie immer wieder sagt, dass das nicht nötig wäre.

Taro ist großartig. Langsam verstehe ich diese Welt, in der sich Taro, Aden und Leano bewegen, immer mehr. Ich sehe, wie hart er zu anderen ist, besonders wenn jemand es wagt, auf Bruna und mich zuzukommen oder uns anzusprechen. Doch wenn es um seine Geschäfte geht, kann er ganz anders sein. Auch diese Seite habe ich schon an ihm gesehen.

Ich weiß, wie sehr er meine kleine Schwester liebt. Er trägt sie auf Händen. Es ist zu lustig, Kaito, den Mann, der sie aufgezogen hat und Taro zu beobachten. Sie waren verfeindet, jetzt respektieren sie sich, doch hin und wieder lässt einer einen Spruch fallen, der uns alle immer wieder zum Lachen bringt. Sie bemühen sich alle, auf spanisch zu sprechen, sie alle können es ein wenig, sodass das Ganze noch lustiger wird. Ich genieße die Zeit hier wirklich, wenn da nicht dieser kalte Klumpen wäre …

»Wo sind wir hier?«

Erst als Bruna aus Tokyo hinausfährt, sehe ich genauer hin. Die Landschaft wird grüner, weitläufiger, einfach wunderschön. Sie biegt mehrmals ab, und mit jeder Kurve entfernen wir uns weiter von der Stadt. Sie hält weit abgelegen von der nächsten Stadt an einem Feldweg.

»Wir sind gleich da. Siehst du den Weg dort oben? Hinter der Biegung steht eine Hütte. Geh schon mal vor und schau nach, ob jemand da ist. Ich suche noch schnell die Papiere zusammen …«

Bruna zieht eine große Tasche vom Rücksitz und wühlt zwischen einigen Dokumenten. Ich steige aus und atme tief ein. Es ist traumhaft hier. Hunderte von Kirschblütenbäumen säumen den Weg, der gesamte Rasen ist ein Meer aus Rosa und Weiß.

Fasziniert trete ich durch ein kleines Tor. Tatsächlich, dort steht ein traditionelles japanisches Haus, dahinter plätschert ein schmaler Bach. Auch hier bedecken Kirschblütenblätter den Boden, es wirkt wie gemalt, so beeindruckend ist es.

Gerade als ich mich umdrehen will, um nach Bruna zu sehen, geht die Tür auf und mein Herz bleibt stehen. Nur um im nächsten Moment wild gegen meine Brust zu hämmern.

Als wäre es das Normalste der Welt, lehnt Aden am Türrahmen und sieht mich gelassen an.

Obwohl ich ihn jeden Tag in meinen Gedanken sehe, obwohl ich Bilder von uns habe, fühlt es sich an, als würde ich ihn zum ersten Mal wiedersehen.

Seine Haare sind etwas kürzer, die dunklen Bartstoppeln dichter – doch dieses Glitzern in seinen Augen, dieses Lächeln …

»Aden …«

Verblüfft, erleichtert, überfordert laufe ich schneller und in der nächsten Sekunde liege ich in seinen Armen. Aden. Wie sehr ich ihn vermisst habe. Sein Duft umhüllt mich und ich schließe die Augen. Ich spüre, wie er den Mund öffnet, um etwas zu sagen, doch dann hält er inne. Stattdessen zieht er mich nur fester an sich. Sein lauter Herzschlag trommelt gegen meine Brust.

In der Ferne höre ich Brunas Motor aufheulen und muss lächeln. Sie haben das hier geplant. Aden führt mich ins Haus, ohne mich auch nur eine Sekunde loszulassen, und als die Tür hinter uns zufällt, hält er mich sogar noch fester. »Mi vida …«

Seine raue Stimme umfängt mich, und als ich aufblicke, trifft mich sein Blick mit voller Wucht. Es ist verrückt, wie sehr man einen Menschen vermissen kann, den man noch gar nicht so lange kennt. Ich versuche, einen klaren Kopf zu behalten. »Was tust du hier? Wieso hast du mir nicht gesagt, dass du kommst? Ich habe dich vermisst …«

Es gelingt mir nicht wirklich. Viel zu schnell sprudeln die Worte aus mir heraus, doch Aden lächelt nur. Er nimmt mein Gesicht in seine Hände und küsst mich, so zärtlich, so innig, dass alles andere in meinem Kopf verstummt. Dieser Kuss erinnert mich daran, was mir die ganze Zeit gefehlt hat. Er löst ihn genauso sanft, wie er ihn begonnen hat, und streicht mit dem Daumen über meine Wange.

»Ich wollte längst kommen, aber es war viel los …« Seine Stimme ist leise. »Nein, ich will ganz ehrlich sein. Das ist nicht alles. Jeden Tag, den du weg warst, habe ich gespürt, wie sehr du mir fehlst. Und das, obwohl du erst so kurz in meinem Leben bist. Ich habe oft daran gedacht, einfach loszufliegen. Aber ich wollte dich nicht davon abhalten, das zu tun, was du begonnen hast …«

Ungläubig schüttle ich den Kopf. »Ich dachte, du würdest mich langsam vergessen. Du hast mir seltener und kürzer geantwortet, ich habe schon damit gerechnet, dass du längst eine andere …«

Aden lacht leise und drückt einen Kuss auf meine Wange. »Wenn du wüsstest … keine Chance, Zeina. Glaub mir, mein Interesse an anderen Frauen hat sich erledigt. Ganz zur Verwunderung von halb Puerto Rico.«

Ein Lächeln blitzt in seinen Augen auf. »Taro hat mir allerdings erzählt, dass er alle Hände voll zu tun hat, die Männer von dir fernzuhalten.« Seine Stimme wird tiefer. »Wenn ich getan hätte, was ich wollte, wäre ich längst hier gewesen. Hätte allen klargemacht, dass du zu mir gehörst und hätte dich zurück nach Puerto Rico geholt.«

Ich sehe ihn an, überwältigt und auch ein wenig überfordert von all den Gefühlen. »Aber das wollte ich nicht«, fährt er leise fort. »Ich wollte dich nicht davon abhalten zu leben.

260

Doch als ich deine Nachricht bekam und wusste, dass es dir genauso geht wie mir ...«

Mehr brauche ich nicht zu hören. Meine Lippen finden seine, und ich zeige ihm, wie sehr ich ihn vermisst habe. Der kalte Knoten in meinem Bauch löst sich mit jedem Millimeter, den wir uns mehr aneinanderschmiegen, und die Erleichterung, dass es ihm genauso geht, dass auch er Gefühle für mich hat, lässt mich zufrieden in den Kuss stöhnen, während er den Kuss noch intensiver werden lässt.

Er hebt mich auf seine Arme und ich spüre tief in mir das, was ich eigentlich schon die ganze Zeit wusste, doch nun fühle ich auch die letzte, absolute Gewissheit, dass Aden bereits zu einem Teil meines Lebens geworden ist, auf den ich nicht mehr verzichten möchte.

Zeina

3 Wochen später

Leano wird blass um die Nase. Besorgt sehe ich genauer hin. Er hebt das Kleidungsstück aus dem Karton und kurz danach seinen Blick. »Ist das … ernst, oder was ist das?«

Auch wenn ich in diesem Moment ihr Gesicht nicht sehen kann, höre ich an ihrer Stimme, wie aufgeregt Ava ist. »Ja, das ist es. Du weißt doch, als es mir letzte Woche so schlecht ging. Zeina hat mich gezwungen, zum Arzt zu gehen und ja …«

Erleichterung durchströmt meinen Körper, als sich auf Leanos Lippen ein Lächeln bildet, was ich so ausgeprägt noch niemals bei ihm gesehen habe. Er zieht Ava in seine Arme und lacht. »Also, wenn du jetzt nicht endlich anfängst, unsere

Hochzeit zu planen, werde ich wirklich sauer. Unser Sohn soll nicht in den Glauben aufwachsen es gäbe irgendeinen Zweifel an der Liebe zwischen seinen Eltern.« Ava lacht auf und er sieht sie etwas von sich, als würde er Angst um ihren Bauch haben, was Ava noch mehr lachen und mich schmunzeln lässt.

»Wie kommst du darauf, dass es ein Junge wird, Leano, du bist ahhh ...« Das Video bricht ab und Bruna hat mit vielen Herzen darunter kommentiert.

Ich kann es nicht erwarten, Tante zu werden

Ich lese mir den Chat meiner beiden Schwestern durch, schreibe etwas dazu und lehne mich zurück. Ich bin müde. Es ist so viel passiert in meinem Leben, es ist bis heute jeden Tag so viel los, dass ich emotional erschöpft bin, ohne dass ich mich jemals beschweren möchte.

Aden war noch drei Tage mit mir in Tokyo. Wir haben uns einen ganzen Tag zurückgezogen und uns genossen. Danach haben wir viel mit Taro und Bruna unternommen. Aden ist beeindruckt, was für eine Macht Taro in Tokyo ist und am letzten Tag hat uns auch ihr Ziehvater besucht und Aden kennengelernt. Es ist merkwürdig, dass sie alle nun zusammenfinden, wie damals wegen dem Salva Cartel, nun allerdings wegen der Salva-Töchter. Sie haben sogar einiges wegen Aurel besprochen, denn auch das Seikura Cartel hat schon eine Warnung an ihn ausgesprochen. Auch wenn ich niemals vergessen kann, was sie mir angetan haben, so möchte ich trotzdem nicht, dass das, was unserem Cartel angetan wurde, jemals wieder jemandem angetan wird. Es muss dafür andere Lösungen geben. Wir wissen, dass wir damals so etwas wie eine Warnung an alle waren, nicht den falschen Weg einzuschlagen. Wir Schwestern haben jetzt beschlossen, dass wir das tatsächlich sein sollen, jedoch dafür, dass das niemals wieder passiert.

Dann ist Aden zurück nach Puerto Rico und ich nach Italien geflogen. Wir wollen in zwei Wochen zusammen nach Hawaii fliegen, doch irgendwie ändert sich alles so schnell, dass ich kaum durchatmen kann.

Ich war nun über zwei Wochen in Italien und ich weiß gar nicht, was ich mehr lieben soll. Japan ist wunderschön, doch Europa ... Wir waren in der Toskana, in Rom, Venedig und sogar zwei Tage in Paris. Ava und ich haben uns alles angesehen, wir haben in der Burg geschlafen, in der Leanos Onkel lebt und ich habe die schönsten Seiten dieses Landes gesehen. Gleichzeitig mache ich meinen Englischkurs online weiter und Fortschritte, ich konnte mich in Italien sogar schon recht gut auf englisch durchschlagen.

Aden und ich halten nun einen intensiveren Kontakt, bis vor zwei Tagen, als wir tatsächlich unseren ersten Streit hatten. Kann man es so nennen? Ich war und bin so verdammt wütend auf diesen Mann, der es geschafft hat, mein Herz für sich zu gewinnen.

Er wurde angeschossen. Er wurde bei einem Hinterhalt in Panama von einer Kugel in seinen linken Oberschenkel getroffen und ich habe eher zufällig von Leanos Onkel davon erfahren, der mich gefragt hat, wie die Heilung verläuft. Er wusste nicht, dass Aden alle gebeten hat, mir nichts zu sagen, damit ich mir keine Sorgen mache.

Er, der alles erfährt, was um mich herum passiert, der dafür sorgt, dass sogar in Italien kein Mann zu nah an mich herankommt, der sich um alles und jeden kümmert, hat mir nicht gesagt, dass er im Krankenhaus war und operiert wurde. Ich war so wütend, dass ich ihn am Telefon angeschrien und aufgelegt habe und seitdem nicht mehr mit ihm gesprochen habe.

Er hat versucht mich zu erreichen, doch da meine Schwestern hinter mir stehen und somit auch ihre Männer das müssen, hat er mich nicht erreicht. Er ist heute früh aus dem Krankenhaus entlassen worden und hat schon zweimal versucht anzurufen, doch ich ignoriere ihn weiter.

»Wir sind da, weiter kann ich leider nicht ranfahren. Sonst werden wir durchsucht und uns Fragen gestellt. Sind sie sicher, dass ich sie hier rauslassen soll?«

Der Taxifahrer sieht mich unsicher an, mein Blick gleitet nach oben, wo hinter der Kurve das Velázquez-Gebiet beginnt. »Ja, ich bin hier zu Hause.« Verwundert hebt er seine Augenbrauen, steigt aber schnell aus und reicht mir meine zwei rollbaren Koffer aus dem Kofferraum, während ich mein Buch, was ich gerade lese und mein Handy in meine Tasche stecke. In dem Moment, als ich ihm das Geld reiche und mich verabschiede, fährt ein Auto mit lauter Musik und vier sexy Frauen an mir vorbei.

Natürlich, es ist fast zweiundzwanzig Uhr, Aden ist aus dem Krankenhaus, und auch wenn er angeschossen wurde, war Panama wohl ein großer Erfolg, also wird mal wieder gefeiert. Ich atme die Luft ein, ich habe es vermisst, hier zu sein. Es fühlt sich an, wie nach Hause kommen, auch wenn

266

ich den Frauen wütend hinterhersehe und meine beiden schweren Koffer hinter mir herziehe.

Es ist wundervoll, dass ich nun zwei Koffer voll mit meinen eigenen Sachen habe. Mittlerweile weiß ich genau, was ich mag und was nicht, ich lerne mich selbst jeden Tag besser kennen, ich lerne meinen Wert kennen und auch, was ich von mir, meinem Leben und den Menschen darin erwarte, deswegen bin ich hier.

Da es schon dunkel ist, dauert es, bis die Leute aus dem Wachhaus erkennen, dass ich auf sie zukomme. Capo kommt zu mir. »Zeina? Was tust du hier?« Er gibt mir einen Kuss auf die Wange, nimmt mir meine Koffer ab und zieht sie nach oben. »Weiß Aden, dass du kommst?« Ich danke ihm und begrüße die Männer, die im Wachhaus sitzen. »Nein, noch nicht, doch das wird er gleich.« Auch wenn ich hergekommen bin, kann ich mir meinen wütenden Unterton nicht verkneifen und Cope grinst mich frech an. Wir alle drei Schwestern haben mit ihm, Amar und Kian viel Kontakt. Sie schreiben uns, kommentieren unsere Bilder und sind für uns wie Brüder geworden, sie haben uns wirklich ohne zu zögern in ihre Familie und ihr Cartel aufgenommen. Doch unser Streit scheint an Capo vorbeigegangen zu sein.

»Sag nicht, du bist der Grund, wieso Aden so mies gelaunt ist die letzten Tage. Dann wird es Zeit, dass du uns alle erlöst.« Ein bitteres Auflachen entfährt mir. »Das oder vielleicht eher die Kugel, die in seinem Bein gesteckt hat.« Cope geht an der Straße zum Gemeinschaftshaus, aus der man schon die laute Musik hört, vorbei. »Nein, ich tippe auf dich.« Cope schafft es immer, mich zum Lachen zu bringen. Dankbar lächle ich ihn an. »Ist er nicht feiern?« Ich deute ihm an, mir auch einen Koffer zu geben, doch Cope denkt nicht daran. »Nein, er hat eine Besprechung einberufen, um seine schlechte Laune an uns auszulassen. Also an denen, die sich dem nicht entziehen können. Ich bin sein Cousin, ich höre selten auf ihn, doch andere müssen da sein. Er war in letzter Zeit kaum auf Feiern. Du hast ihn verändert. Abgesehen von den letzten Tagen ist das gut. Du tust ihm gut … wenn du ihn nicht gerade in den Wahnsinn treibst.«

Auch wenn ich noch wütend bin, besänftigen mich seine Worte ein wenig. »Das hat er selbst zu verantworten. Wie läuft es mit dem alten Gebiet?« Aden und Amar halten uns ständig auf den Laufenden. Im letzten Monat ist der gesamte Schutt abgetragen worden, die Erde wurde aufgebessert, neue Rohre verlegt und nun sind die Straßen weitergeführt und ebene Flächen, Fliesen und Beton verlegt und ausgearbeitet worden. Die ersten Grundrisse und Wände von Häusern stehen bereits. Der Grundriss des Hauses von Ava ist bereits vorhanden und in jedem Haus lässt Aden unsere Kinderbilder groß anhängen. Er gibt sich viel Mühe, sie alle tun das, und wir wissen das zu schätzen.

Ava will nächste Woche kommen und Bruna ein paar Tage später. Sie alle haben im Grunde ein Zuhause, doch genau wie für mich fühlt es sich nur hier richtig wie zu Hause an, sodass ich davon ausgehe, dass meine Schwestern oft hier sein werden. Leider ist es zu dunkel, um jetzt mehr zu erkennen. »Es wird gerade überlegt, ob wir zwei oder drei Häuser für euch bauen, es waren drei geplant. Aden sagt, dass nur zwei gebraucht werden, da du bei ihm leben wirst, wobei er auch überlegt, ein neues Haus für euch beide ganz vorne direkt am Meer zu bauen, sodass du von der Terrasse aufs Meer sehen kannst … Als ich ihn gestern deswegen gefragt habe, hat er mich fast erschossen.« Wieder muss ich lachen. Adens Haus ist dunkel, doch als Capo die Tür öffnet und die Koffer hineinrollt, sehe ich, dass oben im hinteren Bereich, wo ein Besprechungsraum ist, Licht brennt.

»Dann sehen wir mal, ob du recht hast oder einfach nur etwas dramatisch bist.« Capo übertreibt sicherlich, aber es ist gut, dass ihn unser Streit ebenso beschäftigt wie mich. Zufrieden atme ich den vertrauten Duft von Aden ein. Wir haben uns wieder etwas mehr als zwei Wochen nicht gesehen und wieder habe ich ihn jeden Tag vermisst. Wir gehen zusammen die Treppen nach oben und er schiebt die Tür zum Besprechungsraum auf.

Alle Blicke fallen auf uns. Ganz so voll ist es nicht. Fünf Männer, Kain und Aden sitzen um einen Tisch. Aden hat gerade etwas gesagt und bricht ab. Sein dunkler Blick findet meinen und er hält ein. »Sieh mal, wer nach Hause gekommen ist.« Capo legt den Arm um mich, doch mein Blick liegt weiter auf Aden. Das letzte Mal bin ich ihm quasi freudig in die Arme gesprungen, jetzt bleibe ich stehen, sehe seine Verwunderung und dann wieder diesen dunklen Blick, der nichts von seinen Gefühlen preisgibt.

»Die Besprechung ist beendet, geht feiern.« Ohne seinen Blick von mir zu wenden, gibt Aden Anweisungen, die Männer hören auf ihn, sie gehen an mir vorbei, Kain gibt mir einen Kuss, doch Cope legt den Kopf schief und lässt seinen Arm um mich.

»Bist du sicher, wolltest du nicht noch die Pläne für den nächsten Monat ...«? Ein Blick von Aden reicht und Cope küsst lachend meine Wange und dann geht auch er. Ich bewege mich erst, als wir beide hören, dass auch der Letzte das Haus verlassen hat und die Tür geschlossen ist.

Keiner von uns beiden hat ein Wort gesagt, Aden bleibt am Ende des Tisches sitzen, er trägt nur eine Shorts und ein Shirt, ich sehe den dicken Verband um seinen Oberschenkel, die Ränder unter seinen Augen und trotzdem sieht er zum Anbeißen aus. Ich ermahne mich, es ist egal, wie sehr ich ihn vermisst habe, ich bleibe kalt und sehe ihm weiter in die Augen, während ich zum Tisch gehe.

»Es wäre hilfreich gewesen, wenn du die letzten Tage auf meine Anrufe reagiert hättest.« Er beobachtet jede meiner Bewegungen, ich gehe zu ihm und setze mich auf die Tischkante, sodass ich ihm genau in die Augen sehen kann.

»Es wäre hilfreich gewesen? Weißt du, was hilfreich gewesen wäre? Wenn ich von dir erfahren hätte, was passiert ist und nicht, dass du mir solche wichtigen Dinge verschweigen willst!« Ich deute auf seinen verbundenen Oberschenkel. Das schlechte Gewissen nagt an mir bei seinem Anblick und doch weiß ich, dass ich nicht einknicken darf.

»Du hast deinen Standpunkt laut und deutlich klargemacht.« Aden lehnt sich zurück und sieht mir weiter in die Augen. Es liegen mir tausend Worte auf der Zunge, die ich ihm noch an den Kopf werfen möchte, doch ich sehe ihn an und spüre, wie sehr ich diesen Mann liebe und auch in seinen Augen erkenne ich die Sehnsucht.

270

Ich atme tief ein und will etwas sagen, doch er kommt mir zuvor. »Ich bin das nicht, Zeina. Nichts von dem. Ich bin es nicht gewohnt, auf jemanden Rücksicht zu nehmen, ständig jemanden im Hinterkopf zu haben, der mir alles bedeutet, von einer Frau angeschrien zu werden, die ihr puerto-ricanisches Temperament entdeckt hat und ihr hinterherzulaufen, ohne dass sie reagiert. Das bedeutet nicht, dass ich nicht bereit bin, all das für dich zu tun, mi vida, aber ich bin es nicht gewohnt.«

Am liebsten würde ich die Augen verdrehen, doch ich schenke ihm nur einen mahnenden Blick. »Das bin ich auch nicht, Aden. Wir beide wussten, dass das hier neu für uns ist. Und ich liebe es. Ist es ein komisches Gefühl, dass ich nicht alles in der Welt genießen kann, weil ein Teil meines Herzens dich ständig vermisst. Ist es, ich liebe dich, Aden, und egal was ich erlebt habe in den letzten Wochen und wie sehr mir das gefallen hat, wollte ich jetzt nur noch nach Hause. Denn ihr habt recht. Es fühlt sich so an: das hier ist mein Zuhause, du bist mein Zuhause.«

Er setzt an etwas zu sagen, doch ich deute ihm zu warten. Es ist das erste Mal, dass ich ihm sage, dass ich ihn liebe. Wir beide wissen, dass ich es tue, doch es auszusprechen, ist noch einmal etwas anderes.

»Doch das alles wird nicht einfach so klappen. Wir brauchen dafür Regeln. Ich kann nicht die Frau sein, auf die nur du aufpasst. Ich will die Frau an deiner Seite sein. Das bedeutet, dass ich alles erfahre, was in deinem Leben passiert und du, was in meinem los ist. Auch wenn mir das vielleicht Angst macht, auch wenn es für dich ungewohnt ist, müssen wir beide absolut offen und ehrlich zueinander sein, sonst funktioniert das nicht. Du kannst nicht vor mir verheimlichen, dass du angeschossen wurdest, auch wenn du vielleicht denkst, es ist besser so. Ich möchte das hier, ich möchte hier leben in meinem Zuhause, mit dem Mann, den ich liebe, aber das geht nur, wenn wir beide genau wissen, dass Ehrlichkeit zwischen uns das Wichtigste ist.«

Aden steht auf und lächelt. Ich sehe, dass es ihm schwerfällt, doch er stellt sich vor mich und nimmt mein Gesicht in seine Hände. »Komm her, mein Herz. Du hast recht, wir werden das zusammen hinbekommen. Du nimmst einen solch großen Platz in meinem Herzen ein, dass wir das hinbekommen werden, und wenn nicht, dann kannst du mir den Kopf waschen und mich daran erinnern, ich war ein wenig überrascht, wie gut du das bereits kannst.«

Ein Schmunzeln schleicht sich auf meine Lippen, ich küsse seine Handinnenfläche. »Wenn wir das hier wirklich wollen, müssen wir beide das auch zur wichtigsten Priorität machen.« Aden nickt. »Ich liebe dich, mein Herz. Willkommen zu Hause.« Meine Arme schlingen sich um seinen Hals, als er meine Lippen erobert.

Sein Kuss löst wie meistens alle schlechten Gefühle, die mich begleitet haben. Es ist verrückt, wie gut mir dieser Mann tut. Seine Lippen gleiten von meinen zu meinem Hals und ich lache auf, als er leicht in mein Ohrläppchen beißt. »Ich denke, ich sollte dich ins Bett bringen und mir deine Verletzung ansehen und mich … um dich kümmern. Ich habe dich wieder viel zu sehr vermisst.« Aden zieht mich vom Tisch und küsst meine Lippen. »Das hört sich gut an. Ich habe schon alles bereit machen lassen, ich wäre morgen zu dir geflogen …« Er will

272

mich hochheben. Doch ich lasse es nicht zu. Er muss sich schonen, um das zu wissen, muss man ihn nur ansehen. Aden legt den Arm um mich und schaltet das Licht im Besprechungsraum aus, langsam gehen wir zu seinem Schlafzimmer, als mein Handy piept.

»Du weißt ja noch gar nicht das Neueste ...« Ich verschränke unsere Finger und er küsst meine Wange. »Dass Ava schwanger ist und die schönste Hochzeit Italiens plant? Sie hat vor zwanzig Minuten einen Chat eröffnet, einen Familienchat, wie sie ihn nennt und uns alle informiert.«

Das ist so typisch Ava, ich muss lachen, Aden schüttelt nur leicht den Kopf. Ich weiß, dass er meine Schwestern bereits sehr lieb hat, trotzdem seufzt er leise auf, als ich ihm helfe, sich aufs Bett zu legen.

»Ein Chat zwischen den Anführern von Korea, Italien und Puerto Rico und den drei Salva-Töchtern, das wird sicherlich ganz toll ...«

Ich beiße mir auf die Lippe und setze mich auf seinen Schoß, bedacht darauf, seinen Oberschenkel nicht zu berühren. Noch während ich mich zu ihm beuge und meine Lippen seine streifen, umfassen mich schon seine Hände und ich weiß, dass er das immer tun wird, mich halten, und lächle, während ich ihn absolut sicher, in die Augen sehe.

»Das wird es ...«

Sie ahnten nicht, dass sie, diese drei kleinen Mädchen, die Welt der Kartelle und Schatten verändern werden – genau wie die Herzen der Männer, die sie mitgenommen hatten, und der Männer, denen sie in ihrem Leben noch begegnen werden.

Ende

Nachwort

Vielen Dank, dass ihr Avalyn, Yuna und Zeina auf ihren so unterschiedlichen, aber gleichermaßen bewegenden Reisen begleitet habt.

Ihr wart an ihrer Seite, habt die verborgene Welt der Cartels auf drei Kontinenten durch ihre Augen erlebt — voller Gefahr, Macht, Schmerz, aber auch Liebe und Vertrautheit.

Drei Geschichten, drei Schicksale, die euch hoffentlich genauso berührt haben wie mich.

Doch wer weiß?

Vielleicht kehren wir eines Tages zurück, um zu erfahren, was aus ihnen geworden ist, was die Zukunft für ihre Familien bereithält und ob das Glück letztendlich seinen Weg zum Salva-Cartel zurückfindet.

Doch bis dahin führt uns die Reise weiter zu Cama.

Und ich hoffe von Herzen, dass auch diese Geschichte euch mitreißen wird.

Mit Dankbarkeit und Vorfreude,

Jaliah

Entdecken Sie die atemberaubende Welt von Jaliah J. ...

Solana hat alles erreicht, wovon sie immer geträumt hat. Nach ihrem Architekturstudium tritt sie eine Stelle in einem der renommiertesten Architekturbüros Puerto Ricos an. Das Land, das sie bislang nur aus den unbeschwerten Ferien ihrer Kindheit kennt, wird plötzlich zu ihrer neuen Heimat und zu einem Ort voller Geheimnisse und Gefahren.

Als Solana beginnt, die Wahrheit über die Probleme ihres Vaters zu ergründen, taucht immer wieder ein Name auf: Cama Vélez. Er ist mehr als nur der Mann, vor dem alle in Ehrfurcht erstarren. Ein einziger Blick von ihm genügt, um alles um sie herum verstummen zu lassen.

Gefangen zwischen ihrer Abneigung gegen das Leben, für das Cama steht und der Anziehungskraft zu dem gefährlichsten Mann, den sie je getroffen hat, gerät Solana in einen Strudel aus Leidenschaft und Schuldgefühlen, der sie zu verschlingen droht.

Wie weit ist Cama bereit, für sie zu gehen, und wie sehr kann Solana ihr Herz über ihren Verstand stellen?

Auf seine Lippen legt sich ein sinnliches Lächeln. »Wenn es dir dann leichter fällt hiermit umzugehen, kannst du mich gerne dafür hassen!«

Elisa Genova ist die Verlobte des Anführers der Scaranos, der führenden Mafiafamilie Italiens. Sie hat sich ihr Schicksal nicht ausgesucht, doch gelernt, damit zu leben. Als sie und einige andere Frauen der Scaranos den Rebellen in die Hände fallen, findet sie sich in einem Strudel aus Rache und Leidenschaft wieder, der sie zu verschlingen droht und sie zwingt, sich ihren Ängsten zu stellen.